Robert Lane

Robby

Ein Zeugnis für die schier
unglaubliche Kraft des Menschen,
Leid durch Verständnis und Liebe
zu überwinden

D1728301

Erste Auflage 1984.
Einzig berechtigte Übersetzung aus dem Amerikanischen
von Karl A. Klewer.
Titel des Originals: »A Solitary Dance«.
Copyright © 1983 by Robert G. Lane.
Gesamtdeutsche Rechte beim Scherz Verlag Bern und München.
Alle Rechte der Verbreitung, auch durch Funk, Fernsehen,
fotomechanische Wiedergabe, Tonträger jeder Art und
auszugsweisen Nachdruck, sind vorbehalten.
Schutzumschlag, unter Verwendung eines Fotos von Erika Holzach,
von Graupner & Partner.

1

Robert Harris wurde an seinem fünften Geburtstag in die Kinderabteilung einer psychiatrischen Klinik eingewiesen. Als ich drei Jahre später dort meinen Dienst als Assistenzarzt für klinische Psychologie antrat, war er noch immer dort. So kreuzten sich unsere Wege.

Das Merrick State Hospital ist wohl die schönstgelegene aller Einrichtungen, die von den Gesundheitsbehörden des Staates Kalifornien betrieben werden. Inmitten einer abgeschiedenen Gebirgslandschaft nördlich von Santa Barbara blickt man vom Klinikgelände aus auf der einen Seite zu den dunklen, fruchtbaren Hügeln und Tälern voller Zitrusplantagen, die sich bis zur Küste hinabziehen, und auf der anderen zur gezackten Bergkette im Osten, wo der Boden so karg ist, daß dort lediglich die anspruchslosen Sträucher der Immergrünen Bärentraube gedeihen.

Die Einfahrt zum Klinikkomplex wird von zwei mächtigen Steinpfeilern flankiert, und abgesehen von den Messingtafeln mit der Aufschrift »Merrick State Psychiatric Hospital« findet sich kein Hinweis auf Art und Funktion der Institution.

Die Gebäude, die man schließlich sieht, haben stumpfgelbe Backsteinmauern, gekrönt von roten Ziegeldächern — ein scharfer Kontrast zu den sanft gewellten Rasenflächen und dem blauen Himmel. Trotz der äußerst geschmackvollen Architektur, der gepflegten Anlage und der zahlreichen schattenspendenden Bäume, der Picknicktische und anderer Annehmlichkeiten kam es mir vor, als hätte ich den Fuß in eine moderne Leprakolonie gesetzt, deren Hauptaufgabe darin bestand, unerwünschte Menschen abzusondern und vor dem Blick der Öffentlichkeit zu verbergen.

Alles schien sich im Innern der Häuser abzuspielen. Zwar standen die Parkplätze voller Autos, doch sah man kaum einen Menschen. An jeder Wegkreuzung wiesen ordentliche, schwarzbeschriftete weiße Schilder den Weg zu den numerierten Schlaftrakten, zur Küche, zu den Speisesälen sowie zu einem allgemeinen Krankenhaus. Das Ganze wirkte wie der Campus einer mittleren Universität, nur daß über allem eine unheimliche Stille lastete und, wie gesagt, weit und breit niemand zu sehen war.

An der letzten Wegkreuzung führte die Straße vom Haupt-Klinikgelände den Besucher nach einigen Kurven zum Kindertrakt, der am Rand eines tief eingeschnittenen Tals lag. Er bestand aus einem halben Dutzend kreisförmig angeordneter, schlichter und zweckdienlicher Pavillons. Hier herrschte mehr Leben – einige Halbwüchsige tollten herum und ärgerten sich lauthals, als ihr Rugbyball so hoch flog, daß er auf dem Dach eines Hauses liegenblieb. Jenseits des Platzes hatten sich im Schatten grüner Eichen Kinder um eine Lehrerin versammelt – die Gruppe wirkte aus der Ferne wie eine ganz gewöhnliche Grundschulklasse. In der Nähe stand ein kleines Schulhaus, dessen Pausenhof ein müde herabhängender Maschendrahtzaun umgab. Alles machte einen ganz und gar alltäglichen Eindruck.

Der Name an der offenstehenden Tür war derselbe wie der auf dem Stück Papier, das ich fest in meiner Hand hielt. Da ich den Mann nicht erschrecken wollte, der sich in einen Stapel Papiere vertieft hatte, klopfte ich leise an den Türrahmen. Dr. Scott, der leitende Psychologe der Kinderabteilung, blickte freundlich lächelnd auf.

»Sie sind wohl Patrick McGarry?« Ich nickte und ergriff die mir entgegengestreckte Hand. »Sie können Scott zu mir sagen. Ein praktischer Name – Vor- und Nachname zugleich.«

Auf Anhieb mochte ich diesen knapp fünfzigjährigen Mann, dessen kurzgeschnittenes graues Haar lässig nach einer Seite gebürstet war. Er war herzlich und leger, seine Füße ruhten in einer kleinen Lichtung zwischen den Papieren, mit denen sein Schreibtisch übersät war.

»Und wie geht es dem alten Schlachtroß Warfield?«

»Gut. Er läßt grüßen.« Dr. Warfield, mein Tutor an der Universität des Staates Kalifornien, hatte es mir ermöglicht, meine einjährige Assistenzarztzeit in dieser Kinderabteilung zu absolvieren. Er und Scott waren alte Freunde, und über ihre wildbewegten Jugendjahre hatte ich schon so manches gehört.

Nach einem ersten ungezwungenen Gespräch schlug Scott schließlich vor, mir die Abteilung zu zeigen, damit ich mir einen Eindruck verschaffen konnte. Seine freundliche und offene Art wurde bald von einer Kinderschar auf die Probe gestellt, die ihm wie ein Kometenschweif folgte, während wir das Gelände besichtigten.

»He, Dr. Scott – sehnse mal, sehnse mal!«

»Hallo, Dr. Scott, krieg ich nen Kaugummi?«

»Dr. Scott, Dr. Scott, darf ich am Wochenende nach Hause? *Daaaaarf* ich? Mein Freund hat Geburtstag, und ich bin eingeladen. Ich hab auch alles schon erledigt, und meine Eltern sind einverstanden, und alle haben gesagt, daß ich die ganze Woche lieb war, und . . .«

Ununterbrochen wurde er von Kindern und Halbwüchsigen belagert, die Wünsche an ihn hatten, sich an ihm festhielten, an seinem Rock zupften, nach seinen Händen griffen. Bei jedem blieb er stehen, sprach mit ihm, hatte ein nettes Wort für alle, fuhr einmal mit der Hand durch einen wirren Lockenschopf, um zu sehen, wessen Gesicht sich darunter verbarg, und murmelte etwas von einer Schafschere. Geduldig und aufmerksam hörte er jedem einzelnen zu, machte keine Ausflüchte und gab klare Antworten – keineswegs immer die, welche die Kinder gern hören wollten, aber sie schienen auch die negativen zu akzeptieren. Meine Achtung vor ihm wuchs von Minute zu Minute.

Nachdem er sich durch die erste Welle von Kindern hindurchgearbeitet hatte, wies er auf einen der größeren Pavillons, und wir gingen über den Rasen dorthin.

»Wissen Sie«, sagte ich, »ich bin einfach überrascht. Kinder, die so schwer gestört sind, daß sie in eine Klinik eingewiesen werden müssen . . . also, die hier sind ganz anders, als ich sie mir vorgestellt hatte. Sie wirken irgendwie ganz ›normal‹.«

Scott nickte. »Im allgemeinen sind sie das auch. Bisher haben Sie allerdings nur die gesehen, die sich ziemlich gut anzupassen wissen, die herausbekommen haben, wer die Urlaubsscheine unterschreibt und sonstige Privilegien verwaltet. Und sie können sich ganz gut benehmen, wenn sie sich einen Vorteil davon erhoffen. Aber man darf in seiner Aufmerksamkeit keine Sekunde nachlassen oder inkonsequent sein ihnen gegenüber, dann ist sofort wieder der Teufel los.«

Inzwischen waren wir am Eingang des Pavillons angekommen, und Scott wandte sich zu mir um. »Das ist die Abteilung für autistische Kinder. Wir wollen kurz hineingehen, damit Sie auch gleich einige unserer schwierigeren Fälle kennenlernen. Vermutlich kommen die Ihren Vorstellungen näher.«

Er suchte in seinem riesigen Schlüsselbund herum, schloß die Tür auf und ließ mich eintreten.

Ein unglaubliches Chaos!

In einem großen, gefliesten Raum befanden sich etwa fünfundzwanzig Kinder, jedes mit sich und seinem eigenen Wahn beschäftigt. Einige drehten sich wie Kreisel um sich selbst oder sausten ziellos durch den Raum, andere saßen auf dem Boden und schaukelten mit dem Oberkörper vor und zurück, wieder andere sprangen oder rannten wild umher, durchquerten das Zimmer wie ungesteuerte Geschosse. Und einige hockten allein in irgendeiner Ecke, brabbelten vor sich hin oder bewegten ihre Hände mit gespreizten Fingern vor dem Gesicht hin und her. Man hatte den Eindruck, die Hölle sei los.

Einige der Kinder trugen wattierte Fäustlinge und gepolsterte Schutzhelme wie Rugbyspieler. Das sah zunächst eigentümlich aus – bis sich ein kleines Mädchen übergangslos fünf- oder sechsmal mit der Faust seitlich an den Kopf schlug und dabei kreischte: »Nein, nein, NEIN, NEIIIIN!!!« Dann hörte sie ebenso plötzlich damit auf, wie sie begonnen hatte.

Scott legte mir eine Hand auf die Schulter, und als ich mich umwandte, rannte ein Halbwüchsiger mit Höchstgeschwindigkeit ganz dicht an mir vorbei.

»Sie müssen hier auf sich aufpassen«, sagte Scott.

Ein kleiner Junge, wohl kaum älter als fünf Jahre, kam auf mich zu und umschlang mein Bein mit beiden Armen. Als ich mich zu ihm herabbeugte, um mit ihm zu reden, kam ein zweiter, legte seinen Arm auf meine Schulter und versuchte, sein Gesicht in meinen Haaren zu verstecken.

Ich bemühte mich, mit den beiden Kindern zu reden, bekam aber keine verständliche Antwort. Da erinnerte ich mich, daß ich irgendwo gelesen hatte, bei einer Unterhaltung mit einem autistischen Kind habe man den Eindruck, gegen eine Wand zu reden. In Wirklichkeit ist es schlimmer – und vor allem anstrengender. Die beiden sahen einfach durch mich hindurch, und ich mußte schließlich mit sanfter Gewalt die mich polypenartig umklammernden Arme meiner neuen Freunde lösen. Zuerst widersetzten sie sich diesem Versuch, dann aber kehrte jeder in seine eigene Isolation und zu seinem früheren Tun zurück.

»Das sind die wirklich schweren Fälle«, meinte Scott im Hinausgehen. »Es sieht so aus, als könnten wir an die einfach nicht herankommen. Auch Sie werden sich eine Weile mit ihnen beschäftigen müssen.«

Wie bloß, fragte ich mich. Ich konnte einfach nicht verstehen, warum sich körperlich allem Anschein nach gesunde Kinder so verhielten. Natürlich hatte ich schon dies und jenes über frühkindlichen Autismus gelesen, auf die Wirklichkeit war ich dadurch aber in keiner Weise vorbereitet – auf Kinder, die sich selbst schlugen, ihre Lippen blutig kauten oder steif und bewegungslos in unnatürlichen Haltungen dasaßen.

Was bedeutete Leben für sie? Und was konnte man für sie tun – wenn man überhaupt etwas tun konnte? Ich begann zu ahnen, daß man von mir irgendeine Antwort auf diese Fragen erwartete. Und wenn ich keine fand? Alles sah so hoffnungslos aus.

Scott schien mein Unbehagen zu spüren, und wir gingen schweigend nebeneinander her, während ich versuchte, das Durcheinander von Bildern und Eindrücken zu ordnen. Seit Jahren glaubte ich zu wissen, worauf ich mich eingelassen hatte. Aber die Kinder, mit denen ich während meiner Praktika an der Universitätsklinik zu tun gehabt hatte, konnten zumindest in irgendeiner Weise auf andere reagieren oder eingehen, keins von ihnen war derart schwer gestört gewesen.

Gerade als ich begann, meine Fassung wiederzugewinnen, verhielt Scott den Schritt und wies auf eine schmale

Gestalt hinter einem Busch in der Nähe eines der anderen Pavillons. »Gehen wir mal da rüber, Pat. Ich möchte Ihnen einen ziemlich klassischen Fall eines schizophrenen Kindes zeigen.«

Er ging auf den Jungen zu, der steif an der Ziegelmauer lehnte und starr vor sich auf den Boden sah.

»Hallo, Danny, wie geht's denn so?«

Danny, der wohl acht oder neun Jahre alt war, hob langsam den Kopf. Sein dunkles, gewelltes Haar war peinlichst ordentlich gescheitelt, doch meine Aufmerksamkeit erregten seine tiefliegenden Augen; sie waren sanft moosgrün, und ihr Blick wirkte unglaublich fern. Der Junge sah uns verständnislos an. Dann bewegte er schwerfällig einen Arm, fast wie ein Roboter, und zog mit einer Zeitlupenbewegung mehrere schmuddlige, beschriebene Blätter aus der Tasche. In gleichförmigem Tonfall, der mich an die Art erinnerte, wie sich beispielsweise ein Satellitenexperte über Berechnungen kritischer Umlaufbahnen äußert, begann Danny, uns die mathematischen Operationen auseinanderzusetzen, die etwa zwanzig speckige Seiten bedeckten. Seine Kinderstimme schien überhaupt nicht dazu zu passen.

»Das hier ist der Faktor X; multipliziert man ihn mit viermilliardendreihundertmillionenfünfhunderttausend und dividiert ihn durch dreihundertfünfundsechzig, erhält man diese Zahl hier, und wenn man für jeden Tag die Konstante von sechs Millionen davon abzieht, ergibt sich daraus die Länge und Breite für die Berechnung des Faktors Y . . .«

Danny sprach mit leiernder Stimme weiter, benutzte bekannte Wörter und Begriffe, die er jedoch zu einer Litanei völlig ungezügelter Vorstellungskraft miteinander verknüpfte. Währenddessen durchwühlte er die Blätter,

11

von denen einige wohl schon sehr häufig auseinander- und wieder zusammengefaltet worden waren, denn die Bruchkanten erinnerten an altes Pergament. Scott hörte eine Weile lang geduldig zu, als sei das alles ganz neu für ihn. Nichts von dem, was Danny sagte, ergab einen Sinn, aber Scotts Vorbild folgend, nickte ich von Zeit zu Zeit und sah den kleinen Jungen an, der mit seinem tintenbeschmierten Wurstfinger über die zahlenbedeckten Seiten fuhr. Ich versuchte, hinter den Sinn dieser Berechnungen zu kommen, aber sie schienen völlig aus der Luft gegriffen zu sein. Was war nur mit diesem ganz offensichtlich aufgeweckten Jungen geschehen?

»Ganz ausgezeichnet, Danny, wirklich«, bemerkte Scott schließlich. »Aber wollen wir nicht ein bißchen zu den anderen Kindern rübergehen?«

Er legte dem Jungen einen Arm um die Schulter, und Danny ließ sich widerstandslos zu einer Gruppe von Kindern führen, die ganz in der Nähe auf dem Rasen saßen. Schweigend nahm er seinen Platz im Kreis der anderen ein, schien deren Anwesenheit jedoch überhaupt nicht zu bemerken.

Im Weitergehen sagte Scott: »Danny ist seit etwa sechs Monaten hier. Sie haben ja gesehen, in welchem Zustand er sich befindet. Wäre er doch nur eher zu uns gebracht worden – vielleicht hätten wir mehr für ihn tun können . . .«

Ich schaute erneut zu Danny rüber, der seine schmuddligen Zettel wieder zusammengefaltet hatte und sie in die Tasche steckte. Mir wurde plötzlich klar, wie schrecklich allein er sich fühlen mußte; nur über seine Rechenoperationen schien er Zugang zu anderen Menschen zu finden – und gerade die vermochte niemand zu verstehen.

Scott unterbrach meine Überlegungen.

»Die jüngeren schizophrenen Kinder, wie Danny, sind in Pavillon 4 untergebracht.«

Ich warf einen Blick auf das langgestreckte, niedrige Gebäude. Es sah aus wie alle anderen. An der gegenüberliegenden Schmalseite stand allerdings die große Metalltür offen. Scott blieb stehen und rieb sich nachdenklich das Kinn.

»Seltsam, daß da —«

Plötzlich rannte eine kleine Gestalt geduckt aus dem Pavillon und verschwand hinter einer niedrigen Mauer.

»Was um alles in der Welt war denn das?«

»Dacht ich's mir doch«, meinte Scott bedächtig nickend und ließ seinen Blick die Mauer entlanglaufen. »Das«, fuhr er seufzend fort, »ist Merricks höchsteigenes ›wildes‹ Kind, so eine Art Wolfskind oder Kaspar Hauser. Robby?«

Ein Kopf schob sich langsam über die Mauer.

»He, Robby, wie geht's dir?«

Der Kopf verschwand wieder.

Ich versuchte, diesen neuen Schlag zu verdauen. »Ein wildes Kind?«

»Ja, das ist kaum übertrieben. Er ist acht Jahre alt, seit drei Jahren bei uns, und wenn ein Erwachsener sich ihm auf weniger als acht bis zehn Schritt nähert, bekommt er einen Wutanfall. Sie müssen ihn mal beobachten, wenn er ißt. Er schlingt alles nur so in sich rein und knurrt und grunzt dabei wie ein wildes Tier. Ich möchte wetten, daß er durch die Berge in der Umgebung streift, so oft er Gelegenheit dazu hat. Wir versuchen gar nicht mehr, ihn hier zu halten – er findet immer einen Weg nach draußen.« Scott nickte zu dem hohen Zaun hinüber, der das Gelände umgab. Dahinter stiegen mit niedrigem Gebüsch bedeckte Hänge, die von abrutschenden Geröllmassen zerfressen und zerschrundet waren, steil empor.

13

Nicht unbedingt verlockend, dachte ich.

Genau in dem Augenblick nahm ich aus den Augenwinkeln eine undeutliche Bewegung wahr. Ein Kopf mit abenteuerlich geschnittenem blonden Haar tauchte auf, und ein Paar forschende Augen beobachtete uns wachsam wie die eines Luchses.

Ich winkte.

Sofort verschwand der Kopf wieder.

»Er beobachtet und folgt uns«, erklärte Scott. »Deshalb nennen wir ihn auch ›unseren kleinen Beschatter‹. Aber er kommt nie näher, das ist das Irritierende an der Sache. Er folgt einem nur in einer gewissen Entfernung – man spürt, daß er einen Kontakt herstellen möchte –, doch sobald man versucht, sich ihm zu nähern, ist er weg wie der Blitz.«

Ich suchte mit den Augen die ganze Länge der Mauer ab, während wir noch einige Minuten dort standen, aber der Junge tauchte nicht wieder auf. Der Blick seiner Augen wirkte irgendwie vertraut auf mich. Die Vorstellung, daß es in unserem Jahrhundert noch ein »wildes Kind« geben sollte, erschien mir kaum glaublich. Bis wir beim Verwaltungsgebäude angekommen waren, hatte Scott mir alles erzählt, was er über Robby wußte.

Am folgenden Tag zeigte Scott mir einige als Diagnosehilfe angefertigte Testreports und umriß mein Aufgabengebiet. »Sie werden im Laufe der Zeit in allen Pavillons arbeiten, damit Sie mit den verschiedensten jungen Menschen zusammenkommen und sich mit der Art der Behandlungsprogramme vertraut machen können, mit denen wir hier arbeiten. Sie werden Diagnosen stellen und Berichte über die Fortschritte der einzelnen Kinder machen müssen und was der Staat sonst noch so an Papierkram verlangt. Später werden Sie dann auch an Einweisungsgesprächen teilnehmen. Zunächst sollen Sie sich aber mal mit einem der Kinder näher beschäftigen.«

Nach dem, was ich bisher gesehen hatte, war ich mir gar nicht mehr so sicher, ob ich dieser Aufgabe auch gewachsen sein würde. Was, wenn er mir jetzt beispielsweise eines der autistischen Kinder mit den Rugbyhelmen zuteilte?

Als läse er meine Gedanken, sagte Scott: »Unser ›kleiner Beschatter‹, Robby, schien Sie zu interessieren. Würden Sie gern mit ihm arbeiten? Oder wollen Sie mit der Entscheidung noch etwas warten, bis Sie einige der anderen kennengelernt haben?«

»Ich weiß nicht . . .«, setzte ich an.

Aber dann wußte ich doch. Irgend etwas an diesem herumhuschenden, uns beschleichenden Kleinen, der immer wieder heimlich den Kopf hob, um uns zu beobachten, hatte es mir angetan. Schon am Vorabend hatte ich auf der Heimfahrt im Auto an ihn denken müssen und mich gefragt, was ihm wohl widerfahren war und wie man an ihn herankommen könnte. Auf nicht näher zu beschreibende Weise erinnerte er mich an einige andere mir bekannte Menschen, zu denen ich mich hingezogen gefühlt hatte – an jenen einsamen Strandläufer namens Charlie, mit dem ich in den Jahren, in denen ich den ganzen Sommer über am Strand herumzuhängen pflegte, meine Gedanken über Gott und die Welt ausgetauscht hatte, und an Lars, einen sehr verschlossenen Menschen, der sich mit Gelegenheitsarbeiten durchs Leben schlug und den ich im Winter beim Skilaufen kennengelernt hatte. Beide hatten auf eine ganz besondere Weise von aller Welt verlassen gewirkt, und schon damals hatte ich darin eine Art Steigerung meines eigenen Einsamkeitsgefühls erkannt. In Robby sah ich etwas Ähnliches, wenn es sich dabei auch um eine weit extremere Ausprägung handelte.

»Eigentlich würde ich mich ganz gern mal mit ihm beschäftigen. Was meinen Sie?«

»Nun, es wird auf keinen Fall einfach sein. Immerhin ist Robby schon einige Jahre hier, und ich sagte Ihnen ja bereits, daß bisher niemand etwas bei ihm erreicht hat. Es wird Sie viel Arbeit und Geduld kosten – ohne daß ein Erfolg zu erwarten ist. Es dauert oft sehr lange, bis man von diesen Kindern irgendeine Reaktion erhält. Robby nun . . .«

»In Ordnung«, sagte ich so zuversichtlich wie möglich. »Deswegen bin ich ja hier.«

Scott lächelte und nickte. »Ich hatte mir schon so halb und halb gedacht, daß Sie es versuchen wollen.« Er gab mir einen dicken Ordner, der neben der Fallgeschichte Reports und Aktennotizen über Robbys Fortschritte sowie Berichte seiner Lehrerin enthielt.

Später saß ich in meinem Arbeitszimmer vor diesem Ordner und starrte ihn gedankenverloren an. Auf diesen Blättern war das Leben eines Kindes festgehalten – acht zerbrechliche Jahre eines Menschen, gepreßt in einen acht Zentimeter hohen Papierstapel. Ich empfand eine Art Widerwillen, wollte mich gar nicht näher mit den Aufzeichnungen beschäftigen, mich nicht in eine bestimmte Richtung drängen lassen von den zahllosen Worten, die man diktiert, mit zwei Durchschlägen in die Maschine geschrieben, abgezeichnet und ordnungsgemäß abgeheftet hatte. Schließlich siegte aber doch die Neugier, und ich machte mich daran, Seite für Seite durchzugehen.

2

Name: Robert Harris
Alter: 5 Jahre, 0 Monate
Diagnose: schizophren; autistisch; hyperaktiv
Psychische Schädigung: hochgradig
Prognose: ungünstig

Dieser Fünfjährige ist durch und durch psychotisch; er hat rituelle Verhaltensweisen entwickelt
und ist verbal und motorisch regrediert. Er
scheint Menschen in seiner Umgebung keinerlei
Aufmerksamkeit zu schenken; sein Sprachverhal-
ten liegt zwischen völligem Stillschweigen und
einem mit Singsangstimme vorgetragenen Plap-
pern, dem eine deutliche Sprechbehinderung an-
zumerken ist; er denkt wirr und verfügt über eine
für sein Alter deutlich zu gering entwickelte Ein-
sichts- und Urteilsfähigkeit; fließendes Wasser
und Feuer faszinieren ihn.
Den Eltern zufolge war er zum Vorschulbesuch
nicht in der Lage; er kommt weder mit anderen
Kindern noch mit Erwachsenen aus und bedarf
ständiger Aufsicht, weil er zündelt, Gegenstände
zerstört und sich die Nasenlöcher mit Papier ver-
stopft.

Den Unterlagen nach war Robby das einzige Kind einer
Frau, die mehrfach wegen angeblicher »Nervenzusammen-
brüche« stationär behandelt worden war. Als Robby nach

Merrick kam, war sie achtundzwanzig Jahre alt, sie wurde als ungepflegt und »klapperdürr« beschrieben sowie als hochgradig erregbar und labil, mit so geringem Selbstvertrauen, daß sie praktisch völlig abhängig war von ihrem Mann. Der in der Psychiatrie tätige Sozialarbeiter, Tom Gazarro, der das Aufnahmegespräch führte, vertrat die Ansicht, sie sei selbst ein Borderline-Fall, stehe also am Rande einer Psychose.

Es kostete ihn viel Mühe, eine genaue Fallgeschichte aus der Mutter herauszubekommen, es sah aber so aus, als habe sie schon bald nach Robbys Geburt unter schweren Depressionen gelitten und geglaubt, von ihrem Sohn gehe eine Bedrohung durch »Keime« für sie aus. Sie berührte ihn so wenig wie möglich, da sie überzeugt war, wenn sie zu viel Zeit mit ihm verbringe oder ihm zu nahe komme, würde sie krank werden. Der einzige Kontakt zwischen Mutter und Kind bestand im Füttern und Trockenlegen.

Die Verantwortung für Robby trug in erster Linie der Vater; er wurde als quecksilbriges Männchen beschrieben – offenbar eine Art sich aufplusternder Gartenzwerg –, das seine Rede ständig mit Bibelzitaten würzte. Dieser Mann schien die seltsamen Vorstellungen und das eigentümliche Verhalten seiner Frau gar nicht zu bemerken. Er war Fließbandarbeiter und rühmte sich, vor kurzem in seinem Betrieb zum Gewerkschaftsvertreter gewählt worden zu sein, gab jedoch zu, daß seine Arbeitsbelastung ihn daran gehindert hatte, sich besonders viel mit seinem Sohn zu beschäftigen.

Die Eltern konnten sich nicht genau erinnern, in welchem Alter Robby sitzen, krabbeln, gehen oder reden gelernt hatte oder wann er angefangen hatte, von sich aus das Töpfchen zu benutzen. Alles, was sie zu sagen wußten, war, er habe viele Umstände gemacht, sei häufig krank gewesen und sein seltsames Verhalten habe im Alter von etwa drei Jahren angefangen. Offensichtlich war das der Zeitpunkt seiner beginnenden Bewußtseinsspaltung, die ihm half, die Leere seines Daseins mit Traumgestalten zu bevölkern und mit erdachten Handlungsabläufen und Selbstgesprächen anzufüllen, bis im Alter von vier Jahren seine überquellende Phantasie und die frühkindliche Traumatisierung übermächtig wurden.

Und dann kam es: Der Kinderarzt, der den Eltern Merrick empfohlen hatte, war davon überzeugt, daß Robby versucht hatte, Selbstmord zu begehen . . .

Ich lehnte mich in meinem Sessel zurück und dachte über diese geradezu unglaubliche Vorstellung nach. War es denn überhaupt *möglich*, daß ein so junger Mensch diese Zusammenhänge begriff? Doch Robby hatte seinen Eltern zufolge etwa acht Monate vor seiner Einweisung damit begonnen, immer wieder den Atem anzuhalten und Papier, Stofffetzen – was eben gerade zur Hand war – in Nase und Mund zu stopfen. Er wälzte sich in Erstickungsanfällen auf dem Boden und versuchte ganz offenkundig, die Luft so lange wie möglich anzuhalten. Einmal war der Kinderarzt sogar Zeuge einer solchen Szene geworden.

Über das, was sich dabei in Robbys vier Jahre altem Gehirn abgespielt hat, konnte man lediglich Vermutungen anstellen. Vielleicht hatte er sich gedacht: Wenn ich nicht atme, fühle ich mich schwach und schwindlig, so, wie wenn man ohnmächtig wird, und dann stirbt man. Er konnte ja nicht wissen, daß die Atmung beim Menschen an einen Überlebens-Automatismus gekoppelt ist und autonom funktioniert, so daß man ganz von selbst weiteratmet, wenn man ohnmächtig wird. Es wäre also vorstellbar, daß Robby annahm, er könne sich das Leben nehmen, indem er aufhörte zu atmen.

Schließlich begann er – sei es aus dem verzweifelten Wunsch nach Zuwendung, sei es in gegen die Eltern gerichtetem wütenden Vergeltungsdrang –, an verschiedenen Stellen im Haus Feuer zu legen. Nachdem Vorhänge verkohlt waren und ein riesiges Loch den Wohnzimmerteppich zierte, suchte das Ehepaar Harris schließlich Rat und Hilfe bei einem Arzt. Sie selbst vermochten Robbys Verhalten offenbar nur als »Gottes Willen« zu deuten.

Zum Glück erfaßte der Kinderarzt die Situation richtig, erkannte, daß der Junge von zu Hause weg mußte, und machte den Eltern klar, daß eine sofortige psychiatrische Behandlung unumgänglich sei. Er verwies sie an eine Beratungsstelle, und nachdem zwei Monate später das Aufnahmegespräch stattgefunden hatte, wurde Robby in der psychiatrischen Landesklinik von Merrick der Patient mit der Nummer 65433-CU.

Bei seiner Einweisung war er offensichtlich akut psychotisch, und seine Sprache bestand aus einem unzusammenhängenden Durcheinander unverständlicher Laute. Während er sprach, führte er unermüdlich abgezirkelte, geradezu choreographisch angeordnete Bewegungen aus: linker Arm nach vorn, rechter Arm nach hinten, einen Schritt vor, einen Schritt zurück, Arme seitwärts geschwungen, zwei Schritte vor, zwei Schritte zurück, dann den rechten Arm nach vorn, den linken Arm nach hinten, einen Schritt vor, einen Schritt zurück . . . Während des ganzen Aufnahmegesprächs hatte Robby sich wie ein aufgezogenes Spielzeug verhalten.

Nachdem die Eltern ihn in der Klinik abgeliefert hatten, kümmerten sie sich überhaupt nicht mehr um ihn. Sie hatten ihn nicht ein einziges Mal besucht und sich auch nie nach seiner Entwicklung erkundigt. Von Anfang an war Robby eines der wenigen Kinder in der Abteilung gewesen, die nie nach Hause fuhren – nicht einmal zu Weihnachten.

In den drei Jahren seit seiner Aufnahme hatte sich nur wenig geändert. Er ging den anderen Kindern aus dem Weg und floh, sobald jemand in seine Nähe kam – vor allem jedoch vor Erwachsenen. Zum Teil ging das auf einen Vorfall zurück, zu dem es bald nach seiner Einweisung in die Klinik gekommen war: Einige Helfer hatten ihn ergriffen und festgehalten, damit man seine langen und verfilzten Haare waschen und schneiden konnte. Bei diesem einen Mal blieb es, denn Robby strampelte, schlug um sich, biß und kratzte wie ein in die Ecke getriebenes wildes Tier. Wie sehr ihn dieser Vorfall an sein Leben im elterlichen Hause erinnert haben muß, läßt sich daran ermessen, daß er in jener Nacht versucht hat, sich mit seinem Gürtel zu erhängen . . .

Etwa zwei Monate nach dem Zwangshaarschnitt hatte sich ein Lehrer mit einer Papierschere (mit abgerundeten Spitzen) an ihn herangeschlichen und ganze Büschel seines bereits wieder recht lang gewachsenen Haars abgeschnitten. Doch von da an durfte Robby seine Haare selbst kürzen, so gut es ging – daher sein unregelmäßig gezackter, strohblonder Schopf, der ihm das Aussehen einer verstrubbelten Vogelscheuche verlieh.

Überlebt hatte Robby mehr oder weniger dadurch, daß er sich in sich selbst zurückgezogen hatte – wie eine Schnecke in ihr Haus. Nie teilte er sich dem Pflegepersonal oder anderen Kindern mit. Gut möglich, daß er bestimmte Anweisungen nur befolgte, damit man ihn in Ruhe ließ. Seine Fühler waren stets ängstlich ausgestreckt, und sobald ein Erwachsener ihm zu nahe kam, entfernte Robby sich seitwärts wie ein kleiner Strandkrebs und beobachtete den Eindringling aufmerksam, um eventuelle Anzeichen einer Bedrohung sofort zu erkennen.

Tagsüber saß er untätig im Aufenthaltsraum herum und sah aus dem Fenster. Gelegentlich ging er auch zum Unterricht, beteiligte sich aber nie. Immer wieder durchwanderte er unruhig wie ein gefangenes Tier das Gelände, und von Zeit zu Zeit streifte er, wie Scott beobachtet hatte, durch die Berge, die sich hinter dem Klinikkomplex erhoben. Wenn, was manchmal vorkam, ein rauflustiges Kind eine Prügelei begann, reagierte Robby darauf instinktivanimalisch: War eine Flucht möglich, lief er davon – er kämpfte nur, wenn es nicht anders ging, und nie wandte er sich schutzsuchend an einen Erwachsenen.

Im Laufe der Jahre hatten verschiedene Therapeuten versucht, an Robby heranzukommen und sein Vertrauen zu gewinnen. Einer hatte ihn mit großen Kugeln Eiscreme, Robbys Lieblings-Leckerei, in den Raum für Spieltherapie locken wollen, doch der Junge war nicht darauf eingegangen. Ein anderer Therapeut hatte, offensichtlich selbst völlig frustriert, notiert, er betrachte Robby als »organisch paranoid« und daher »völlig unbehandelbar«.

Ein erschütterndes Schicksal, und alles deutete darauf hin, daß keine Hoffnung bestand. Es war ganz klar, daß Robby nie auch nur versucht hatte zu lernen, wie man sich anderen Menschen mitteilt. Statt dessen war er in ein gleichermaßen starres und sinnloses Leben eingezwängt. Mit jedem Jahr, das verging, wurde es schwerer für ihn, daraus auszubrechen, und für andere, zu ihm vorzudringen.

An jenem Abend nahm ich mir meine Lehrbücher und meine Notizen aus Seminaren über Psychopathologie wieder vor, um nachzulesen, was man über kindliche Schizophrenie weiß. Die mir vertrauten theoretischen Vorstellungen und das Forschungsmaterial gewannen jetzt, da ich sie auf einen Menschen aus Fleisch und Blut übertrug, eine ganz andere Dimension.

Als Ursache kindlicher Schizophrenie gelten vielen Psychologen die Eltern, vor allem die sogenannte »omnipotente«, beherrschende Mutter, die geradezu als »schizophrenogen« bezeichnet wird. Es handelt sich dabei um Mütter, die durch ihr Verhalten den Prozeß des Wachstums, der Anpassung und der Integration hemmen. Sie treiben das Kind durch widersprüchliche verbale und nonverbale Verhaltens- und Handlungsweisen in eine Art seelische Zwickmühle, in der zwangsläufig *alles* falsch ist, was das Kind sagt oder tut. Ein Grund, das Tun des Kindes zu mißbilligen und es streng zu bestrafen, wird daher stets gefunden: der klassische Fall von »double-bind«, einer Beziehungsfalle, aus der es für das Kind kein Entkommen gibt.

Andere Wissenschaftler wieder sehen in einer gluckenhaft-besitzergreifenden Mutter die Schuldige, da sie dem Kind keine Chance gibt, sein eigenes Ich zu entwickeln, und es statt dessen in einer so vielfältigen und unauflöslichen Bindung an sich kettet, daß das Kind gar nicht mehr zwischen der eigenen Person und der Person der Mutter zu unterscheiden vermag. Eine derartige Ich-Unterdrückung führt nach und nach zu einem solchen Grad der Abhängigkeit, daß beim bloßen Hinweis auf eine mögliche Trennung von der Mutter das Kind gewöhnlich in einen Zustand absoluter Panik, ja sogar an den Rand des psychotischen Wahns gerät. Auf Robbys Eltern schien allerdings – soweit ich den Unterlagen entnehmen konnte – keine der beiden Theorien zuzutreffen.

In ihrem Fall handelte es sich eher um die Konstellation »Kühlschrankmutter« plus häufig abwesender Vater, das heißt, kein Elternteil war in der Lage, dem Kind den notwendigen seelischen Halt zu geben. Eltern dieses Typs vernachlässigen häufig selbst die grundlegendste körperliche Fürsorge, und so wird das Kind günstigstenfalls in unregelmäßigen Abständen gefüttert, trockengelegt und gebadet. Nach einiger Zeit hat eine solche empfindliche Zurückweisung und emotionale Isolierung des Kindes deutlich negative Auswirkungen auf seine seelische Entwicklung: Das Kind ist nicht in der Lage, die Wirklichkeit in sinnvoller und zielgerichteter Weise zu erfassen, und somit auch nicht fähig, sich selbst als Persönlichkeit zu begreifen.

Diese Erklärung paßte am ehesten auf Robbys Situation, zumal es fundierte Angaben darüber gibt, daß Menschen aus Familien, in denen bereits Schizophrenie auftrat, dafür anfälliger sind als Menschen aus davon nicht betroffenen Familien. Die Forschung hat gezeigt, daß 12 bis 14 Prozent der Kinder, die eine schizophrene Mutter oder einen schizophrenen Vater haben, ebenfalls unter dieser psychischen Störung leiden; sind beide Eltern schizophren, beträgt die Wahrscheinlichkeit einer Erkrankung sogar 35 Prozent. Möglicherweise gab es bei Robby eine gewisse Disposition, denn immerhin war seine Mutter ja in psychiatrischer Behandlung gewesen, wenn ich auch in den Unterlagen keinen Hinweis auf die genaue Diagnose finden konnte.

Dieser Forschungsrichtung, die sich mit genetischen Ursachen psychischer Erkrankungen beschäftigt, entsprechen auch verschiedene Hypothesen, die einen physiologischen Auslöser der Schizophrenie vermuten, Vitaminmangel zum Beispiel oder eine Störung des biochemischen Gleichgewichts, ein Unvermögen der Neurotransmitter im Gehirn, eingehende Informationen zu »sichten« und realitätsgerecht zu verarbeiten.

All das war ziemlich verwirrend. Es sah ganz so aus, als

wisse niemand etwas Genaues. Aber an einem konnte kein Zweifel bestehen: Die Schizophrenie, vor allem ihre frühkindlich-autistische Form, ist die heimtückischste aller psychisch-emotionalen Störungen, da sie in den ordnungsgemäßen Ablauf des Wachstums eingreift und die Entwicklung dessen verhindert, was den Menschen erst zum Menschen macht – die Entwicklung seiner Persönlichkeit und damit seiner Fähigkeit, eine Beziehung zu anderen einzugehen.

Vernachlässigung und falsche Behandlung durch die Eltern spielen dabei eine vorrangige Rolle. Das bedauernswerte Kind ist einfach nicht in der Lage, den Ansturm von Furcht, Angst und schließlich Verzweiflung ohne Hilfe abzuwehren. Eine solche ständige psychische Folter erschöpft den Menschen, und eines Tages zieht das Kind sich auf sich selbst zurück, um nur zu überleben, es erstickt seine Empfindungen allmählich, bis sie ein letztes Mal aufzucken, um dann endgültig in einen Dornröschenschlaf zu sinken.

Hier erfolgt der Bruch mit der Wirklichkeit, die Absonderung, der Rückzug ins eigene Ich; es kommt zu einem allmählichen Hineingleiten in Traumvisionen aus entstellten Gedanken und fratzenhaften Phantasien, die dazu dienen, eine, wenn auch deutlich begrenzte, Art des Überlebens zu ermöglichen. Da aber nicht einmal der relative Schutz, den ihm seine »Verrücktheit« bot, den kleinen Robby vor dem peinigenden Schmerz in seinem Innern zu bewahren vermochte, hatte er sein Leben beenden wollen. Glücklicherweise war diese Phase vorüber; seit es zwischen ihm und dem Personal zu einer Art »Waffenstillstand« gekommen war, hatte er keine Selbstmordversuche mehr unternommen – jetzt lagen »nur« drei Jahre scheinbarer Nichtbeachtung hinter ihm.

Ich klappte mein Notizbuch zu, lehnte mich zurück und überlegte. Ich war im Begriff, einen Patienten zu übernehmen, an dessen Krankheit bisher jede Behandlung gescheitert war. Bei aller Unerfahrenheit – dieser Fall war schließlich meine erste große Aufgabe – fühlte ich mich zuversichtlich, zuversichtlicher, als ich hätte sein dürfen.

Je mehr ich über die Sache nachdachte, desto stärker wurde in mir das Gefühl, daß sie irgendwie mit mir selbst zu tun hatte. Auch ich war immer ein Einzelgänger gewesen, obwohl ich ganz gewiß nie das durchlitten hatte, was Robby angetan worden war. Im Gegenteil, ich stamme aus einer vernünftigen, fürsorglichen Mittelschichtsfamilie, die in einem Vorort von Los Angeles lebt. Doch als Kind hatte mich die Großstadt förmlich erschlagen – die Menschenmassen, der Lärm, das rastlose Getriebe. Ich rebellierte dagegen auf meine Weise: Ich brach das College-Studium ab und »gammelte« jahrelang herum; die Winter verbrachte ich skilaufend in den Bergen und die Sommer mit dem Surfbrett an den Stränden Südkaliforniens.

In jenen Jahren erkannte ich, daß dieses Nomadenleben eine Art Flucht war, ein Weg, mir meine Sensibilität zu bewahren; außerdem befreite es mich von der Furcht vor dem, was andere über mich dachten. Da ich mich diesen »anderen« nicht zugehörig fühlte, suchte ich Kontakt zu Menschen, die am äußersten Rand der »angepaßten Gesellschaft« standen – beispielsweise zu den beiden Männern, an die ich hatte denken müssen, als Scott davon sprach, ich könnte mit Robby arbeiten.

Charlie war aus dem Geschäftsleben »ausgestiegen« und lebte nun mehr schlecht als recht davon, daß er frühmorgens ein großes Sieb über die öffentlichen Strände zog. Das Ergebnis dieser wenigen Stunden Arbeit waren gewöhnlich einige Dollar Kleingeld und gelegentlich ein Ring oder eine

Uhr. Den Rest des Tages verbrachte er mit Weintrinken und Monologen über ein fehlgeschlagenes Leben. Seiner selbstgestricken Philosophie über den erbarmungslosen Wettkampf des Berufsalltags, den er jetzt so verabscheute, konnte ich stundenlang zuhören. Dabei war die schreckliche Trauer in seinen Augen nicht zu übersehen, mit denen er mich unter aufgequollenen Lidern und über eine riesige rote Knollennase hinweg anblickte.

Der andere Fall von extremer Vereinsamung, dem ich begegnet bin, war Lars. Er bewohnte in der Abgeschiedenheit des Gebirges eine kleine, von ihm selbst erbaute Hütte, wo ihm lediglich ein Pärchen Waldmurmeltiere Gesellschaft leistete. Auch wenn die Mehrzahl der Skifahrer Lars mied, wußte ich schon damals, daß er keineswegs verrückter war als ich selbst. Er war einfach einer der einsamsten Menschen, die ich je näher kennengelernt habe. Vor meinem inneren Auge stehen noch heute die staubbedeckten, mit großem Geschick von ihm selbst angefertigten Schneeschuhe – für seine Frau, die ihn etwa zwanzig Jahre zuvor verlassen hatte. Von dieser Zurückweisung hatte er sich allem Anschein nach nie wieder erholt . . .

Die ersten Tage verbrachte ich damit, daß ich jeden, der Robby kannte, über ihn aushorchte, auf der Suche nach Hinweisen, die einen Ansatzpunkt für eine erfolgversprechende Annäherung erkennen ließen. Zuerst sprach ich mit Jody Fletcher, der für Robbys Pavillon zuständigen Oberschwester. Ich verstand rasch, warum man diese immer fröhliche, eher kleine, hübsche Frau, die jünger war, als Oberschwestern gemeinhin zu sein pflegen, mit dieser Aufgabe betraut hatte: Was ihr an Alter und Körpergröße fehlte, ersetzte sie durch natürliche Autorität.

Während wir miteinander sprachen, kam Chuck Benson herein, einer der Pfleger, der Robby seit seiner Einweisung vor drei Jahren kannte, ein muskelbepackter ehemaliger Marinesoldat Ende Dreißig, dessen Arme mit Tätowierungen übersät waren. Er gab mir zurückhaltend die Hand und bestand darauf, mich mit »Doktor« anzureden.

»Wir sprechen gerade über Robert Harris, Chuck. Vielleicht könnten Sie auch etwas dazu sagen«, erklärte Jody.

»Was wollen Sie über ihn wissen, Doktor?« erkundigte er sich mit einer Stimme, die klang wie die eines Feldwebels auf dem Kasernenhof. »Viel gibt es da nicht zu berichten –« Er warf einen Blick zu Jody hinüber.

»Das ist leider nur allzu wahr«, stimmte sie zu. »Wir sind bei Robby bisher keinen Schritt weitergekommen und haben weiß Gott keinen Anlaß, uns auf die Schulter zu klopfen. Wir haben alles Mögliche versucht, um an ihn heranzukommen, aber bis heute stets vergebens. Trotzdem: Er hat etwas, das uns das Gefühl gibt, daß man an ihn herankommen könnte, wenn man nur den richtigen Weg wüßte.«

»Gibt es einen konkreten Grund dafür, das zu vermuten?«

»Man muß nur sehen, wie er uns ständig folgt. Immerhin ist es ungewöhnlich, daß ein Kind, das so gestört ist wie Robby, überhaupt ein Interesse an anderen Menschen erkennen läßt. So deutlich wie bei ihm habe ich das noch nie zuvor erlebt. Sobald wir aber zeigen, daß wir seine Anwesenheit bemerkt haben, ist es aus. Zuerst dachten wir, wenn er erst mal gemerkt hätte, daß er uns vertrauen kann, würde er zulassen, daß wir ihm helfen. Aber so weit ist es nie gekommen.«

»Was haben Sie bisher mit ihm gemacht?«

»Ach, wissen Sie, im Laufe der Jahre haben verschiedene

Therapeuten versucht zu erreichen, daß er sich für Spielzeug, Spiele und so weiter interessiert, es hat aber nichts gefruchtet. Die meisten von uns haben sich einfach bemüht, sein Vertrauen zu gewinnen, indem sie etwas für ihn getan, ihn nicht gedrängt und keine Forderungen an ihn gestellt haben. Inzwischen ist es so, daß er seine eigenen Regeln aufstellen darf, weil wir hoffen, daß es schließlich doch noch auf die eine oder andere Weise zu einer Interaktion kommt.«

»Gewöhnlich fängt ein Kind irgendwann an, sich mitzuteilen«, meinte Chuck, »aber Robby ist so scheu, daß man sich ihm nicht mal auf mehr als acht bis zehn Schritt nähern darf.«

»Auch die anderen Kinder nicht? Hat man schon etwas in dieser Richtung bemerkt?«

»Nein, nichts.« Chuck zuckte die Schultern. »Soweit wir beobachtet haben, spricht Robby nicht und kommuniziert auch auf keiner anderen Stufe, außer wenn es darum geht, uns kleine alltägliche Bitten zu erfüllen – daß er seine Medikamente nimmt, zur Schule oder zu den Mahlzeiten geht und so weiter. Und auch das tut er nur, damit man ihn in Frieden läßt.«

»Es ist eine Art Stillhalteabkommen«, fügte Jody hinzu.

Chuck nickte. »Ja, und bis jetzt ist er damit durchgekommen. Wir sitzen fest, und ich fürchte, jeder hier wird Ihnen genau dasselbe berichten . . .«

Er hatte recht. Cecile Stevens, Robbys Lehrerin, eine Frau von Mitte Fünfzig, konnte nur hinzufügen, daß Robby während der Schulstunden einfach aus dem Fenster starre. »Ich habe immer wieder versucht, mit Hilfe von Büchern, Bildern und Malfarben seine Aufmerksamkeit zu erregen – er hat nicht mal auf Zeichentrickfilme angesprochen, die die anderen Kinder so gern sehen. Na ja –« Sie zuckte die Schultern. Wenn es um Robby ging, sah man viele Leute die Schultern zucken.

Als ich mit Tom Gazarro sprach, der als zuständiger Sozialarbeiter das Aufnahmegespräch mit den Eltern geführt hatte, fand er für sie nur ein Wort: »eigentümlich«.

»Sie haben auf keinen meiner Briefe geantwortet, haben offensichtlich kein Telefon oder stehen zumindest nicht im Telefonbuch. Ganz offenbar haben sie Robby einfach aufgegeben, sich buchstäblich von ihm losgesagt. Sie wollen nichts mehr mit ihm oder mit uns zu tun haben. Eine Affenschande! Man sollte das auch nicht durchgehen lassen, aber was können wir unter den gegebenen Umständen schon viel machen?« Nach einer kurzen Pause fuhr er fort: »Ich könnte diese Haltung der Eltern bei einigen der anderen Kinder hier noch eher verstehen; manche geben sich große Mühe, jeden vor den Kopf zu stoßen, und es kostet wirklich viel Geduld und Energie, sich über längere Zeit mit ihnen zu beschäftigen. Aber Robby – den hat man einfach stiefmütterlich behandelt.«

Der Direktor der psychiatrischen Abteilung, Dr. Mark Conable, schien, was Robby betraf, ebenso ratlos zu sein wie alle anderen. Er gab offen zu, nichts weiter unternommen zu haben, als eine regelmäßig einzunehmende Menge eines Psychopharmakons zu verschreiben, und erklärte, daß im Laufe der Jahre kaum eine Veränderung in Robbys Verhalten zu beobachten gewesen war. Ab und zu hatte er die Dosis verringert oder das Mittel ganz abgesetzt, um zu sehen, wie der Junge reagieren würde, aber sein Verhalten wurde dann so psychotisch, daß er sich nicht einmal mehr selbst anziehen oder den Unterricht besuchen konnte. Darüber hinaus hatte Conable ihn selten gesehen, obwohl auch er zu denen gehörte, denen Robby gelegentlich folgte.

Zusammenfassend konnte man sagen, daß Robby all den

Menschen, die seit Jahren mit ihm zu tun hatten, ein ebensolches Rätsel war wie mir.

In jener ersten Woche schrieb ich auch an Robbys Eltern und teilte ihnen mit, daß ich vorhätte, ihren Sohn einer Therapie zu unterziehen, und dazu ihre Hilfe unerläßlich sei. Ich beendete den Brief mit der Bitte, mich anzurufen – per R-Gespräch. Zwei Wochen später hatte ich immer noch nichts von ihnen gehört, und nach dem, was Tom berichtet hatte, überraschte mich das nicht weiter. Ich versuchte es erneut, schrieb einen zweiten Brief, in dem ich noch mal betonte, wie dringend ich mit ihnen über Robby sprechen müßte – wieder keine Reaktion.

Inzwischen sorgte Scott dafür, daß ich nicht müßig ging. Er ließ mich unter seiner Aufsicht einen Patienten testen und überprüfte dann genauestens die Ergebnisse, die ich beim Wechsler-Intelligenztest für Kinder und beim Rorschachtest erzielte. Gemeinsam gingen wir schließlich die Hypothesen durch, die ich aus diesen Resultaten wie auch aus denen des Benderschen Visual Motor Gestalt Test, des Apperzeptionstests für Kinder und des Draw-a-man-Test, kurz Männchen-Test genannt, hergeleitet hatte. Anschließend zeigte er mir, wie man die so gewonnenen Informationen in eine zusammenhängende psychodynamische Beschreibung des Kindes übertrug, die als Grundlage für unsere Behandlungsempfehlungen diente.

Wann immer sich eine Gelegenheit ergab, beobachtete ich Robby aus der von ihm festgelegten Entfernung. Ich sah einen schmuddligen kleinen Herumtreiber in einem falsch zugeknöpften, ausgebleichten Flanellhemd, flickenbesetzten Blue jeans und abgetragenen Turnschuhen. Doch unter diesem ungepflegten Äußeren verbarg sich ein schlanker, geschmeidiger Körper; seine ritualisierten Bewegungsabläufe, die er den ganzen Tag lang zwanghaft durchexerzierte, besaßen sogar eine seltsame Anmut.

Vor allem aber faszinierte mich sein Gesicht. Es trug stets den gleichen Ausdruck: eine finstere, undurchdringliche Maske. Noch nie hatte ich einen solchen Gesichtsausdruck gesehen. Robbys elendes Dasein spiegelte sich schmerzlich in der Art, wie er seine tiefliegenden, nußbraunen Augen zusammenkniff, in seinen zusammengepreßten schmalen Lippen und der angespannten Haltung ständiger Fluchtbereitschaft, mit der er sich bewegte. Stets auf der Hut und überall Gefahren witternd, ähnelte er einem kleinen, verletzlichen Geschöpf in einem Verhau voller Raubtiere. Auf mancherlei Weise schien Robby alt, ja geradezu verwelkt – ein Achtjähriger, der der Welt und des Lebens überdrüssig war.

Schließlich ließ ich Scott wissen, daß ich für die Arbeit mit Robby so gut vorbereitet sei, wie ich es nur sein konnte. Als er sich nach meinem Therapieplan erkundigte, erläuterte ich ihm anhand meiner Notizen, wie ich mir das weitere Vorgehen dachte. Ich wies auf den Psychoanalytiker Bruno Bettelheim hin, der in verschiedenen Büchern betont hat, daß liebevolles Verständnis die bestmögliche Behandlung bei schizophrenen Kindern sei. Und die Psychoanalytikerin Melanie Klein meint sogar, man solle in den »Panzer« der Psychose, der das Kind umgibt, mit hineinsteigen und es dann herausführen. »Sie sagt allerdings nicht genau, wie sie sich das vorstellt . . .« Ich warf einen Seitenblick auf Scott und zog mich dann lieber auf sichereren Boden zurück.

Ein Psychotherapeut, dessen Schriften ich geradezu verschlungen hatte, war Carl Rogers. Er geht davon aus, daß der Erfolg einer Therapie zu einem Gutteil von dem Eindruck abhängt, den der Therapeut vermittelt. Er hebt hervor, wie wichtig Empathie ist – das Sicheinfühlen in das, was im Kranken vorgeht – und daß man seinem Gegenüber vor allem Verständnis entgegenbringt, ihn vorbehaltlos annehmen muß. Dadurch, und durch seine rückhaltlose Offenheit und Aufrichtigkeit, legt der Therapeut den Grundstein für Vertrauen und erleichtert damit Veränderung und persönliches Wachstum. Meine bisherige, an der Universitätsklinik erworbene Erfahrung hatte mich überzeugt, daß diese Methode zu positiven Ergebnissen führt, zumal Rogers' Vorstellungen meinen eigenen Ansichten über Wesen und Wert des Menschen entsprechen. In meinen Augen war ich ein »Rogerianer« – ein Anhänger der klientenzentrierten Gesprächstherapie.

Virginia M. Axline, eine auf die Arbeit mit gestörten Kindern spezialisierte Pädagogin und Kinderpsychologin, hat in ihrer Fallgeschichte *Dibs. Die wunderbare Entfaltung eines menschlichen Lebens* gezeigt, wie man Rogers' Konzept mit einer Spieltherapie verbinden kann, doch hing der Erfolg ihrer Behandlung – wie auch der Erfolg jeder anderen Therapie à la Rogers – von einem bestimmten Ausmaß an aktiver Beteiligung des Patienten ab.

»Dann gibt es noch die operante Konditionierung. In vielen Fällen hatte man mit der Anwendung von verhaltenstherapeutischen Maßnahmen bei der Behandlung Schizophrener Erfolg, aber ich finde, auf diese Weise dressiert und programmiert man das Kind in Wahrheit nur und erreicht mit Hilfe von Belohnungen nichts als ein mechanisch ablaufendes Routineverhalten. Außerdem müßte ich Robby erst mal mit einem Kescher einfangen, um ihn an die Süßigkeiten gewöhnen zu können, die sich dann als Verstärker einsetzen ließen. Ich weiß wirklich nicht, wo man da ansetzen soll.«

Scott nickte. Dann sagte er mit feinem Lächeln: »Ihnen

gehen wohl die Theoretiker aus . . .«

»Noch nicht. Ich weiß, man spricht kaum noch von ihr, aber mich haben die Schriften von Frieda Fromm-Reichmann immer beeindruckt. Sie betont, wie wichtig es für den Therapeuten ist, den Schizophrenen bei der Entdeckung zu unterstützen, daß das Leben mit anderen erträglich und sogar lohnend sein kann, daß es Möglichkeiten gibt, miteinander auszukommen, daß Menschen nicht in einer Welt aus Illusionen und Wahnvorstellungen leben müssen. Leider ist auch ihre neo-analytische Methode darauf angewiesen, erst einmal an das Kind heranzukommen.« Ich redete mich in Feuer und schnurrte, offensichtlich selbst beeindruckt, wieviel ich noch wußte, alles herunter, was ich mir angelesen hatte.

Scott hörte geduldig zu und sog nachdenklich an seiner Pfeife. Schließlich hob er die Hand, und ich hielt inne.

»Den Fachjargon scheinen Sie ja draufzuhaben. Aber jetzt zur praktischen Seite. Wie wollen Sie im einzelnen vorgehen?«

»Ich habe keine Ahnung, was Erfolg verspricht, ich weiß nicht mal genau, womit ich anfangen soll. Ich hab mir gedacht, daß ich vielleicht alles mal ein bißchen ausprobiere.«

»Meinen Sie, Robby würde auf Spieltherapie ansprechen?«

»Das bezweifle ich, vor allem, wenn ich nicht näher als acht bis zehn Schritte an ihn herankomme. Außerdem haben das auch schon andere erfolglos versucht.«

»Was also *werden* Sie tun?«

»Am besten gehe ich einfach zum Pavillon und erkläre Robby, daß wir uns eine Weile miteinander beschäftigen sollten, dann sieht man weiter. Ich muß einfach abwarten, was sich so ergibt.«

Scott sah zweifelnd drein. »Das klingt nicht gerade schulmäßig. Normalerweise bemühen wir uns schon um eine Art Therapieplan und warten nicht einfach auf das, ›was sich so ergibt‹. Was ist denn eigentlich mit all dem Zeug, das Sie mir vor ein paar Minuten noch heruntergebetet haben?«

»Ich weiß nicht, es scheint alles nicht richtig zu passen. Ich denke, ich werde erst entscheiden können, wenn ich sehe, wie Robby auf mich reagiert.«

Scotts Gesichtsausdruck war noch zweifelnder als vorher, aber dann lächelte er auf eine Weise, die ich nicht recht zu deuten wußte. Er schien belustigt.

»Sie wollen es also drauf ankommen lassen. Na, das kann ja ganz interessant werden – für Sie genauso wie für Robby.«

3

Am folgenden Nachmittag machte ich mich zu meinem ersten Treffen mit Robby auf. Meine Kleidung hatte ich sorgfältig ausgewählt, um möglichst leger und »ungefährlich« zu wirken: braune Cordjacke, sportliches Hemd, gestreifte Krawatte, helle Jeans und leichte Schuhe. Außerdem hatte ich eine überaus geduldige Sprechweise geübt, ein freundliches, verständnisvolles Lächeln aufgesetzt und eine Pfeife eingesteckt – ich bin zwar kein Pfeifenraucher, aber sie konnte sich vielleicht als ganz nützliches Requisit erweisen.

An der Tür des Pavillons drückte ich auf den Einlaßknopf, trat ein, und nach wenigen Augenblicken stieß Chuck zu mir, der Pfleger, mit dem ich einige Tage zuvor gesprochen hatte. Gemeinsam stöberten wir Robby in einer Ecke des Aufenthaltsraums auf, wo er aus einem der fest vergitterten Fenster starrte. Er muß uns förmlich gewittert haben, denn kaum hatten wir ihn entdeckt, rannte er schon davon.

»Hallo, Robby.« Ich legte alles, was ich an Empathie aufbringen konnte, in die beiden Wörter. Keine Reaktion.

»Robby, ich heiße Pat. Du hast mich schon ein paarmal gesehen – ich hab dir immer zugewinkt, erinnerst du dich? Ab heute sollen wir beide, du und ich, uns regelmäßig treffen und was miteinander tun – was du möchtest. Einverstanden?«

Immer noch keine Reaktion, nur Robbys Augen wanderten zwischen Chuck und mir hin und her.

Ich versuchte es erneut, obwohl meine Stimme schon nicht mehr so entspannt klang. »Robby, gibt es etwas, das du heute mit mir tun möchtest?«

Hinter meinem Rücken ertönte Chucks polternde Stimme: »Geben Sie's auf, Doktor, der redet mit keinem.«

Ich wandte mich kurz zu Chuck um – und sofort erkannte Robby seine Chance. Er flitzte zur Tür des Aufenthaltsraums hinaus und den Korridor entlang, so rasch und weit wie möglich von uns weg.

»Hören Sie, Doktor, der Junge ist seit drei Jahren hier, und ich hab's Ihnen ja schon erzählt, keiner von uns hat ihn dazu gekriegt, was zu sagen, und erst recht ist er zu keinem gekommen. Wenn wir wollen, daß er irgendwo hingeht, in einen anderen Raum oder nach draußen, sagen wir ihm, daß es in Ordnung ist, und gehen von der Tür weg. Das ist unser Abkommen. Wir lassen ihn zufrieden, und dafür tut er, was wir ihm sagen. So einfach ist das.«

Ich nickte und gab mir die größte Mühe, den Eindruck zu erwecken, ich hörte seinen Ausführungen interessiert zu. Ein Gespräch unter Fachleuten.

»Na schön, soll er rausgehen.«

Chuck schlenderte den Korridor entlang und schloß die Haustür auf. Dann wandte er sich an Robby, der bebend vor Anspannung und Wachsamkeit in der Nähe seines Zimmers stand.

»In Ordnung, Robby, du kannst mit dem Doktor rausgehen. Aber halt dich bei ihm und komm zurück, wenn er's dir sagt. Hast du verstanden, Robby?« Chuck trat von der offenen Tür zurück.

Während Robby auf sie zuglitt, ließ er uns keine Sekunde aus den Augen. Er warf mir noch einen raschen Blick zu – und war verschwunden.

Schulterzuckend wandte sich Chuck zu mir um. Vermutlich hatte er im Laufe der Jahre eine ganze Reihe von Assistenzärzten wie mich erlebt: frisch von der Universität, vollgestopft mit neuen Theorien und durchdrungen von dem Gefühl, Helfer der Menschheit zu sein.

Ich nickte ihm dankend zu und ging rasch hinaus. Robby war nirgends zu sehen. Nachdem ich eine Weile umhergespäht hatte, entdeckte ich eine kleine Gestalt im Gebüsch nahe dem sieben Meter hohen Umfassungszaun. Aus angemessener Entfernung redete ich zu dem Gebüsch.

»Robby, du kannst natürlich den ganzen Tag vor mir weglaufen, aber wir könnten auch irgendwas tun, was dir Spaß macht.«

Der Zaun schepperte, und plötzlich tauchte Robby auf der anderen Seite auf. Er wandte sich abrupt um und marschierte einen schmalen, bewachsenen Pfad entlang in Richtung Berge.

Ich kämpfte mich durch die Büsche und stieß auf ein gut verstecktes Loch, gerade groß genug, daß sich ein Mensch hindurchzwängen konnte. Das tat ich, riß dabei einen Winkelhaken in mein Jackett, und bis ich endlich draußen war, konnte ich Robby kaum noch sehen. Halb rennend folgte ich ihm den Hang hinauf. Als ich ihm bis auf etwa fünfzehn Meter nahe gekommen war, beschleunigte er den Schritt, so daß ich nach Atem ringend zurückblieb. Stets diktierte er das Tempo und bewahrte einen hinreichenden Vorsprung. Ab und zu sah er sich um, als wolle er sich vergewissern, daß ich den Abstand auch einhielt.

Nach einer weiteren Viertelstunde des Anstiegs erreichten wir eine Hochebene, auf der sich eine gepflegte Zitronenpflanzung befand. Robby lief auf den ihm zunächst stehenden Baum zu, pflückte eine große Zitrone und begann, sie zu verzehren – mitsamt der Schale.

Ich traute meinen Augen nicht! Wie konnte er nur?! Mein Mund zog sich automatisch zusammen, während Robbys Gesichtsausdruck sich in keiner Weise veränderte. Und dann fiel mir ein, daß die Früchte vermutlich gespritzt waren. Ich rief ihm zu, er solle aufhören zu essen, da die Zitronen möglicherweise vergiftet seien und ihm davon schlecht werden könne.

Er kaute weiter, ohne mich zu beachten.

Ich ging auf ihn zu, um ihm die Zitrone wegzunehmen, aber er war schneller und hatte sich davongemacht, bevor ich ihm auch nur halbwegs nahe kommen konnte. So änderte ich meine Taktik, versuchte, mehr Autorität in meine Stimme zu legen, und befahl:

»Gib mir die Zitrone!«

Robby fuhr ungerührt fort, große Stücke von der Frucht abzubeißen, wobei er stets ein wachsames Auge auf mich hatte.

»Hör mal, wir wollen doch nicht, daß du krank wirst.«

Statt einer Antwort stopfte er das letzte Stück in den Mund, griff in den Baum und riß eine weitere Zitrone ab.

Während er sie verschlang, lehnte ich mich erschöpft an einen Baum. Was, zum Teufel, würde Carl Rogers hier wohl tun, dachte ich. Ich sah schon vor meinem inneren Auge meinen ersten Patienten schwer erkranken, vielleicht sogar sterben. Wie sollte ich Scott erklären, daß Robby in einem Zitronenhain zwei mit Insektenvertilgungsmitteln gespritzte Zitronen gegessen hatte ... während ich, die verantwortliche Aufsichtsperson, mitansehen mußte, wie Robby eine dritte Zitrone pflückte. Er aß sie langsam und ruhig, wandte sich dann um und ging den Pfad weiter hinauf, blieb wieder stehen, um sich nach mir umzuschauen. Ich folgte ihm getreulich, denn mir war plötzlich klargeworden, daß Robby, da er nicht imstande war, mir zu sagen, was er gern tun würde, versuchte, es mir zu zeigen: Er wollte wandern. Wir stiegen weiter und erreichten schließlich die Felszacken, die den Talkessel nach oben hin abschlossen.

Offensichtlich ohne auf mich zu achten, sang Robby etwas Unverständliches vor sich hin und ging mit schaukelndem Oberkörper in einer Zickzacklinie. Vielleicht, dachte ich, drückt er so seine Befriedigung darüber aus, daß er oben ist. Vielleicht interpretierte ich das auch nur in sein Verhalten hinein – diese Art von Behandlungssituation war in meinen Überlegungen nicht vorgekommen.

Während er langsam mit dem Oberkörper schaukelte und über das Tal hinwegsah, wurde mir klar, daß er schon oft hiergewesen sein mußte. Ohne seine Schaukelbewegung zu unterbrechen, setzte er sich auf einen kleinen Felsblock und schien gänzlich versunken in das, was in seinem Kopf vor sich ging.

Ich sagte etwas über die Schönheit der Gegend und dankte ihm dafür, daß er meine Begleitung geduldet hatte, aber er nahm mich nicht zur Kenntnis. Schließlich saßen wir beide schweigend da – im vorgeschriebenen Abstand von acht bis zehn Schritten – und lauschten auf den Wind.

Auf dem Heimweg, den ich mit zerkratzten und staubbedeckten Schuhen antrat, die Jacke über die Schulter gehängt, mußte ich darüber lächeln, wie schlecht ich auf diesen Ausflug vorbereitet gewesen war. Robby lief voraus, wie auf dem Hinweg, Fetzen seines unverständlichen Liedchens drangen an mein Ohr. Gelegentlich klangen die Worte vertraut, aber sie waren so ineinander verwoben, ja förmlich verknotet, daß man nicht hinter ihren Sinn zu kommen vermochte.

Dann wieder murmelte er einfach vor sich hin: »Ka-ka-ja-ba-bau-bu-ga-ba-ja-kaaaa.« Am häufigsten kam ein sich immer wiederholendes Summen, das sich wie ein heruntergeleiertes Mantra anhörte: »Ahuuuuuuummmm-ahu-uuuuuuuuummmm-*ahuuuuuuuuuummmmmmm* . . .«

Von Zeit zu Zeit wandte Robby sich um, um festzustellen, ob ich noch den richtigen Abstand einhielt. Vielleicht war er ja im Begriff, sich mit mir auf derselben Basis zu arrangieren wie mit den Pflegern und Schwestern: Wenn du mir nicht näher kommst, laufe ich nicht weg.

Als Robby am Pavillon ankam, hatte er geklingelt und war hineingeschlüpft, bevor ich auch nur ein Wort zu ihm sagen konnte. Ich war völlig am Ende – in mehr als einer Hinsicht –, winkte Chuck resigniert zu, wandte mich um und strebte humpelnd meinem Arbeitszimmer zu.

Zwei Tage später war ich bereit zu neuen Taten. Es war ein schöner, warmer Sommertag, und diesmal hatte ich mich auf die Unternehmung vorbereitet – ich trug Wanderstiefel und derbe Blue jeans. Robby war auch diesmal wieder im Aufenthaltsraum und sah mit hin- und herschaukelndem Oberkörper aus dem Fenster, mit den Armen umklammerte er seine Knie.

»Hallo, Robby. Wollen wir noch mal rausmarschieren?«

Ich stand weit genug entfernt, so daß ich ihn nicht erschreckte, und konzentrierte mich so sehr auf ihn, daß ich die Anwesenheit anderer in dem Raum gar nicht bemerkte. Plötzlich tauchten neben mir mehrere Kinder auf, die hin und her hüpfend und mich am Ärmel ziehend bettelten: »Ich auch, ich auch!« . . . »Ich will auch raus!« . . . »Nehmen Sie mich auch mit!«

Ich erklärte ihnen hastig, daß Robby und ich einander regelmäßig treffen und verschiedenes miteinander unternehmen würden – so wie sie mit ihren Sozialarbeitern oder einem der Ärzte.

»Schon, aber *wir* kommen nie raus!«

»Nun, fragt sie doch mal. Sicher würden sie auch mit euch rausgehen, wenn sie wüßten, daß ihr euch das so sehr wünscht.« Noch sicherer war ich, daß ich später von meinen Kollegen einiges zu hören bekommen würde . . .

Während sich all das um ihn herum abspielte, hatte Robby weiter aus dem Fenster gestarrt.

»Vorwärts, Robby, auf geht's.«

Ohne auch nur einen Blick auf mich zu werfen, glitt er von seinem Stuhl und ging auf die Haustür zu. Ich folgte ihm, völlig verblüfft, daß er so abwesend wirken und doch gleichzeitig sofort reagieren konnte, wenn er nur wollte. Offensichtlich besaß er doch ein ihm notwendig erscheinendes Maß an Realitätsbewußtsein. Aber es war unmöglich, aus seinem Gesichtsausdruck oder seiner Körperhaltung Schlüsse darüber zu ziehen, wieviel von dem, was um ihm herum geschah, er nun wirklich mitbekam. Obwohl er offensichtlich gewisse Dinge in seiner Umgebung aufzunehmen und zumindest zum Teil zu verstehen vermochte, was andere ihm sagten, hatte er ebenso offensichtlich die Fähigkeit eingebüßt – oder nie besessen –, sich anderen mitzuteilen.

Wir gingen nach draußen. Mit raschen Schritten strebte Robby sofort wieder dem Loch im Zaun zu und kümmerte sich wie beim vorigen Mal in keiner Weise um meine Versuche, mich mit ihm zu unterhalten. Nach unserem ersten Ausflug hatte ich mich beim Besitzer der Zitronenpflanzung erkundigt und zu meiner Beruhigung erfahren, daß die Fruchtschalen nicht schädlich waren. Er selbst hatte Robby auch schon häufig dabei beobachtet, wie dieser durch die Zitronenbäume strich und von einer Zitrone abbiß.

Wie beim letzten Mal kam Robby mit großem Vorsprung oben an und saß, als ich es endlich auch geschafft hatte, längst auf seinem Felsen, schaukelte sachte hin und her und bewegte die Lippen in stillem Selbstgespräch.

Ich ging so nahe an ihn heran, wie ich glaubte, wagen zu können, und versuchte mehrfach, eine verständliche Antwort oder zumindest eine Reaktion zu erhalten, aber nichts in dieser Richtung geschah. Er schien zu dem Ergebnis gekommen zu sein, daß er von mir nichts zu befürchten habe, denn er benahm sich, als sei ich Luft. Er verharrte in vollständiger Einsamkeit.

Wir saßen eine Weile schweigend da. Es war geradezu erholsam nach dem unaufhörlichen Lärm und dem ständigen Durcheinander in der Kinderabteilung. Hier war die Luft mild, die Landschaft weit, die wellige Hügelkette ging allmählich in die mit langen Reihen von Zitronenbäumen bestandene Ebene über. Wenn ich an meine Jahre in den Bergen dachte, konnte ich gut verstehen, warum Robby gern hierherkam.

Es wunderte mich, daß in den über ihn geführten Unterlagen nichts über seine Ausflüge stand. Kam er erst seit neuerer Zeit hierher oder schon lange? Ich sah auf die Uhr – in einer Dreiviertelstunde hatte ich eine Besprechung.

»Wir müssen zurück, Robby.«

Er sah, was beachtlich war, zu mir herüber. Einen Augenblick lang entspannte sich sein Gesicht ein wenig, und ich meinte, einen flüchtigen Blick auf den kleinen Achtjährigen werfen zu können, der unter den Schichten von Mißtrauen und Einsamkeit verborgen war. Dann fiel der Vorhang wieder, der übliche Gesichtsausdruck kehrte zurück, Robby erhob sich und eilte leichtfüßig mir voraus den felsigen Pfad entlang.

Wie beim ersten Mal war er zum Schluß wieder weit vor mir, klingelte und verschwand bereits im Haus, als ich erst um die Ecke bog. Es gelang mir noch, ihm hinterherzurufen: »Tschüs, Robby. Bis Montag«, während die Tür sich hinter ihm schloß.

An jenem Abend überlegte ich, ob ich mich am Nachmittag nicht doch getäuscht hatte – vielleicht hatte ich mir diesen kurzen Blick auf Robbys ungeschütztes Selbst nur eingebildet, weil ich mir so sehr wünschte, an den Jungen heranzukommen . . .

4

In den folgen Monaten trat ich buchstäblich auf der Stelle. Meine Wunschvorstellung, daß Robby schlagartig auf die ihm von mir entgegengebrachte Herzlichkeit und Aufrichtigkeit reagieren würde, erwies sich bald als trügerisch, und ich mußte einsehen, daß alles Eingehen auf ihn, alle Offenheit ihm gegenüber, alles Mitgefühl ihn nicht befreiten, ihm den Zugang zur wirklichen Welt nicht öffneten.

Die ständige Wiederholung meiner Bemühungen und Fehlschläge erweckte in mir den Eindruck, ich arbeitete schon seit Jahren mit Robby. Jedes Zusammentreffen war ein genauer Abklatsch des vorangegangenen. Mehrmals in der Woche erschien ich, nachdem Robby aus der Schule zurückgekehrt war, pflichtschuldig am Pavillon, öffnete die Tür und hakte sie fest. Dann schlüpfte er hinaus, und ich folgte ihm durch das bewußte Loch im Zaun bis hinauf in die Berge. Mir gefielen diese Ausflüge, auch wenn sich keinerlei Fortschritt in unserem Verhältnis einstellen wollte. Es war mehr als erholsam für mich, immer mal wieder den Lärm und die Unruhe in der Klinik hinter mir zu lassen, das Aroma der Salbeisträucher einzuatmen und dann von oben auf die im grauen Dunst vor der Küste liegenden Inseln zu schauen.

Es war unmöglich zu sagen, was Robby von unseren Spaziergängen hielt. Oft stieg er den Pfad schweigend und mechanisch empor, blickte entweder geradeaus oder vor sich auf den Boden und schien nicht zuzuhören, wenn ich ihn auf einen rüttelnden Falken oder eine mit flinker Zunge nach Insekten schnappende Eidechse aufmerksam machte. An anderen Tagen wieder war er innerlich weiter von mir entfernt denn je; er wiederholte dann mit enervierend monotoner Stimme immer die gleichen Laute, rasselte Ketten von sinnlosen Silben herunter oder formulierte Sätze deutlich psychotischen Ursprungs.

Eines Tages schlug sich Robby, kaum daß er durch den Zaun gekrochen war, mit der einen Hand auf die andere und kreischte dazu. »Rob-biie bööse! . . . Rob-biie BÖÖSE!«

Wegen seiner unartikulierten Sprechweise verstand ich ihn nicht gleich, nach einer Weile aber dämmerte mir der Sinn der Laute. Ich mußte ihm fast recht geben. Sein nervenzerfetzendes Gebrabbel war nahe daran, mich aggressiv zu machen, und ich vermochte nicht zu ergründen, was den Ausbruch ausgelöst hatte. Also setzte ich seiner Selbstanklage entgegen: »Robby ist *lieb*. Robby ist mein Freund.«

Es muß ziemlich albern ausgesehen haben, wie ein Junge und ein erwachsener Mensch im Abstand von knapp zehn Metern hintereinander den Berg hinaufstapften und sich unaufhörlich, als riefen sie die Götter an, einander widersprechende Behauptungen zuschrien. Wenn es irgend etwas gebraucht hätte, um mir die Vergeblichkeit meines Tuns zu vergegenwärtigen, dann dieses sinnlose, kindische Geplänkel. Nichts schien ihn bremsen zu können, und so fuhr er mit seiner Selbstbeschimpfung fort, bis wir oben angekommen waren, so daß er nur noch rauh krächzen konnte. Auch meine Stimme klang kaum besser. Immerhin hatten wir diesen unedlen Wettstreit nahezu eine halbe Stunde durchgehalten – und dann hörte Robbys Selbstanklage so plötzlich auf, wie sie begonnen hatte.

Ich überlegte, wo er diese Behauptung wohl aufgeschnappt haben könnte und ob sie mit einem Ereignis aus jüngster Zeit in Verbindung stand. Als ich bei den Schwestern, Pflegern und seiner Lehrerin nachfragte, konnte sich keiner erinnern, etwas in dieser Richtung zu ihm gesagt zu haben.

Ich teilte Scott den Vorfall mit, und er erklärte, Robbys »Sprechanfall« sei für solche Kinder ziemlich typisch. Es handele sich bei den Worten aller Wahrscheinlichkeit nach um etwas, das seit Jahren in seinem Gedächtnis gespeichert war – möglicherweise seit seiner Zeit im Elternhaus. Bestimmt würde es demnächst wieder zu einem ähnlichen Anfall kommen.

Mich bewegte die Vorstellung, daß es gerade diese Worte waren, die er aus seiner frühen Kindheit am deutlichsten in Erinnerung hatte. Erneut wurde mir klar, daß mein Patient vor allem ein *Kind* war, und ich war entschlossener denn je, alles zu versuchen, um dem Jungen zu helfen.

Es gab in jenen ersten Monaten auch Zeiten, da ich zu Robbys Verhalten überhaupt keine Beziehung fand. Es kam vor, daß er seine Bewegungen sozusagen einfror, wobei sein Gang dann dem eines Blaureihers ähnelte. Er faßte ein Bein mit den Händen und schob es, bevor er den Schritt vollendete, sorgfältig den Boden betrachtend, steif nach vorn. Diese Bewegungen wirkten feierlich-abergläubisch, als nehme er das Kinderspiel ernst, bei dem man auf keinen Fall auf eine Ritze zwischen den Platten des Gehsteigs treten darf, weil das Unglück bedeuten würde. Nachdem Robby einmal damit begonnen hatte, schien er es zwanghaft weiterführen zu müssen, als bestehe darin die einzige Möglichkeit, etwas Schreckliches abzuwenden, das unfehlbar eintreten würde, wenn er innehielt. Ebensogut war es möglich, daß er damit lediglich Ordnung in eine Welt zu bringen versuchte, die ihn zu überwältigen drohte.

Vor allem einer seiner ritualisierten Bewegungsabläufe

kehrte immer wieder: Langsam, mit ausgestrecken Händen drehte Robby sich im Kreis und summte dabei monoton vor sich hin. Er schien seinen Körper förmlich in einer Art Tanz langsam zu wiegen. Diese Bewegungen nannte ich seinen »Tanz der Verlassenheit«, eine eigentümliche Mischung aus Selbststimulation und magischem Symbolismus, deren Ursprung unbekannt und möglicherweise auch unerklärbar war.

Eines Tages bemerkte ich, daß Robbys Turnschuhe völlig zerschlissen waren. Ich erwähnte das Scott gegenüber, und er meinte, ich sollte mal in der »Kleiderkammer« der Klinik nachschauen, ob sich unter den Sachspenden etwas Geeignetes fände. Dabei entdeckte ich zu meiner großen Freude drei Paar Kinder-Wanderstiefel, die passen konnten. Am Nachmittag nahm ich sie mit zum Pavillon und stellte sie nahe der Tür ins Gras. Als Robby herauskam, wies ich auf die Schuhe und bestand darauf, daß er sie anprobierte.

Nach kurzem Zögern ging er zu ihnen hinüber, sah mißtrauisch um sich, während ich den Pflichtabstand einhielt und auf sein Urteil wartete. Zuerst dachte ich, sie seien ihm alle nicht recht, aber dann wählte er ein Paar aus und schob vorsichtig die Füße hinein. Sie schienen glücklicherweise zu passen, und er stapfte, den Blick unverwandt auf die Schuhe geheftet, umher und drückte die Fußspitzen gegen den Boden. Dann murmelte er etwas und rannte auf den Zaun zu, ohne sich nach mir umzuschauen.

Während wir den Berg erklommen, blieb Robby immer wieder stehen, um seine Schuhe zu betrachten. Vielleicht, dachte ich, um sich zu vergewissern, daß sie noch da waren. Mehrere Male löste er die Schnürsenkel, rückte die Lasche schön gerade und band sie dann auf das sorgfältigste wieder zu. Fasziniert sah ich ihm zu: Seine Methode,

48

Schuhe zu schnüren, war recht aufwendig. Er verfertigte eine ganze Reihe von komplizierten Knoten bis ans Ende des Senkels. Das Ergebnis seiner Bemühungen sah aus wie ein Zopf – offensichtlich hatte er sich das System selbst ausgedacht.

Robbys Verhalten mir gegenüber blieb unverändert, aber von Stund an trug er seine Schuhe, wo er ging und stand, selbst an Tagen, an denen wir das Gelände nicht verließen. Ich deutete das als günstiges Zeichen; es diente mir als Strohhalm, an den sich meine Hoffnungen klammerten.

Etwa um dieselbe Zeit geschah noch etwas anderes. Als wir eines Nachmittags aus den Bergen zurückkehrten, fragte ich Robby, ob er gern ein Eis möchte.

Wie gewöhnlich antwortete er nicht direkt; er vollführte lediglich eine abrupte Kehrtwendung und ging stracks auf die Kantine zu. Ich folgte ihm, einmal mehr verblüfft darüber, wie bewußt er sich in seiner Isoliertheit vieler Dinge war. Da er sich nicht mitteilte, konnte man leicht übersehen, wie anpassungsfähig er war, wie gut er auf seine Weise mit den verschiedensten Situationen fertig wurde. Ich war gespannt, ob er wohl bereit war, mit mir zusammen in die Kantine zu gehen.

Er betrat das Gebäude wie ein sicherndes Tier und blieb in der Nähe der Tür stehen, um sich im Raum umzusehen. Dann ging er, mir einen Blick zuwerfend, der ganz deutlich zeigte, daß ich Abstand wahren sollte, zur Theke und wies stumm auf den Behälter mit Schokoladeneis.

Er nickte knapp, als die Bedienung ein großes Hörnchen emporhielt, und seine Augen folgten jeder Bewegung des Mannes, als dieser das Eis herausholte und auf das Hörnchen drückte. Der Mann sagte etwas und lachte, doch Robby reagierte nicht darauf, er hielt den Blick fest auf das

49

Eishörnchen gerichtet. Erneut fuhr der Mann mit dem Portionierer in das Gefäß und fügte eine weitere großzügig bemessene Kugel hinzu. Er lächelte, fragte Robby nach seinem Namen, während er das Eis so hielt, daß Robby es nicht erreichen konnte. Plötzlich schien der Junge einer Panik nahe zu sein, ängstliche Besorgnis lag deutlich erkennbar auf seinem Gesicht. Als er das sah, gab der Mann nach, steckte das Hörnchen in den dafür vorgesehenen Halter auf der Theke und trat zurück. Sogleich ergriff Robby es und rannte nach draußen.

»Ein seltsamer kleiner Kerl«, sagte der Mann kopfschüttelnd. »Aber ich vermute, das sind die hier alle, was? Schlimm, wenn man noch so jung ist.«

»Ja«, stimmte ich zu. »Robby ist ein sehr einsames und verängstigtes Kind.«

»Wirklich schlimm«, wiederholte er, immer noch kopfschüttelnd. »Was mit dem wohl passiert ist? Er heißt also Robby? Ich werd's mir merken.«

»Übrigens vielen Dank, daß Sie ihm etwas mehr gegeben haben. Ich bin sicher, daß er sich darüber gefreut hat, auch wenn er nichts sagen konnte.«

»Ach, das mach ich bei allen Kindern. Sie tun einem ja richtig leid, noch so jung und so und dann hier eingesperrt . . .«

Ich nickte, ich wußte nur zu gut, was er empfand.

Als ich aus der Kantine trat, war ich etwas zuversichtlicher. Ein weiterer winziger Hoffnungsschimmer: Wieder einmal hatte Robby auf etwas reagiert, das ich gesagt hatte, und mir sogar erlaubt, etwas für ihn zu tun, denn immerhin hatte er das angebotene Eis angenommen. Damit hatte er unwissentlich zu erkennen gegeben, daß er tatsächlich auf meine Worte hörte – jedenfalls gelegentlich – und daß er in der Lage war, etwas zu verstehen und entsprechend seinen eigenen eingeschränkten Möglichkeiten darauf zu reagieren.

Trotzdem waren die langwährenden Schweigeperioden und der ständige räumliche Abstand zwischen uns, gelinde gesagt, frustrierend. Von seinem Wesen her ist der Mensch ein Geschöpf, das sich gern mitteilt, und daß ich mit jemandem so häufig zusammen war wie mit Robby, ohne über Wochen hin auch nur die kleinste Antwort zu bekommen, ließ mich immer wieder am Sinn meines Tuns zweifeln. Bisweilen schien unsere Beziehung ganz unwirklich zu sein, und in gewisser Weise war sie das wohl auch. Obwohl Robby mich duldete, konnte man das, was sich zwischen uns abspielte, kaum »Beziehung« nennen. Die Enttäuschung wurde immer stärker, und nach drei Monaten wollte ich unbedingt Ergebnisse sehen.

Scott war mir während jener Zeit Stütze und Stab. Mehrmals in der Woche sank ich in den großen Ledersessel neben seinem Schreibtisch und hatte meist nichts anderes zu berichten als den neuesten Fehlschlag bei meinen Bemühungen um Robby. Eines Tages hatte Scott genug von meiner Miesepetrigkeit und sagte mir unumwunden seine Meinung.

»Anfänger wie Sie haben es immer furchtbar eilig, sie wollen sofort Erfolge sehen. Ihr seid so geimpft mit der amerikanischen Vorstellung, man müsse bei möglichst geringem Einsatz möglichst schnell möglichst viel erreichen, ihr meint, man brauche bloß mit den Fingern zu schnippen, und schon trifft das Gewünschte ein. Schon gar nicht könnt ihr euch mit dem Gedanken anfreunden, daß gar keine oder nur geringe Fortschritte erzielt werden, daß Veränderungen nicht, wie im Film, über Nacht eintreten.

Eine Beziehung aufzubauen, Verständnis für die Psychodynamik des Patienten zu gewinnen, sein Vertrauen zu erringen kostet *Zeit*, Patrick. Bei dem kleinen Robby hat es acht Jahre gedauert, bis er da angekommen ist, wo wir ihn jetzt sehen. Wie können Sie erwarten, daß er sich in wenigen Monaten vollständig wandelt, schon gar, wenn Sie nur vier oder fünf Stunden jede Woche mit ihm durch die Berge ziehen? Wenn es wirklich so einfach wäre, meinen Sie nicht, daß einer von uns längst einen Weg gefunden und Robby schon geholfen hätte?«

Dennoch war ich bald am Ende meiner Weisheit angelangt. Drei Monate an vorderster Front hatten mir schwer zugesetzt. Während der ganzen Zeit war ich hinter dem Jungen hergewesen, und noch immer ließ er mich keinen Zentimeter näher an sich heran. Er redete nicht mit mir und ließ in keiner Weise erkennen, ob ich für ihn etwas anderes war als einer der Felsblöcke, auf denen er so gern saß. Nur, daß er sich *ihnen* näherte . . .

»Na ja, immerhin kriegen Sie auf diese Weise Kondition«, meinte Scott trocken.

»Ich fürchte, der Kleine hat es wirklich auf mich abgesehen.«

»Wollen Sie die Flinte ins Korn werfen? Es mit einem anderen Kind versuchen? Wir haben da noch eine ganze Reihe interessanter Fälle hier . . .«

»Natürlich nicht! Ich hab ja gerade erst angefangen. Ich kann genauso stur sein wie Robby . . . noch viel, viel sturer. Aber ich hab einfach noch keinen Dreh gefunden, an ihn heranzukommen, ihn dazu zu kriegen, sich mir mitzuteilen.«

»Vielleicht sollten Sie noch mal ganz von vorn anfangen.«

»Was meinen Sie damit?«

»Nun, Sie könnten sich beispielsweise einige Ihrer psychologischen Kenntnisse zunutze machen und, statt Robby jeden Zug bestimmen zu lassen, selbst mal die Richtung angeben. Was genau haben Sie denn bis jetzt getan?«

»Nun, ich hab zu tun versucht, was Rogers empfiehlt – eine positive Grundhaltung ohne Wenn und Aber eingenommen, Robby Empathie, Wärme und Verständnis entgegengebracht. Die Symptome verschwinden, wenn die dem Menschen eigenen inneren Kräfte befreit werden, so daß sie nach einem psychischen Ausgleich drängen können. So jedenfalls lautet die Theorie. Bei Rogers scheint es auch zu funktionieren . . .«

Scott lächelte. »Und bei Robby?«

»Eigentlich nicht. Möglich, daß er mich schon mal angesehen hat – aber wie will man das bei einer Entfernung von acht bis zehn Schritt so genau wissen?«

»Na schön. Sind Sie bereit, in Betracht zu ziehen, daß man mit einer einzigen Methode vielleicht doch nicht alle therapeutischen Situationen abdecken kann? Daß es nicht nur ein alleinseligmachendes Therapieverfahren gibt?«

»Mag wohl sein«, knurrte ich. Scott hatte das Problem schon früher zur Sprache gebracht – ohne großen Erfolg.

»Junge, Sie haben recht, Sie können verdammt stur sein! Patrick, tun Sie sich selbst einen Gefallen und seien Sie nicht so verbissen. Sie haben selbst gesagt, daß mehrere Monate Arbeit mit Robby zu nichts geführt haben, also haben Sie nichts zu verlieren, wenn Sie andere Möglichkeiten ausprobieren – oder?«

»Ich weiß nicht. Woran denken Sie?«

»Sie wissen, was ich von Rogers' Methode halte; sie ist eine ausgezeichnete Ausgangsposition, um den Menschen, mit denen man zu tun hat, zu begegnen, aber es gibt möglicherweise Patienten, bei denen es nicht genügt, aufmerksam zuzuhören und ihre positiven Ansätze zu verstärken. Ich vermute, daß Robby einer von ihnen ist.« Scott lächelte mit schmalen Lippen. »Als jemand, der gleichfalls Achtung vor dem Menschen hat, kann ich der Idee, die Rogers' therapeutischem Vorgehen zugrunde liegt, nur uneingeschränkt zustimmen, wie auch der Tatsache, daß seine Haltung auf einer tief wurzelnden Achtung vor dem einzelnen Menschen und dessen Lebenssituation beruht und daß die therapeutische Beziehung dann auf dieser Basis aufgebaut wird. Doch vergessen Sie nicht, daß diese Theorie bei weitem keine allgemeingültige Erklärung für menschliches Verhalten überhaupt liefern kann.«

»Und welche andere Möglichkeit gäbe es?« erkundigte ich mich, obwohl ich mir schon denken konnte, was kommen würde. »Sie meinen doch nicht etwa, daß die Verhaltenstherapie der Weisheit letzter Schluß ist?«

»Gewiß nicht. Aber die Prinzipien des Lernens und der Konditionierung, wie sie vor allem Skinner erforscht hat, haben durchaus ihre Berechtigung. Die Verhaltenstherapie kann ganz nützlich sein und verfügt über einige durchaus brauchbare Verfahrensweisen – ganz gleich, was Sie davon halten mögen. Selbstverständlich ist ihre Anwendbarkeit beschränkt, aber das gilt für alle Theorien. Da wir wissen, daß in verschiedenen Situationen eine positive bzw. negative Verstärkung für die Veränderung bestimmter Verhaltensmuster sehr wirksam ist, sollten Sie die Lerntheorie nicht einfach deswegen links liegenlassen, weil sie Ihren Vorstellungen zuwiderläuft.

Das gleiche gilt für die Psychoanalyse. Viele von Freuds Arbeitshypothesen – wie beispielsweise das Unbewußte und die Verdrängung – haben sich durchaus bewährt. Möglicherweise haben die empirisch gewonnenen Daten einige der Grundpfeiler seiner Theorie nicht erhärtet, doch bleibt die Tatsache, daß sich zahlreiche seiner psychodynamischen Konstrukte wie auch seiner Therapieverfahren als äußerst brauchbar erwiesen haben.

Ihr Problem ist, daß Sie sich ohne Not viel zu früh auf Rogers' Konzept der Humanistischen Psychologie festgelegt haben. Bisher gibt es für keine der erwähnten Theorien eine absolut gültige Anwendung – sonst wären es ja keine Theorien mehr. Die Psychologie als Wissenschaft steckt, vorsichtig ausgedrückt, noch in den Kinderschuhen. Wir haben eine Reihe vielversprechender Spuren, einige gutangelegte Untersuchungen, ein paar brauchbare Daten und das Fundament eines Wissenschaftsgebäudes. Doch wir sind meilenweit davon entfernt, das menschliche Verhalten und seine Motivation gänzlich zu verstehen oder gar mit hundertprozentiger Sicherheit vorauszusagen.«

»Da haben Sie mal recht. Ich frage mich, wozu ich eigentlich so lange studiert habe.«

»Nun, ganz so hoffnungslos, wie das klingt, ist es auch wieder nicht. Nur muß, wer den Sprung von der Wissenschaft zur praktischen Arbeit tut, gelassen bleiben, anpassungsfähig sein und ertragen können, daß er nicht immer gleich genau ins Schwarze trifft. Der theoretische Rahmen liefert das notwendige Rüstzeug; er gestattet Ihnen, objektiv zu sein, zu planen und sogar zu sagen, was im Laufe der Therapie geschehen *müßte*. Meiner Ansicht nach sollten Sie sich bei Robby – und bei jedem, mit dem Sie sich als Therapeut beschäftigen – darauf konzentrieren, ihn zu verstehen und seine Situation richtig einzuschätzen. Machen Sie sich jede beliebige Theorie zunutze, die brauchbare Versatzstücke liefert, die am besten auf die Schwierigkeiten dieses Menschen zu passen scheint, ganz gleich, wie diese Theorie heißt. Seien Sie aber bereit, sich anderswo umzusehen, sobald der zunächst gewählte Ansatz für das, was vor sich geht, keine Erklärung liefert oder wenn es nicht vorangeht. Bleiben Sie offen nach allen Seiten, flexibel und anpassungsfähig.

Den wahren Profi kennzeichnet, daß er sich dessen bedient, was die Wissenschaft bietet, um objektiv zu ermitteln, was von Nutzen ist, und er wählt dann einen ihm passend erscheinenden Weg. Selten ist gleich von Anfang an deutlich zu erkennen, wie der aussehen muß, bisweilen sind verschiedene Behandlungsmethoden angezeigt. Man muß einfach eine Wahl treffen, und wenn es nicht funktioniert, bereit sein, es auf andere Weise zu versuchen.

Außerdem vergessen Sie bitte nicht, daß der Patient womöglich ein Gefühl dafür hat, was am besten für ihn ist: eine Art Weisheit der Seele. Bei einigen Menschen *muß* man auf das Trauma ihrer frühen Jahre zurückkommen und es herauspräparieren, muß ungelöste Probleme und in den Tiefen der Vergangenheit verborgene Ängste freilegen – wie das die Psychoanalyse empfiehlt –, während andere einfach einen Strich unter die Vergangenheit ziehen wollen und sich bemühen, einen zukunftsorientierten, realitätsgerechten Lebensstil zu finden – das ginge mehr in Richtung der Behavioristen. Da aber die meisten wohl von beidem etwas brauchen, müssen Sie, Pat, lernen, selbst zusammenzustellen, was Ihren Patienten am ehesten hilft – eine Kombination von dem, was sie *Ihrer* wie auch ihrer *eigenen* Ansicht nach brauchen.«

Ich schüttelte nur den Kopf, aber Scott ließ sich davon nicht beeindrucken.

»Daher schlage ich vor, daß Sie etwas eklektischer vorgehen. Seien Sie sich des Vorteils bewußt, der darin liegt, daß man verschiedene Dinge ausprobieren kann, statt sich starr auf *eine* Theorie und *eine* Methode zu kaprizieren. Mischen Sie ein bißchen Rogers mit etwas Skinner und geben Sie noch einen Schuß Freud dazu. Einverstanden?«

»Ich kann bestenfalls sagen, daß ich zu verstehen *meine*, worauf Sie hinauswollen, Scott. Aber ich sehe immer noch nicht, wie ich mit Hilfe eines Potpourris aus Theorien und Methoden herausbekommen soll, was ich mit meinem kleinen, vom Es bestimmten Jungen tun soll.«

Mit verschmitztem Lächeln lehnte sich Scott zurück und sog nachdenklich an seiner Pfeife. Als das letzte Rauchwölkchen zur Decke stieg, sah er ihm nach und wandte sich dann wieder mir zu.

»Sie lieben schwierige Aufgaben – da haben Sie eine. Denken Sie nach über das, was ich gesagt habe, und versuchen Sie, es in die Praxis umzusetzen.«

5

Eins war klar: Ich mußte mir etwas einfallen lassen – je eher, desto besser. Und dann hing eines Nachmittags die Ankündigung am Schwarzen Brett, Ivar Lovaas, ein Psychologe von der Universität des Staates Kalifornien, werde über neuere Entwicklungen in der Behandlung von kindlicher Schizophrenie und Autismus sprechen. Ich kannte Lovaas als Behavioristen, der schon seit längerer Zeit bei schwer gestörten Kindern beachtliche Erfolge mit operanter Konditionierung erzielt hatte – das war aber auch schon alles, was ich über ihn wußte.

Scott drängte mich hinzugehen und meinte: »Was haben Sie schon zu verlieren?«

Ich mußte ihm recht geben: herzlich wenig. Ich hatte einen Punkt erreicht, wo ich bereit war, auf jeden zu hören und alles zu versuchen.

Zunächst zeigte Lovaas Filmaufzeichnungen zur Veranschaulichung des Behandlungsprogramms, das er für schizophrene und autistische Kinder entwickelt hatte. Es handelte sich ausschließlich um extreme Fälle selbststimulierender Verhaltensweisen, bei denen eine Interaktion mit anderen nicht möglich war – die Kinder betrachteten durch die gespreizten Finger ihrer auf und ab bewegten Hände das Licht, waren von sich drehenden Gegenständen geradezu gebannt oder plapperten in der Art der Echolalie unsinniges Zeug vor sich hin. Für jeden Fall wurden spezielle Bedingungen geschaffen, in deren Rahmen das Kind eine seiner Altersstufe und der Art und Schwere der Erkrankung entsprechende Leistung erbringen mußte. Mit einer Vielzahl von Belohnungen oder »Primärverstärkern« lehrte der Therapeut sie einfache Wörter, brachte sie dazu, an Gruppenspielen teilzunehmen, und ermunterte sie bei ihren zögernden Ansätzen zu mehr Sauberkeit und Körperpflege. Stets wurde dem Kind irgendeine Aufgabe gestellt – ein Wägelchen mit einem darin sitzenden anderen Kind ziehen, auf seine Nase zeigen, etwas zuknöpfen –, für deren Erfüllung es sofort mit etwas Eßbarem belohnt wurde, gewöhnlich mit Süßigkeiten, aber auch mit »Sekundärverstärkern« wie beispielsweise dem betonten, von einem Nicken und einem Lächeln begleiteten»Priiiiima!« des Therapeuten. Lovaas vermochte dies Wort mit seinem norwegischen Akzent so zu dehnen, daß es fast wie eine Arie klang. Schon bald stellte das Kind die Beziehung zwischen der Belohnung und dem freundlich lächelnden Therapeuten her, von dem sie kam. Die systematische Schaffung eines neuen Verhaltensmusters hatte darüber hinaus eine unerwartete und bemerkenswerte Nebenwirkung: Die psychotischen Manierismen des Kindes hörten allmählich auf.

Drastischere Maßnahmen waren bei sich selbst stimulierenden Kindern erforderlich, die zugleich autistisch waren. Hier konnte ein scharfes »Nein!« als negative Verstärkung eingesetzt werden, ein schmerzhafter Klaps, ein Spritzer Zitronensaft und bisweilen auch die Reduzierung der physischen Bewegungsfreiheit. Gelegentlich wurde selbstzerstörerisches Verhalten – etwa wenn ein Kind sich selbst biß oder schlug – mit schwachen Elektroschocks unterbunden.

Ein besonders überzeugendes Beispiel dafür war der Fall eines vierjährigen Mädchens, das sich seit mehr als einem Jahr immer wieder in dem Arm biß. Man hatte diesem Verhalten mit allen bekannten Verfahren zu begegnen versucht – bis hin zum Eingipsen des Arms und zur Anwendung der Zwangsjacke. Kaum konnte die Kleine jedoch wieder an ihren Arm, begann das Beißen erneut. Nachdem sie sich wieder einmal in den Arm gebissen hatte, versetzte man ihr einen Elektroschock, um ihr zu zeigen, daß sie immer dann mit einem unangenehmen Zucken rechnen mußte, wenn sie sich selbst Schmerz zufügte. Jetzt konnte nicht mehr sie über den Schmerz bestimmen, und in dem Maße, in dem sie den Zusammenhang zwischen der Selbstverletzung und dem äußerst unangenehmen Elektroschock erkannte, löste sich das Problem: Binnen drei Wochen war es mit der Selbstbeschädigung vorbei – das Verhaltensmuster war »gelöscht«, wie die Behavioristen sagen.

Lovaas erklärte, all diese Verfahren böten, konsequent angewendet, die besten Erfolgsaussichten bei langandauerndem psychotischen und selbstzerstörerischen Verhalten.

Ich mußte ihm recht geben. Es war offensichtlich, daß diese Methode bemerkenswerte Veränderungen bewirkt hatte. Die Filme, die die Kinder vor und nach der Therapie zeigten und denen man entnehmen konnte, wie sich ein Kind nach dem anderen unter der gleichförmigen systematischen Behandlung »öffnete«, waren wirklich beeindruckend. Dabei dauerte diese Behandlung in deutlichem Gegensatz zum Zeitaufwand herkömmlicher Therapien nur Wochen. Lovaas erläuterte, daß die Kinder bei weitem noch nicht über den Berg seien, aber sie waren fraglos einer Behandlung zugänglicher als zuvor.

Nachdenklich verließ ich nach dem Vortrag den Raum. Die Folgerungen, die sich aus dem Gesehenen und Gehörten ergaben, waren aufregend und bedrückend zugleich. Ich konnte nicht umhin, die vorgeführten Erfolge mit dem absoluten Fehlschlag zu vergleichen, der sich nach Monaten des Geplänkels mit Robby abzuzeichnen schien. Andererseits hatte ich die Lerntheorie stets für menschenunwürdig gehalten. Für Tauben und Ratten mochte sie taugen, doch der Seele des Menschen trug sie nicht Rechnung und verletzte meiner Ansicht nach die Integrität des Individuums. Doch es ließ sich nicht leugnen: Diese Verfahren schienen bei Kindern, die durchaus mit Robby vergleichbar waren, verblüffend erfolgreich zu sein.

Als ich dann überlegte, wie nach Lovaas die Interaktion zwischen Robby und mir aussah, zeigte sich rasch, wem alle positiven Verstärkungen zuteil wurden: Robby durfte in den Bergen umherziehen, bekam Eis, tat im großen und ganzen, was ihm gefiel, und zwang mich ständig, die Regeln einzuhalten, die er aufgestellt hatte. Ebenso klar war, wer alle negativen Verstärkungen empfing: Ich war Robby noch keinen Schritt nähergekommen, in seinem Gesamtverhalten hatte sich nichts geändert, und nichts wies darauf hin, daß ich auf dem Weg zu einem erfolgreichen Therapeuten war. Kein Wunder, daß mich all das entmutigte. Ein Achtjähriger »löschte« all meine idealistischen Vorstellungen und Rettungsphantasien und ließ meine Bemühungen ins Leere gehen – in der Tat hatte er mit großem Erfolg mein Verhalten »geformt«.

Die Verhaltenstherapie erschien mir trotz allem in mehr als einer Hinsicht bedenklich. Eine Therapie, die es darauf anlegt, die vertrauensvolle Beziehung zwischen Therapeut und Patient abzubauen, bis sie buchstäblich nicht mehr existiert, und an ihre Stelle eine Beziehung zu setzen, die mir mehr der zwischen einem Tier und seinem Dompteur zu ähneln schien, widersprach allem, was ich für gut und richtig hielt. Mich stießen außerdem die Aversion erzeugenden Verfahren und der Einsatz von Strafen ab. Ich hätte es für äußerst gefühlsroh gehalten, Robby ein »Nein!« entgegenzuschleudern oder einen Elektroschock zu verpassen, wenn er sich während einer seiner »Rob-biie-bööse«-Phasen schlug.

Ich hatte mich für diesen Beruf entschieden, um Menschen zu helfen, und nicht, um ihren seelischen Schmerzen noch physische hinzuzufügen. Ich wollte, daß Robby lernte, die Nähe anderer zu schätzen – den hier aufgezeigten Weg empfand ich angesichts des Ziels geradezu als grotesk, ich konnte mir einfach nicht vorstellen, wie Robby oder irgendein anderes Kind jemals imstande sein sollte, einem Erwachsenen zu trauen, der es derart behandelte. Wenn der kleine Patient die Süßigkeit mit dem Therapeuten assoziierte, der sie ihm gab, würde er dann nicht genauso den Therapeuten mit dem Elektroschock assoziieren, den dieser ihm verabreichte? Wenn man überhaupt negative Verstärkung einsetzte, mußte sie auf alle Fälle mit einer Belohnung verbunden werden. Aber wie?

Je mehr ich darüber nachdachte, desto klarer wurde mir, daß mein Widerstand gegen diese Methoden tief in meinem eigenen Wesen und meinen Erfahrungen wurzelte – wie auch meine seinerzeit getroffene Entscheidung, mit Robby zu arbeiten.

Bald nachdem ich mich entschlossen hatte, mein abgebrochenes Studium wiederaufzunehmen, fand ich an einer Blindenschule einen Job als Freizeitbetreuer. Ich arbeitete mit einem Dutzend blinder Kinder, bastelte mit ihnen, fuhr mit ihnen in den Zoo, und wir stellten sogar eine Zirkusvorführung auf die Beine. Wenn ich mit meinen Schützlingen in einem Wagen durch die geschäftige Großstadtstraße fuhr, mußte ich pausenlos Auskunft geben auf Fragen wie: »Was ist das für ein Geräusch?« . . . »Warum haben Sie jetzt gebremst?« . . . »Ist das ein Bus?« . . . »Wann kommt der Tunnel?« . . . Und als wir ihn erreichten, erkannten sie den Hell/Dunkel-Wechsel und freuten sich im Chor: »Tunnel! TUN-NELLLL!«

Ich staunte immer wieder, wie sich die Kinder mit ihrer Behinderung – in einigen Fällen waren es sogar Mehrfachbehinderungen – abfanden. Sie waren so unternehmungslustig, so dankbar für alles und hatten eine so positive Grundeinstellung zum Leben, daß es eine Freude war, mit ihnen zusammen zu sein und etwas mit ihnen zu unternehmen. Zum ersten Mal in meinem Leben hatte ich den Eindruck, etwas wirklich Sinnvolles zu tun, und mir war klar, daß ich die Kinder und ihr Entgegenkommen ebensosehr brauchte wie sie mich. Im Umgang mit anderen schienen sich meine positiven Eigenschaften am ehesten zu entfalten.

Aus dieser Erkenntnis heraus wählte ich als Hauptfach Psychologie. So lernte ich Dr. Warfield kennen, der nicht nur mein Lehrer, sondern auch mein väterlicher Freund wurde. Er zeigte mir durch sein Wesen und seine Arbeit, was es bedeutet, Psychotherapeut zu sein.

Wenn er einem Patienten gegenübersaß, war sein Hörsaal-Gehabe wie weggeblasen, und an die Stelle seines eher theatralischen Vortragsstils traten eine ruhige Stimme und ein gelassenes Wesen. Von ihm ging eine Empathie aus, die auch noch die gestörtesten und in schwersten Wahnvorstellungen befangenen Patienten erreichte. Freundlich, aber bestimmt führte er einen jeden zurück in die Wirklichkeit. Behutsam und geschickt zugleich holte er alle Ängste und Befürchtungen ans Tageslicht und gewann das Vertrauen seiner Patienten durch gleichbleibende, sein Gegenüber bestätigende Freundlichkeit. Seine eindrucksvolle Art, mit den Kranken umzugehen, war mir Vorbild für meine eigene therapeutische Arbeit.

Und nun mußte ich entscheiden, ob ein Kompromiß zwischen den hohen Ansprüchen der Humanistischen Psychologie und den scharf umrissenen Forderungen der Verhaltenstheoretiker möglich war. Je länger ich darüber nachdachte, desto klarer wurde mir, daß die beiden Theorien von ihrer Ausgangsposition her unvereinbar waren. Aber warum sollte man ihnen in der Praxis nicht gleich viel Platz einräumen? Dazu brauchte man nur die Verfahren ein wenig der gegebenen Situation anzupassen. Wenn sich kein Erfolg zeigte, mußte ich eben eine andere Lösung finden. Zumindest war es einen Versuch wert. Bekümmert erkannte ich, daß ich genau da angelangt war, wo Scott mich haben wollte: flexibel sein . . . eine Auswahl treffen . . . alles, was bei einem jungen Menschen – bei wem auch immer – Erfolg hat, ist akzeptabel . . .

In den zurückliegenden vier Monaten hatte sich mein und Robbys Programm recht gut eingespielt. Ich ging nach der Schule zum Pavillon, suchte Robby und wanderte mit ihm entweder in die Berge, oder wir machten einen Spaziergang auf dem Klinikgelände, den gelegentlich ein Eis aus der Kantine abschloß.

Doch bei unserem nächsten Zusammentreffen – Robby kauerte gleichsam schon in den Startlöchern, um aus dem Pavillon zu schießen, kaum daß ich die Tür geöffnet hatte – hob ich meine Hand und wies auf den leeren Aufenthaltsraum. Er betrat ihn rückwärts, den Blick fest auf mich geheftet, und achtete sorgfältig darauf, daß ein möglichst großer Abstand zwischen uns blieb.

»Robby, ab heute wollen wir etwas anderes probieren. Jedesmal, wenn ich komme, sagst du mir, was du tun möchtest. Hast du das verstanden?«

Schweigen.

»Ich glaube, du würdest heute gern in die Berge gehen. Sag bitte einfach, bevor wir aufbrechen: ›Rausgehen.‹ In

Ordnung? Meinst du, das könntest du für mich sagen? ›Rausgehen.‹«

Robby saß an der gegenüberliegenden Wand des Raums und sah, das Kinn in die Handflächen gestützt, ausdruckslos zum Fenster hinaus. Nichts wies darauf hin, daß er mich gehört hatte, aber ich wußte, daß das der Fall war.

Ich versuchte es noch einmal. »Robby, du brauchst nur ›rausgehen‹ zu sagen. Wir gehen dann sofort.«

Wieder keine Antwort.

Ich startete einen neuen Versuch – ganz langsam und überdeutlich. »Robby, schau her zu mir. Sag es so: ›Rausge-hen.‹ Das genügt, Robby. Wir gehen dann sofort. ›Raus-geee-hen.‹«

Robby wandte mir sein ausdrucksloses Gesicht zu, drehte sich dann halb um und blickte erneut teilnahmslos aus dem Fenster. Seine Züge wirkten angespannter als sonst, und ich überlegte, wie er die neue Bedingung wohl aufnahm – betrachtete er sie als Strafe, Zurückweisung, unvernünftige Forderung oder gar als Falle? Es gab keine Möglichkeit, das zu erkennen, aber ich war entschlossen, geduldig abzuwarten, wie er darauf reagierte.

So saßen wir eine Viertelstunde. Gelegentlich wiederholte ich, was er sagen sollte, doch Robby achtete nicht weiter darauf. Er hatte sich tief in sein Inneres zurückgezogen. Daraufhin beschloß ich, ihm das Ganze in bunten Farben auszumalen, vielleicht, daß er darauf einging.

»Weißt du, Robby, wir lassen einen wunderschönen Wandernachmittag ungenützt verstreichen; bestimmt könnten wir ganz übers Tal hinwegschauen, vielleicht kann man heute sogar den Ozean sehen. Komm, laß uns eine Weile aus diesem öden Pavillon und der Klinik verschwinden. Die Zitronen da oben schmecken ganz köstlich. Stell dir vor, du sitzt auf deinem Lieblingsfelsen und beißt in eine von diesen leckeren Zitronen. Komm, Robby, du brauchst nur ›raus-ge-hen‹ zu sagen. Das kann doch nicht so schwer sein?«

Schweigen. Robby starrte weiterhin mit leerem Blick aus dem Fenster.

Erneut schleppten sich fünf, dann zehn Minuten dahin. Vielleicht würde alles nichts fruchten. Lovaas hatte in solchen Situationen gelegentlich durch Bestrafung eine Interaktion erzwungen, aber ich hatte mich ja zu einem anderen Vorgehen entschlossen. Allerdings – wenn Robby so wenig am Wandern lag . . . Womöglich erwartete ich auch zuviel. Es war immerhin ein großer und schwieriger Schritt für ihn: Er sollte zu mir sprechen. Ich hätte vielleicht mit etwas Einfacherem anfangen sollen.

Inzwischen war eine halbe Stunde vergangen. Ich versuchte es noch einmal. »Robby, es ist wirklich ein herrlicher Tag.« Ich erhob mich, als sei ich im Begriff, das Haus zu verlassen. »Sieh mich an, Robby. Sag ›rausgehen‹. Das genügt. Probier's doch mal.«

Als sich wieder nichts rührte, nahm ich erneut Platz. Ich war gewillt, notfalls den ganzen Nachmittag dazubleiben, und begann, mir ein neues Vorgehen zu überlegen. Einige Zeit später, als ich gerade meine Anweisung wiederholen wollte, bemerkte ich ein ganz leichtes Zucken in Robbys Schultern.

Mit einem deutlich hörbaren Seufzer wandte er mir sein Gesicht zu und stammelte einige kaum hörbare, unverständliche Worte.

»Was hast du gesagt, Robby? Entschuldige, aber ich hab dich nicht verstanden. Sag es bitte etwas lauter.«

Einige weitere Augenblicke des Schweigens verstrichen, dann sagte er, den Blick fest auf den Boden geheftet, leise etwas, das wie »Hunzpeah geen« klang.

Was er wirklich sagte, war wegen seiner seltsamen Sprechweise äußerst schwierig zu verstehen. Das letzte Wort sollte wohl ›gehen‹ heißen – aber das andere?

Einstweilen war das jedoch unerheblich. Er hatte getan, was er konnte.

»Prima, Junge! Ich hab ja gewußt, daß du das fertigbringst! Das war ganz, *ganz* ausgezeichnet. Vorwärts, du zeigst mir den Weg!« Ich lächelte und nickte voller Begeisterung, während ich ihm die der Situation angemessenen, positiven verbalen Verstärkungen zurief.

Draußen stürmte Robby wie ein ungebärdiges Fohlen davon. Wir verbrachten den Rest des Nachmittags auf dem Berg, doch obwohl ich sehnsüchtig auf eine Reaktion wartete – vielleicht wiederholte er ja sogar die Worte –, war in seinem Wesen keine Veränderung zu erkennen. Er schien den Vorfall vom frühen Nachmittag vollständig vergessen zu haben. Als er nach unserer Rückkehr in seinem Pavillon verschwand, lobte ich ihn noch einmal dafür, daß er zu mir gesprochen hatte, und hoffte, daß diese Bereitschaft bis zum nächsten Tag vorhalten würde.

Sogleich teilte ich Scott die Neuigkeit mit. Als ich staubbedeckt in sein Arbeitszimmer stürmte, hielt er gerade den Telefonhörer in der Hand. Bei meinem Anblick konnte er ein Lächeln kaum unterdrücken. Er legte auf und sagte: »Sie sehen aus wie eine Katze, die gemaust hat –«

»Ich hab ihm zwei Wörter entlockt! Eines hab ich verstanden – ›gehen‹ –, aber das andere nicht. Er hat sich lange gesträubt, und ich wollte schon aufgeben, als er es schließlich schaffte. Ich kann gar nicht erwarten, wie es morgen weitergeht . . .«

»Das klingt vielversprechend. Vergessen Sie aber nicht – Geduld. Schrauben Sie Ihre Erwartungen bloß nicht zu hoch!«

Am nächsten Tag stand ich schon gestiefelt und gespornt vor dem Pavillon, als Robby aus der Schule zurückkehrte. Normalerweise hätte die nächste »Sitzung« erst in einigen Tagen stattfinden sollen, aber ich konnte es einfach nicht erwarten. Mir schien, als folge er mir ungewöhnlich zögernd in den Aufenthaltsraum, und sofern das überhaupt möglich war, wirkte er noch in sich gekehrter als je zuvor. Er setzte sich auf denselben Stuhl wie am Vortag und sah sofort wieder ausdruckslos zum Fenster raus. Damit wir den Aufenthaltsraum für uns allein hatten, schloß ich die Tür ab und wandte mich dann Robby zu.

»Schön, wollen wir uns überlegen, was wir heute machen? Wenn du wieder mit mir wandern möchtest, sag es mir, wie gestern. Sag ›rausgehen‹ oder einfach nur ›gehen‹.« Wir saßen schweigend mehrere Minuten da, und als ich schon drauf und dran war, meine Anweisung zu wiederholen, bewegten sich Robbys Lippen, als probiere er etwas. Dann flüsterte er erneut das unverständliche Wort und anschließend »geeen«.

»Robby, bitte, sprich etwas lauter – ich kann nicht hören, was du gern tun möchtest.«

»Hunzpeah geeen.«

»Versuch es noch einmal, Robby. Sag das ganze Wort. ›Geeehenn.‹«

Einige Augenblicke lang befürchtete ich, er werde sich wieder in sein Schneckenhaus zurückziehen, aber schließlich nuschelte er: »Hunzpeah gehn«.

»Großartig, Robby! Prima! Jetzt hast du es richtig gesagt. Ganz toll. Ich bin wirklich froh, daß du mir mitteilen konntest, was du machen willst. Wir gehen also –«, hier machte ich eine Pause, um möglichst genau nachsprechen zu können, was er gesagt hatte, »– ›Hunzpeah‹, ist mir auch recht. Also los!«

Bei meinen nächsten Besuchen gewöhnte Robby sich rasch daran, aufs Stichwort das Gewünschte zu sagen. Ich konnte es gar nicht glauben. Er war so kooperativ, daß ich nach einigen Wochen, als wir auf dem Weg zur Kinderabteilung an der Kantine vorbeikamen, etwas Neues probierte.

»Robby, wenn du gern eine Coca oder ein Eis haben möchtest, brauchst du es nur zu sagen. Sag ›Ich möchte Coca‹ oder ›Ich möchte Eis‹.«

Nichts in Robbys Verhalten wies darauf hin, daß er mich gehört hatte, doch als wir unmittelbar hinter der Kantine vorbeigingen, sah er sehnsüchtig hinüber – ich übrigens auch. Der Ausflug hatte meine Kehle ausgedörrt, und die Kantine erschien mir wie dem Wüstenwanderer eine Oase. Robby verlangsamte den Schritt, ganz offensichtlich tobte in ihm ein heftiger Kampf. Schließlich blieb er mit gesenktem Kopf stehen und scharrte mit den Füßen auf dem Boden. Seine Stimme erreichte mich kaum.

»Coca ham.«

Zwei Wörter. Ich versuchte, noch mehr herauszuholen.

»Fast, Robby. Jetzt sag ›Ich . . . möchte . . . Coca‹.«

Der mir vertraute, abwesende Blick kehrte in sein Gesicht zurück. Dann wiederholte er: »Coca-gez-ham! CocaGEEEZHAMM!« Seine Stimme wurde zu einem durchdringenden Geheul.

Ich blieb fest. »Nein, Robby. Sag ›Ich . . . möchte . . . Coca‹.«

Mit verzerrtem Gesicht kreischte er: »KANN NICH SAGN!« Dann drehte er sich abrupt um und lief in Richtung Pavillon davon.

Beim nächsten Bericht, den ich Scott erstattete, teilte ich ihm zögernd mit, was vorgefallen war. Es erschien mir als katastrophal, als schwerer Rückschlag, doch Scott sprach mir Mut zu.

»Darüber würde ich mir keine grauen Haare wachsen lassen. Es ist doch eigentlich ein gutes Zeichen. Immerhin nimmt er Sie zur Kenntnis, und allein darauf kommt es an. Er hat Ihnen seine Meinung gesagt, und das läßt den Schluß zu, daß Sie irgendwo an seine Psyche herangekommen sind. Vergessen Sie nicht, es handelt sich um ein Kind, das schon lange niemandem mehr Empfindungen mitgeteilt oder irgend jemandem etwas gesagt hat. Jetzt teilt er sich mit – und das ist auf jeden Fall ein Fortschritt, Pat!«

Wenn ich auch nicht sicher war, daß der Vorfall keine negativen Spuren zurücklassen würde, war ich doch entschlossen, an meiner Absicht festzuhalten: Robby sollte Forderungen erfüllen lernen. Es schien keine andere Möglichkeit zu geben. Ich ließ einige Tage verstreichen, damit er sich alles in Ruhe überlegen konnte. Dann rief ich seine Lehrerin an und bat sie, ihm zu sagen, ich würde am Nachmittag nach der Schule auf ihn warten. Als ich kam, saß er schon im Aufenthaltsraum. Ich wies auf die offene Tür und folgte ihm nach draußen.

»Hier können wir viel besser überlegen, was wir heute unternehmen wollen, Robby. Sag mir einfach wieder, was du tun willst, aber so laut, daß ich es gleich beim ersten Mal verstehen kann. In Ordnung?«

Robby sah zu Boden und schien in die Betrachtung des Knotengewirrs versunken, das er aus den Schnürsenkeln seiner Wanderschuhe gemacht hatte.

»Sag es laut, Robby, und dann gehen wir los.«

Er hob den Kopf ein wenig, sah mich aber nicht an. »Hunzpeah gehn«, nuschelte er und blickte sogleich wieder zu Boden.

»Schön, Robby. Ich hab dich diesmal gut verstanden. Wenn du das möchtest, tun wir das auch. Wir gehen also ›Hunzpeah‹. Das war *wirklich* gut!« Mit einem Mal kam mir ein Gedanke. »Robby, nennst du den Berg, auf den wir immer gehen, ›Hunzpeah‹? Ist das ein Name?«

Ein kaum merkliches Nicken. Dann ließ Robby seinen Blick zum Berg hinübergleiten. »Hunzpeah . . . Hunzpeah . . . Hunzpeah . . .«, wiederholte er flüsternd, fast als ziehe ihn eine magische Kraft dorthin.

Erneut versuchte ich, hinter den Sinn zu kommen. »Hunzpeah . . . Hunzberg . . . *Hunds*berg? Nennst du den Berg so – *Hundsberg*?«

Erneut das leichte Nicken mit zu Boden gerichteten Augen.

»Na, ist ja großartig, Robby. Ein prima Name. Wir gehen jetzt zusammen auf den Hundsberg.«

6

Da ich zwischen der felsigen Anhöhe hinter der Kinderklinik und einem Hund keinerlei Ähnlichkeit zu entdecken vermochte, nahm ich an, daß es sich um eine reine Phantasiebezeichnung handelte, die Robby sich ausgedacht hatte. Der »Hundsberg« gehörte zu einem mit dornigen Sträuchern bewachsenen Höhenzug, und wer auch immer die schmalen Pfade entlangging, zerkratzte sich die Beine. Neben Kiesflächen gab es hier und da riesige Felsbrocken, die sich aneinanderdrängten, als wollten sie sich gegen ihren gemeinsamen Feind, die Elemente, schützen.

Nahe dem Gipfel wurde das Gelände fast unzugänglich. Die Jahrtausende hatten ihr Werk getan, Verwitterung und gelegentliche Vulkanausbrüche hatten eine Reihe tiefer Einschnitte in den Felsflächen entstehen lassen. Robbys Lieblingsplatz war vergleichsweise leicht zu erreichen, da man auf dem Weg dorthin die schwierigeren Stellen umgehen konnte. Gelegentlich hatte Robby jedoch auch andere Routen eingeschlagen, und ich erkannte im Laufe der Monate, welche Verlockung und Herausforderung das Besteigen des »Hundsbergs« für ihn bedeutete.

Da nun die ersten Schritte auf dem Weg zu einer verbalen Verständigung getan waren, wollte ich unbedingt mehr erreichen. Obwohl Robby nach wie vor auf räumlichen Abstand achtete, war er gelegentlich etwas zugänglicher als früher. Nach mehr als vier Monaten ließ er mich ab und zu auf drei bis vier Schritt an sich heran, bevor er unruhig wurde. Ich lernte die Kunst der kleinen Fort-Schritte. Da ihm das Besteigen des »Hundsbergs« über alles ging, begann ich zu überlegen, wie ich unsere Verständigung durch andere, für Robby leicht lösbare Aufgaben intensivieren und damit zugleich unsere Beziehung festigen könnte.

Als ich eines Tages einige der anderen Kinder Bilder ausmalen sah, hatte ich eine Idee und nahm beim nächsten Mal etwas Zeichenpapier und Buntstifte mit. Robbys Augenbrauen zogen sich leicht zusammen, als er merkte, daß er in den Aufenthaltsraum gehen sollte, und seine Augen verengten sich beim Anblick des Zeichenmaterials an dem Platz, wo er gewöhnlich saß. Er zögerte einige Augenblicke, trat dann ans Fenster und sah hinaus, mir den Rücken zuwendend.

»Robby, was möchtest du heute gern tun?«

»Hunzpeah gehn«, antwortete er mit monotoner Stimme, in der leichtes Mißtrauen mitschwang.

»Gut, Robby, sehr schön. Aber zuerst möchte ich, daß du mir ein Bild malst. Tust du das? Dann gehen wir auf den Hundsberg, einverstanden?«

Robby starrte weiter unbewegt aus dem Fenster – er nahm Papier und Stifte mit keinem Blick zur Kenntnis. Ich machte mich auf eine Marathonsitzung gefaßt, beobachtete ihn genau und bemühte mich, seinem Ausdruck etwas zu entnehmen. Es war jedoch unmöglich zu sagen, ob seine Weigerung auf bloßer Dickköpfigkeit beruhte oder ob er sich erneut, jede Kommunikation mit mir abbrechend, in sich selbst zurückzog.

Eine volle halbe Stunde saß Robby in eisigem Schweigen da, nur seine Augenlider zuckten gelegentlich. Ich versuchte immer wieder, ihn anzuspornen, und es sah so aus, als finde ein heftiger Kampf zwischen seinem und meinem Willen statt.

Weitere zehn Minuten verstrichen. Allmählich ergriff mich Unruhe. Vielleicht war ich wieder einmal zu weit gegangen, hatte zu viel von ihm verlangt. Aber irgendwie mußten wir doch weiterkommen, und wenn ich nicht darauf drängte, würde es nie vorangehen.

Schließlich sagte ich: »Robby, wenn du nicht bald etwas zeichnest, wird es für den Hundsberg zu spät. Ich muß in einer Stunde an einer Besprechung teilnehmen. Zeichne doch etwas, damit wir aufbrechen können.«

Keine Reaktion. Eher schienen sich seine Schultern noch mehr zu verkrampfen und seine Entschlossenheit, nicht nachzugeben, noch zu wachsen. Schweigend saßen wir da, bis ich erkannte, daß die Zeit auf keinen Fall mehr für einen Spaziergang reichen würde.

»Nun gut, Robby. Für heute müssen wir unsere Wanderung auf den Hundsberg wohl streichen. Wirklich schade. Ich weiß, daß dir das weh tut, aber denk einmal darüber nach – wenn du mir beim nächsten Mal etwas zeichnest, kann's sofort losgehen. Ich komme morgen wieder, mein Freund.«

Als ich die Tür des Aufenthaltsraums aufschloß und mich auf den Weg zum Schwesternzimmer machte, um dort Bescheid zu sagen, daß wir nicht fortgingen, rührte Robby sich nicht. Ich sprach einige Minuten mit der diensthabenden Schwester, und als ich in den Aufenthaltsraum zurückkehrte, war Robby fort.

Papier und Stifte, die er über eine Stunde lang nicht angerührt hatte, waren über den Boden verstreut . . .

Am folgenden Tag erhielt ich eine Mitteilung von Cecile, Robbys Lehrerin: Den ganzen Morgen habe er sich äußerst unruhig verhalten, sei mit großen Schritten durchs Klassenzimmer gegangen und habe unaufhörlich vor sich hin gebrabbelt. Sie wollte jetzt wissen, ob dies Verhalten durch die Therapie ausgelöst sein könnte. Ich zeigte Scott die Nachricht.

»Das ist ein weiteres gutes Zeichen, wenn man es auch nicht sofort als solches erkennt – gewöhnlich neigen wir mehr dazu zu glauben, daß wir Fortschritte erzielen, wenn ein Kind *nicht* stört –, aber Robby kämpft gegen etwas, und vielleicht muß er sich gelegentlich auf diese Weise Luft verschaffen. Erklären Sie Cecile, was los ist. Sie soll Ihnen auf jeden Fall mitteilen, wenn Robby etwas Ungewöhnliches tut. Am besten warnen Sie auch gleich die Leute im Pavillon vor, damit sie ihn auf keinen Fall bestrafen, falls er etwas anstellt. Bestärken Sie den Jungen, daß er in dieser Richtung weitermacht.«

Gleich nach dem Mittagessen suchte ich Robbys Lehrerin auf und erklärte ihr alles. Anschließend verglich ich meine Notizen mit denen der Schwestern und Helfer in Robbys Pavillon. Am Nachmittag, sobald der Unterricht zu Ende war, kehrte ich, Stifte und Papier unterm Arm, dorthin zurück. Es war ein wunderbarer Tag zum Wandern, anmutige Zirruswölkchen zogen in einem hübschen Muster über den azurblauen Himmel. Mir war klar, daß Robby einer solchen Verlockung nur schwer würde widerstehen können, und ich hoffte, daß ihn das dazu bewegen würde, meine Bitte zu erfüllen.

Als ich zu ihm kam, saß er schmollend auf seinem gewohnten Stuhl nahe dem Fenster. Ich begrüßte ihn und schob ihm dann Papier und Stifte über den Tisch hin.

»Junge, ist *das* heute ein Wetter! Robby, was möchtest du denn gern tun?«

»Hunzpeah gehn.«

»Einverstanden. Aber du weißt ja, was du vorher tun mußt. Du hast doch sicher darüber nachgedacht? Kannst du mir heute etwas zeichnen?« Schweigen.

»Versuch's doch einfach, Robby. Dann gehen wir auf den Hundsberg.«

Nach einigen Augenblicken bewegte er sich zögernd, drehte sich dann zum Tisch um und strich das Papier glatt. Mit hängenden Schultern nahm er einen Malstift in die Hand und zeichnete ein Strichmännchen. Dann wartete er auf mein Urteil.

»Priiiiima, Robby!« Ich war verblüfft zu sehen, wie gut sich die Sache anließ, und merkte, daß ich ganz wie Lovaas das »Priiiiima« arienhaft in die Länge zog. »Großartig, Robby. Alsdann, auf geht's.«

Zwei Tage später hatten wir wieder Sitzung. Diesmal trat Robby gleich brav an den Tisch, zeichnete rasch ein Strichmännchen und ließ dann die Hände in den Schoß sinken.

»Robby«, sagte ich so freundlich wie möglich, »das ist sehr schön, aber ein bißchen mehr brauche ich schon – du kannst es sicher besser. Versuch's bitte noch mal.«

Er seufzte und nahm dann den Malstift wieder in die Hand, schließlich auch noch andere Farbstifte. Er zeichnete

zwei weitere Strichmännchen mit gesichtslosen Köpfen und ein Gitter aus Linien, das so aussah, als befänden sich die Menschen im Gefängnis, hinter einer dunklen, abweisenden Tür. Erneut hielt er inne.

»Wuuuuunderbar! Ein schönes Bild. Was ist es, Robby? Was hast du da gemalt?«

»Hier«, murmelte er mit kaum hörbarer Stimme.

»Aha, das ist also das Haus hier, in dem du lebst?«

Ein leichtes Nicken.

»Gut, Robby, wirklich schön. Was wollen wir jetzt tun?«

»Hunzpeah gehn – *gez*!« kam es mit Nachdruck. Er saß auf der Kante seines Stuhls, bereit, sofort zur Tür zu laufen.

»Klar, Robby, machen wir! Du wirst immer besser!«

Seine Zeichnung schien widerzuspiegeln, wie er die Klinik sah – Kinder hinter Gittern, eingesperrt hinter der stets verschlossenen Tür. Ich fragte mich, wie er diese ersten Schritte hin zur Wirklichkeit wohl empfand.

Bei unserer nächsten Zusammenkunft legte ich Stifte und Papier auf einen Tisch und trat beiseite. Nach einem kurzen Blick auf das Zeichenmaterial ging Robby ans Fenster, schaute kurz hinaus, wandte sich dann um und setzte sich an den Tisch. Offensichtlich wollte er sich vergewissern, ob die Mühe, die er auf sich nahm, auch lohnte.

»Malst du mir noch ein Bild, Robby, damit wir rausgehen können?«

Robby betrachtete das Papier und griff dann abrupt nach den Stiften. Wieder zeichnete er Strichmännchen ohne Gesichter. Sie standen neben etwas, das wohl ein Baum sein sollte.

Er entfernte sich vom Tisch, und ich kam näher, um das Bild gründlicher zu betrachten. »Sehr schön, Robby, aber warum haben die Leute keine Gesichter?«

Ich trat wieder beiseite, Robby ging noch einmal an den Tisch, sah kurz auf das Blatt und schob es mit einer raschen Bewegung von sich weg. »GEZ Hunzpeah gehn!«

»Gut, Robby. Du hast alles getan, worum ich dich gebeten habe. Du verdienst eine Wanderung – und vielleicht auch noch zwei Kugeln Schokoladeneis hinterher.«

Er sah zu mir herüber, und einen Augenblick lang entspannten sich seine Züge angesichts der versprochenen Schleckerei. Eine Sekunde später aber war es schon wieder vorbei, der undurchdringliche Ausdruck lag erneut auf seinem Gesicht.

Bei unserer Rückkehr vom Hundsberg tat Robby jedoch etwas, das mich zutiefst verblüffte. Als wir uns der Kantine näherten, kam plötzlich aus seinem Mund: »Wir holn Aiiiiis!«

Ich sah ihn fast erschrocken an. Hatte ich richtig gehört? Hatte er wirklich *wir* gesagt? Schon möglich, daß es nur ein kleiner Schritt war, wenn Robby sagte, daß wir etwas gemeinsam taten, aber ich hatte ja gerade erst gelernt, daß es – wie Scott auch gesagt hatte – keine Wunder geben werde, sondern nur winzige Fortschritte, die sich in einem Wort hier und einem Blick da äußerten.

Später gingen Scott und ich die Bilder durch. Er war beeindruckt. »Ein guter Anfang. Ein Kind, vor allem ein gestörtes, kann in Bildern weit besser als mit Worten ausdrücken, was in ihm vorgeht. Gelegentlich bekommt man auf diese Weise sogar Dinge heraus, die man sonst kaum erfahren würde. Hier sind einige durchaus gute Ansätze zu erkennen.«

»Wo?« Auf mich wirkten die Zeichnungen recht düster.

»Erstens einmal zeichnet er Menschen, also sind die Teil seiner Welt oder fangen an, es zu sein. Er hat heute ›wir‹ gesagt, und das paßt gut zu dem, was er hier gezeichnet hat. Ich glaube, daß sich all die Mühe und Zeit, die Sie für Robby aufgewendet haben, allmählich auszahlen.« Er hielt einen Augenblick inne. »Die gesichtslosen Köpfe sind ziemlich aufschlußreich, was?«

»Ich hab ihn danach gefragt, aber er hat nicht geantwortet. Wie wirkt das übrige auf Sie?«

Scott betrachtete nachdenklich die vor ihm ausgebreiteten Zeichnungen. »Nun, einige einfache Strichmännchen, ein ziemlich dürrer Baum, ein Pavillon, in dem alle eingesperrt sind. Etwas anderes durften wir von jemandem mit Robbys Vergangenheit kaum erwarten. Die dunklen Farbtöne könnten auf eine Depression hinweisen, aber auch das wäre verständlich. Immerhin hatte er in seinem Leben nicht viel Anlaß, glücklich zu sein.«

»Stimmt.«

»Haben Sie ihn schon mal gefragt, ob er selbst auch auf einem dieser Bilder ist?«

»Nein, soll ich das tun?«

Scott nickte. »Versuchen Sie es mal. Sehen Sie zu, daß er Ihnen etwas beschreibt. Es wäre schön, wenn Sie erreichten, daß er Ihnen etwas berichtet über das, was er zeichnet. Das könnte gewisse Aufschlüsse liefern.«

»In Ordnung.«

»Am besten datieren Sie die Bilder und heften sie in chronologischer Reihenfolge ab. Sie könnten sich noch als sehr nützlich erweisen, wenn die Therapie weitere Fortschritte macht. Ich an Ihrer Stelle würde ihn regelmäßig zeichnen lassen. Sorgen Sie dafür, daß er auch Farben benutzt und sich auf diese Weise der Realität öffnet. Robby beginnt, in Ihnen einen Mittler zu einer Welt zu sehen, die er bisher nicht kannte, und Sie müssen ihn auf dem Weg in diese Welt leiten.«

7

Es war eher ein unbestimmter Impuls als eine bewußte Überlegung. Ich hatte an einer Wochenend-Arbeitstagung in Santa Cruz teilgenommen, und als ich den besten Weg zurück nach Merrick suchte, sah ich auf der Karte zufällig den Namen Reidsville. Mir fiel ein, daß Robbys Eltern dort lebten. Ich sollte sie vielleicht einfach aufsuchen, wenn ich sie schon auf andere Weise nicht erreichen könnte. Möglich, daß ich dabei erfuhr, warum sie keinen meiner Briefe beantwortet hatten, und außerdem ließe sich bei dieser Gelegenheit gewiß auch etwas über Robbys frühe Kindheit in Erfahrung bringen. Im übrigen war ich schlicht neugierig.

Zum Glück erwies sich der Ort als sehr klein, und als ich den jungen Mann, der mich an einer Tankstelle bediente, nach dem Haus der Familie Harris fragte, erklärte er mir den Weg und fügte grinsend hinzu: »Sie können den Straßenaltar gar nicht übersehen.«

Er hatte recht. Im Vorgarten war eine riesige, alte, weiße Emailbadewanne senkrecht so eingegraben, daß der größte Teil aus der Erde ragte und als Dach für eine Madonnenstatue in Kindergröße diente. Gipsschafe lagen ihr zu Füßen, und ein Halbkreis aus weißgestrichenen Steinchen und leuchtenden Kunststoffblumen vervollständigte die Anlage.

Das verschachtelt angelegte Haus wirkte so, als werde ständig daran gearbeitet. Seine zahlreichen Anbauten schienen jeweils mit den Materialien errichtet worden zu sein, die gerade zur Verfügung standen, sogar das Dach war mit verschiedenfarbigen Ziegeln gedeckt. Überall lagen Bauholz und Aluminiumplatten unterschiedlicher

Größe verstreut umher. Mr. Harris schien die Kunst des »Organisierens« vortrefflich zu beherrschen.

Am Ende der Auffahrt stand ein rostiger Cadillac Fleetwood, der an die zehn oder elf Jahre alt sein mußte. Die riesige Motorhaube war geöffnet, und eine kleine Gestalt beugte sich über den Kotflügel und blickte angestrengt ins Innere des Autos – es sah aus, als werde sie von einer Riesenechse verschlungen.

»Mr. Harris?«

Ich trat näher an den Wagen und richtete meinen Blick ins Dunkel des voluminösen Motorraums.

»Ja.« Verärgert über die Störung blinzelte er mir durch Schweiß und Schmierfett, die sich in seinen Augenwinkeln angesammelt hatten, entgegen. Er fuhr sich mit einem Ärmel über das Gesicht und faßte mich dann scharf ins Auge. »Ich will nicht hoffen, daß Sie mir am Sonntag etwas verkaufen wollen –«

»Aber nein. Ich bin Patrick McGarry, Robbys Therapeut aus der Klinik.«

»Ach so . . .« Schon tauchte sein Kopf wieder unter die Motorhaube.

»Ich war auf einer Tagung in Santa Cruz und dachte, ich könnte mal vorbeischauen und berichten, wie es Robby geht. Ist Ihre Frau zu Hause?«

»Ja, aber sie fühlt sich heute nicht besonders. Wenn sie etwas von Robby hört, bekommt ihr das gar nicht.«

»Ach so. Nun, meinen Sie, es wäre zu anstrengend für sie, etwas über ihn zu hören? Er hat sich nämlich in letzter Zeit ganz gut herausgemacht.«

Mr. Harris schien völlig damit beschäftigt, irgendwelche Schrauben möglichst fest anzuziehen. Seine Stirnadern schwollen vor Anstrengung, als er den Schraubenschlüssel mit Macht nach unten drückte. Plötzlich brach ein Bolzen, und Harris' Hand schlug gegen die Kühlerlamellen. Schimpfend trat er einen Schritt zurück, warf die Motorhaube zu und blaffte mich an: »Sie hätten ja einfach schreiben können. Sie brauchten nicht extra herzukommen und uns zu belästigen.«

Sie empfanden also eine Mitteilung über Robbys Befinden als »Belästigung» . . . »Ich konnte ja nicht wissen, ob meine Briefe Sie auch erreichen. Außerdem dachte ich, Sie würden gern aus erster Hand etwas über Robby erfahren.«

Mr. Harris knurrte; seine Augen verengten sich, als er mich musterte. »Warum verstecken Sie Ihr Gesicht hinter einem Bart? Nur Hippies und Kommunisten tragen Bärte.«

Ich zuckte lächelnd die Schultern. Mr. Harris' Wangen sahen aus, als habe er sie mit einem Rasiermesser einer sehr gründlichen Behandlung unterzogen. Aus den Unterlagen wußte ich, daß ich nur ein oder zwei Jahre jünger war als er, aber er wirkte weit älter und verbraucht, seine Hängeschultern fielen in Richtung seines vorspringenden kleinen Bauches ab.

Unvermittelt wandte er sich dem Seiteneingang zu. »Warten Sie hier«, sagte er. Nach wenigen Minuten kehrte er zurück. »Reden Sie nicht zuviel. Meine Frau regt sich leicht auf. Sie ist nicht besonders robust.«

Ich folgte ihm durch die Küche ins Wohnzimmer. Die Einrichtung wirkte abgenutzt, aber alles war reinlich und ordentlich, ein deutlicher Gegensatz zu dem draußen herrschenden Chaos. Ich vermutete, daß Mrs. Harris sich um den Haushalt kümmerte, fragte mich dann aber, ob sie dazu überhaupt imstande war. Trotz des trüben Bildes von Robbys Mutter, das sich aus dem Klinikbericht ergab, verblüffte mich der Anblick der bis auf die Knochen abgemagerten Frau, die in einem Schaukelstuhl saß und mit den Händen eine Bibel umklammerte. Als sie mich sah, zuckte sie zusammen.

»Sie . . . Sie bringen mich doch nicht wieder ins Krankenhaus?« Ihre Finger begannen zu zittern, während sie an den Kanten des Buches auf und ab fuhren.

»Nein, Mrs. Harris. Ich bin Patrick McGarry. Ich komme von der Kinderklinik in –«

»Du brauchst dich nicht aufzuregen, Mutter«, versicherte Mr. Harris. »Er kommt nicht von *dem* Krankenhaus, sondern aus Merrick, wo Robby ist. Du brauchst dich also nicht aufzuregen.« Er ging zu ihr und legte ihr beschützend eine Hand auf die Schulter.

Mrs. Harris entspannte sich etwas. Mit erstauntem Ausdruck, als habe sie den Namen noch nie gehört, fragte sie: »Robby?« und wiederholte den Namen noch einmal. Unsicher hob sie die Augen zu ihrem Mann.

»Das ist schon in Ordnung, meine Liebe«, erwiderte er und sah dann unruhig zu mir rüber. »Meine Frau hat manchmal solche Anfälle, und heute ist sie ein bißchen durcheinander.«

Was zum Teufel war hier los? »Ihr Sohn, Mrs. Harris, Robby. Er ist jetzt fast neun Jahre alt, geht zur Schule und klettert gern in den Bergen hinter der Klinik umher . . .« Meine Stimme erstarb, als ich merkte, daß sie nicht zuhörte. Sie murmelte etwas vor sich hin, bildete unverständliche Worte und drehte ein Taschentuch in ihrer Hand zusammen. Auf ihrem Gesicht lag ein mir sehr vertrauter abwesender Ausdruck. Ich erinnerte mich an den Sozialarbeiter, der gemeint hatte, Mrs. Harris stünde wahrscheinlich am Rande einer Psychose. Nun, am Rande wohl nicht mehr, dachte ich im stillen.

Mit einem Mal beugte Mr. Harris sich vor, nahm seiner Frau die Bibel vom Schoß und wedelte mir damit vor dem

84

Gesicht herum. Plötzlich barst er förmlich vor Energie. »Wir wissen längst, was unserem Robby fehlt. Ich fragte mich, warum ihr das nicht verstehen könnt! Der Satan ist in ihn gefahren, er ist von bösen Geistern besessen, wie es in der Bibel steht – es war Gottes Strafe für unsere Sünden und unsere Missetaten. Irgendwann einmal haben wir Gottes Gebot gebrochen, und Gott in seiner Weisheit hat uns durch Robby gestraft. Ein neuer Beweis für die Allmacht Gottes!«

Ich sah unverwandt auf Mrs. Harris, deren Finger jetzt eine Furche in die Lehne ihres Sessels drückten. Sie saß vornübergebeugt, als träfen die Worte ihres Mannes sie wie Peitschenhiebe, und ich hatte das Gefühl, sie weine.

». . . die Macht des Gebets«, fuhr Mr. Harris mit Stentorstimme fort. »Wir wollen unsere Häupter im Gebet vor Ihm neigen!«

Ich sah ihn fragend an. Wo war ich da nur hingeraten?

»*Neige dein Haupt!*« verlangte er. »Wir wollen um Erlösung beten.« Er hielt den Blick auf mich gerichtet, bis ich nachgab. »Höre mich, himmlischer Vater . . .«, begann er, die Bibel hoch in die Luft gereckt.

Ich hielt meinen Kopf gesenkt und betrachtete das Muster des abgetretenen Teppichs, bis es sich vor meinen Augen drehte. Gelegentlich warf ich einen verstohlenen Blick auf Mrs. Harris, die jetzt ihre Hände in glühender religiöser Inbrunst verschränkt hielt. Auf ihrem Gesicht lag ein Ausdruck seliger Gelöstheit. Mr. Harris betete zwanzig Minuten lang ununterbrochen, und ich konnte kaum noch geradestehen, als er endlich mit einem heiseren »Amen« schloß, dem ich ein aus tiefster Seele kommendes hinzufügte.

Mrs. Harris streckte sehnsuchtsvoll ihre Arme gen Himmel, und ich bemerkte eine erstaunliche Ähnlichkeit zwischen ihr und Robby – weniger im Aussehen als im Verhalten. Es war die gleiche Wachsamkeit, die ich an Robby beobachtet hatte, als rechne sie jeden Augenblick damit, geschlagen zu werden. Während sie zur Decke aufsah, konnte ich an ihrem wechselnden Gesichtsausdruck erkennen, daß sie sich im Zustand religiöser Ekstase oder auch einer Halluzination befand. Dann kehrten ihre Augen zu mir zurück, und sie lächelte gütig. Wir sahen einander einige Augenblicke an, und ich fühlte mich wirklich gerührt. Sie war ein freundliches, aber verschrecktes Geschöpf, und ich konnte gut verstehen, daß ihr Mann alles tat, um sie zu beschützen. Auch erkannte ich, daß sie wieder Kontakt mit der Wirklichkeit hatte, und so versuchte ich, meine Botschaft so rasch wie möglich loszuwerden.

»Ich wollte Ihnen beiden nur mitteilen, daß es Robby gutgeht. Er und ich verbringen viel Zeit miteinander in den Bergen hinter Merrick. Robby ist ein richtiger kleiner Bergsteiger geworden. Und wie er *wächst*! Er schießt in die Höhe wie Unkraut. Sie würden ihn nicht wiedererkennen . . .« Ich brach ab, als mir die Bedeutung meiner Worte klar wurde.

Mr. Harris merkte jedoch nichts. »Hat er noch immer diese Anfälle? Schreit er noch immer so schrecklich?«

»Nein. Aber er geht auch nicht auf Menschen zu. Solange man ihn nicht drängt, und im Augenblick erwarten wir noch nicht zuviel von ihm, ist er ziemlich ruhig und bereit zu tun, was man von ihm verlangt. Er spricht schon ein wenig und lernt zu sagen, was er möchte. Er ißt gern Schokoladeneis –«

Ich hörte auf, als Mrs. Harris' Kopf langsam niedersank und das Gemurmel erneut begann. Wieder schien sie ihren ohnehin geringen Kontakt zur Wirklichkeit zu verlieren.

Ich sah fragend zu Mr. Harris hinüber, und er wies auf die Tür. Ich nickte, verbeugte mich und sagte: »Ich muß jetzt leider gehen, Mrs. Harris. Es war nett, Sie kennengelernt zu haben . . .«

Sie war so in sich versunken, daß sie es nicht mitbekam, und ihr Mann und ich verließen den Raum auf Zehenspitzen. An der Auffahrt blieb er stehen und fragte: »Glauben Sie an die Kraft des Gebets?« Er wirkte jetzt fast freundlich. Daß ich mich von seinem Marathongebet nicht ausgeschlossen hatte, schien ihn besänftigt zu haben.

»Nun ja, in gewisser Hinsicht . . .«, erwiderte ich vorsichtig. Dann nahm ich meinen ganzen Mut zusammen. »Ich würde Sie gern um etwas bitten, Mr. Harris.«

»Ja?«

»Lassen Sie ihrer Frau von jemandem helfen. Gehen Sie mit ihr zu einer psychiatrischen Beratungsstelle – Ihnen beiden zuliebe. Vermutlich wird sie das ängstigen, aber wenn Sie dort bei der Anmeldung auf die speziellen Probleme Ihrer Frau hinweisen, wird man ihr verständnisvoll begegnen. Vielleicht können die ihr etwas verschreiben, damit sie nicht mehr so viele Anfälle hat, wie Sie das nennen. Es muß schrecklich sein für sie, Mr. Harris. Es könnte ihr ja auch etwas zustoßen, während Sie unterwegs sind. Das ließe sich leicht vermeiden. Man kann schon verschiedenes tun.«

»Sie kommt ganz gut zurecht.«

Ich konnte nur den Kopf schütteln. Er begriff das Ausmaß ihrer Realitätsferne ebensowenig, wie er einige Jahre zuvor begriffen hatte, wie wichtig eine Therapie für Robby war. »Mr. Harris.« Er hob den Blick, und unsere Augen trafen sich. »Sie braucht fachkundige Hilfe. Bitte, sorgen Sie dafür, daß sie sie bekommt.«

»Nun, Mr. McGarry, ich glaube, daß Sie es gut meinen.

Aber ich denke, wir werden unseren Weg weitergehen, es läuft ja alles ganz gut.«

»Und Ihr Sohn, Mr. Harris?«

»Unser Prediger hat gesagt, wir sollen uns von ihm fernhalten, weil er von Dämonen besessen ist. Er sagt, Robert gehöre uns nicht mehr, da andere Mächte von ihm Besitz ergriffen haben –«

»Aber er ist doch nun einmal Ihr Kind«, fiel ich ihm ins Wort. »Das ist und bleibt er trotz seiner schweren Störung. Übrigens ist er ein sehr sensibler Junge, Mr. Harris. Sie sollten ihn nicht einfach abschreiben.«

Er senkte den Blick. »Wie stehen die Aussichten?«

»Das weiß ich, um ehrlich zu sein, natürlich nicht. Ich versuche, ihm zu helfen, aber ich kann nicht voraussagen, wie weit wir mit ihm kommen werden. Das kann niemand in Merrick. Wir sind auf Ihre Hilfe angewiesen – und Sie könnten helfen, vor allem, wenn Robby weiterhin Fortschritte macht.«

»Wissen Sie, ich hätte nie gedacht, daß jemand da noch etwas ausrichten könnte, jedenfalls hat der Prediger das gesagt. Ich weiß nicht. Vielleicht sollte ich mal hinfahren und ihn besuchen?«

Mein Gott, dachte ich, den Prediger würde ich mir gern mal vorknöpfen. »Selbstverständlich, Mr. Harris. Aber zuerst sollten Sie wirklich Ihre Frau behandeln lassen, sie braucht Hilfe. Vermutlich würde es doch auch Sie sehr erleichtern, wenn Sie sähen, daß sich ihr Zustand bessert.«

Wir schüttelten einander die Hand, und wenn ich auch nicht annahm, ihn je wiederzusehen oder von ihm zu hören – auch erwartete ich nicht, daß er meine Empfehlungen hinsichtlich seiner Frau befolgen würde –, so war ich doch froh, hingefahren zu sein. Zumindest hatte ich es versucht . . .

So betrüblich mein Erlebnis mit dem Ehepaar Harris war, es half mir, Robbys Schwierigkeiten im Zusammenhang mit diesem Elternhaus zu sehen – und, was vielleicht noch wichtiger war, sie nachzuempfinden. Durch meinen Besuch bei ihnen hatte Robby eine Vergangenheit bekommen. Er war jetzt nicht mehr nur ein Bündel aus Symptomen, Ängsten und Widerständen, gegen die ich anarbeitete, und aus möglichen Kräften, die ich zu mobilisieren versuchte. In meiner Vorstellung war er nun wie alle anderen Kinder. Er war das Kind jenes fanatisch religiösen Vaters und jener leidgeprüften Mutter. Wenn ich auch seine Qual dadurch nicht besser verstand, so empfand ich sie doch deutlicher, und das bestärkte mich in meinem Entschluß, für ihn zu tun, was ich konnte. Eine große Sorge aber ließ mich nicht los: Meine Zeit als Assistenzarzt würde in sechs Monaten ablaufen, und ich fragte mich, wie weit ich bis dahin gekommen sein würde . . .

Anfang Dezember wurde Robby neun Jahre alt. Als ich ihm zu erklären versuchte, was sein Geburtstag bedeutete, sah er mich nur verständnislos an. Er hatte allerdings keine Schwierigkeiten, die Bedeutung der heißen Karamelspeise zu verstehen, zu der ich ihn in der Kantine einlud.

Zwei Wochen nach seinem Geburtstag streifte Robby im weihnachtlich geschmückten Pavillon umher. Wenn er überhaupt einen Unterschied gegenüber sonst empfand, war das nicht zu erkennen.

8

Januar und Februar waren ungewöhnlich kalt und regnerisch, so daß wir an den meisten Tagen leider nicht hinauskonnten. Von seinem ständigen Platz am Fenster des Aufenthaltsraums aus behielt Robby das Wetter fest im Auge. Bisweilen öffnete ich ihm die Haustür, ohne daß er den Pavillon verließ, bei anderen Gelegenheiten trat er kurz vor die Tür und kehrte dann abrupt in den Pavillon zurück – offensichtlich genügte ihm dieser kurze Eindruck.

Als schönere Tage kamen, beschloß ich, als nächsten Schritt nun Robby zu größerer physischer Nähe zu veranlassen. Ich hatte in dieser Richtung schon dies und jenes ausprobiert, aber obwohl Robbys »Fluchtabstand« gegenüber früher geringer geworden war, achtete er doch ängstlich auf dessen Einhaltung. Nur selten war es mir gelungen, näher an ihn heranzukommen – und auch dann nur für Sekunden.

Mir war klar, daß es sich dabei um eine Entsprechung zur psychischen Distanz handelte, die Robby wahren wollte. Darin bestand nun einmal sein Selbstschutz – und nach wie vor war er weit davon entfernt, sich mir oder einem anderen Menschen anzuvertrauen. Das aber bedeutete, daß wir in eine Sackgasse geraten waren: Robby hörte auf mich und machte, sofern er Lust dazu hatte, was ich vorschlug, im übrigen aber blieb ich ein bloßer Beobachter dessen, was er für sich allein tat.

Wenn ich Bewegung in die Sache bringen wollte, konnte nur eine neue Taktik helfen. Eines Nachmittags fielen mir, kurz nachdem ich mit Robby die Zitronenpflanzung verlassen hatte, Bilder zu einem Zeitschriftenartikel ein, den ich kurz zuvor gelesen hatte. Sie zeigten zwei Bergsteiger, die einen steilen Hang erklommen, und die Bildlegende hatte deutlich auf ihre gegenseitige Abhängigkeit hingewiesen.

Nun, versuchen konnte man es ja mal. Ich war früher ein wenig geklettert und meinte, daß sich einige der Steilhänge hier ganz gut bewältigen lassen müßten. Vor mir lag eine Felswand, an der Robby, dem Pfad folgend, bereits vorbeigelaufen war. Ich rief ihm zu: »Robby, wenn wir hier raufgehen, sind wir schneller oben.«

Ich arbeitete mich die Böschung hoch, indem ich mich an den Mezquitesträuchern festhielt, dann schob ich mich langsam an einem schmalen Riß in der Granitfläche entlang empor. Auf halber Höhe machte ich eine Pause, um Atem zu schöpfen, und sah zu Robby hinab, der unten auf dem Weg stand und mich nicht aus den Augen ließ.

»Das macht Spaß«, rief ich runter. »Es ist wie richtiges Bergsteigen. Komm doch.« Ich schob mich weiter, zog mich auf einen Felsabsatz und richtete mich auf. Von hier oben sah Robby ganz klein aus.

»Komm doch, Robby. Es ist wirklich ganz toll«, rief ich. »Aber paß auf, wohin du trittst – es ist steil!«

Robby sah zu mir rauf; ich fragte mich, ob er mir wohl folgen würde. Und schließlich machte er sich wirklich auf den Weg durch das Gestrüpp zur Felswand. Ich wies ihn erneut darauf hin, sorgfältig festen Halt für die Füße zu suchen und diesen Halt vor der Gewichtsverlagerung auch zu prüfen. Bald war er unter mir. Als er sich dem Felsabsatz näherte, kniete ich nieder und streckte ihm meine Hand entgegen.

»Hier, Robby, halt dich fest.« Und fügte hinzu: »Ein Bergsteiger muß dem anderen helfen.«

Ohne auf die ausgestreckte Hand zu achten, ging er um mich herum. Aber ich witterte eine Möglichkeit – er schien sich beim Emporklettern nicht ganz wohl gefühlt zu haben.

Ich suchte also nach schwierigeren Anstiegen, die trotzdem nicht gefährlich und für ihn zu bewältigen waren. Für Robby schien es ein Abenteuer zu sein, denn jedesmal kam er an die von mir gewählte Aufstiegsstelle und folgte mir, nachdem er meinen Anstieg beobachtet hatte. Ich merkte auch, daß er oft dem von mir vorgezeichneten Weg folgte und die Füße genauso setzte, wie er es bei mir gesehen hatte.

Da Robby zuhörte und lernte, bot ich weiterhin Rat und Unterstützung, und wenn auch seine Miene abwesend und ausdruckslos blieb, war deutlich zu erkennen, daß er gern kletterte. Ich ging stets voran, so daß ich an schwierigen Stellen oder an Rastplätzen auf ihn warten und ihm meine helfende Hand entgegenstrecken konnte. Wenn er sich näherte, sagte ich dann: »Los, Robby. Nimm meine Hand. Da ist nichts dabei – denk daran: Ein Bergsteiger muß dem anderen helfen.«

Aber er wollte nichts davon wissen, und nachdem wir einige Wochen lang verschiedene Aufstiege probiert hatten, verließ mich erneut der Mut. Zu keinem Zeitpunkt hatte es auch nur den kleinsten Hinweis darauf gegeben, daß Robby meinem Vorschlag der gegenseitigen Hilfe nähertreten könnte, und selbst auf einem noch so schmalen Felsabsatz gelang es ihm, eine ebensogroße äußere und innere Distanz zu bewahren wie auf festem Boden. In dem Maße, in dem Robbys Kletterfertigkeit zunahm und wir schwierigere Bergabschnitte erprobten, machte ich mir Gedanken über die möglichen Gefahren unserer Ausflüge. Was, wenn er abstürzte? Immerhin war ich nicht nur als Therapeut, sondern auch als »Aufsichtsperson« für ihn verantwortlich. Nach unserem ersten Kletterversuch hatte ich mit Scott darüber gesprochen, und er war mit mir der Ansicht, daß die Möglichkeit, einen wirklichen Fortschritt zu erzielen, das Eingehen einer geringfügigen Gefahr rechtfertigte. Doch als das Risiko wuchs, ohne daß ein solcher Fortschritt erkennbar wurde, wuchs auch meine Enttäuschung. Ich war nahe daran aufzugeben.

»Außerdem«, sagte ich zu Scott, »wenn er bis jetzt nicht nach meiner Hand gegriffen hat, wird er das wahrscheinlich auch in Zukunft nicht tun. Man hätte inzwischen irgend etwas sehen müssen, irgendeine Reaktion. Vermutlich ist es ein zu großer Schritt für ihn.«

Scott antwortete nicht sofort, dann schlich sich ein Lächeln auf sein Gesicht, und schließlich lachte er leise in sich hinein. »Wissen Sie, ich würde euch beide ja gern mal da oben sehen. Ich habe so ein Bild vor meinem inneren Auge, wie Sie an einer Hand von einer Klippe hängen und Robby zurufen: ›Los, Robby, ein Bergsteiger muß dem anderen helllfen!‹«

Ich lächelte zwar, fand es aber nicht besonders lustig.

»Ernstlich, Pat«, fuhr er fort, »wir wissen, wie gern Robby in die Berge geht, und jetzt interessiert er sich zusätzlich noch fürs Klettern. Vielleicht versteht er früher oder später, wie wichtig es ist, daß Menschen einander helfen. Versuchen Sie es doch ruhig noch ein paarmal. Welche andere Möglichkeit haben Sie denn?«

Zwei Wochen später waren Robby und ich wieder einmal draußen. Diesmal wollten wir etwas Neues ausprobieren und näherten uns dem Gipfel des Hundsbergs zum ersten Mal von hinten – über die Südflanke, die weit steiler war als unsere bisherigen Routen. Wir hatten uns schon oft an die Felswand herangetastet, um die Möglichkeiten eines Aufstiegs zu erkunden, waren aber immer wieder davor zurückgeschreckt, es schien zu schwierig und zu gefährlich. Doch Robby war mittlerweile ein trittsicherer und behender kleiner Kletterer, und als wir an einer Felsspalte vorüberkamen, warf er einen prüfenden Blick nach oben. Ich forderte ihn heraus.

»Na, wollen wir's mal von hier aus probieren, Robby?« Ich nickte zur Felswand hinüber. »Ich weiß nicht . . . Es ist schwer – meinst du, wir schaffen es?«

Er blieb stehen, sah sich nach mir um, warf dann einen Blick die Felswand hinauf und kehrte nach einigen Augenblicken des Zögerns um. Ich nutzte die Gelegenheit, um ihn noch einmal zu erinnern: »Robby, das ist die Art Kletterei, bei der man sich gegenseitig helfen muß. Es wird wirklich schwierig. Wenn du also Hilfe brauchst, sag Bescheid! Alles klar?«

Diesmal war es mir ernst, aber er reagierte nicht und hielt die Augen fest auf die Felskante geheftet.

Ich begann den Aufstieg. Die ersten zehn Meter bis zur eigentlichen Felswand waren noch ziemlich einfach, aber dann kam ein steiles Geröllfeld, das ich nur auf allen vieren bewältigen konnte. Weiter oben boten einige Baumwurzeln, die aus dem Boden ragten, Halt. Ich blieb stehen, und während ich den nächsten Abschnitt mit den Augen abtastete, bemerkte ich eine Stelle, wo der Granit bröckelig zu sein schien.

Robby stand bewegungslos unten und sah mir zu.

»Nun denn«, sagte ich leise zu mir selbst und stieg in die Wand. Schwungvoll überwand ich eine tiefe Spalte, erreichte einen schmalen Felsvorsprung und drückte mich fest gegen die kalte Fläche des Felsens, während ich einen Halt für meine Hände suchte. Sobald ich ihn gefunden hatte, stieg ich vorsichtig weiter, verlagerte mein Gewicht, um zu prüfen, ob ich sicheren Stand hatte, und trat lockeres Gestein los. Etwas weiter oben blieb ich erneut stehen, um den Weg und meine Position zu begutachten, und gab über die Schulter meine Beobachtungen an Robby weiter.

»Das scheint ein ganz brauchbarer Weg zu sein, Robby. Paß aber auf das lose Gestein auf, halt dich gut fest, und setz die Fußspitzen fest auf!«

Robby stand noch immer am selben Fleck und sah mir lediglich aufmerksam zu.

Der nächste Abschnitt war schwieriger als vermutet, und ich hatte noch nicht die Hälfte des Stücks geschafft, da schmerzten mir schon die Arme. Nach weiteren zehn Minuten zog ich mich schließlich in eine große Aushöhlung unmittelbar unter der oberen Felskante. Keuchend lehnte ich mich gegen die Wand. Sobald ich wieder zu Atem gekommen war, schrie ich hinab:

»Robby, laß es lieber! Es ist zu gefährlich! Geh hinten rum, wir treffen uns oben. Ich ruhe mich hier nur ein paar Minuten aus.«

Aber es war schon zu spät. Nachdem er sich vergewissert hatte, daß ich keine weiteren Steine mehr lostreten würde, hatte er sich auf den Weg gemacht, und das lose Geröll, das hinter ihm zu Tal stürzte, übertönte meine Worte. Ich konnte nur zusehen – und ich spürte zunehmende Besorgnis. Vielleicht war ich diesmal *tatsächlich* zu weit gegangen.

Robby schaffte den unteren Teil rasch und kam bald an den steileren Abschnitt. Jetzt, da er mich wieder hören konnte, wiederholte ich meine Warnung und bat ihn mit Nachdruck, den anderen Weg zu nehmen. Es nützte aber nichts. Er wollte mit Gewalt diese Wand hoch, und ich hatte keine Möglichkeit, ihn davon abzuhalten. Ich konnte nur zusehen, wie er sich, hier und da Halt suchend, langsam emporarbeitete. Als er etwa die Hälfte der Strecke bezwungen hatte, verschwand er hinter einem Vorsprung.

Dann hörte ich nichts mehr; vielleicht war er stehengeblieben, um Atem zu schöpfen.

»So ist es richtig, ruh dich ein bißchen aus, Robby«, riet ich.

Einige Augenblicke später zeigte das Geräusch fallender Steine an, daß er sich wieder bewegte. Dann kam sein Kopf etwa sieben Meter unter mir zum Vorschein. Robby schwitzte, und über sein Gesicht liefen feuchte Schmutzstreifen. Es war deutlich zu sehen, daß er Angst hatte.

Ich schob mich an die Kante des Steilhangs heran und suchte festen Halt.

»Nur noch ein Stückchen, Robby. Jetzt vorsichtig – du schaffst es.«

Hand über Hand zog er sich hoch und achtete peinlich darauf, nicht nach unten zu schauen. Es sah immer noch so aus, als habe er Angst, aber ein starkes Erfolgsstreben schien ihn weiterzutreiben. Er wirkte entschlossen. Das Gestein auf den letzten Metern zwischen ihm und mir war ausgesprochen trügerisch, verwittert und glatt zugleich, und als er diesen letzten Abschnitt überquerte, streckte ich ihm wieder die Hand entgegen.

»Hier, Robby, laß mich dir helfen.«

Genau in dem Augenblick glitt er mit einem Fuß seitwärts ab. In diesem Bruchteil einer Sekunde veranlaßte ihn der reine Überlebensinstinkt, sich nach vorn zu werfen und meine Hand zu ergreifen. Ich packte fest zu, riß ihn förmlich von den Füßen und zog ihn zu mir in die Felsöffnung. Keuchend ließen wir uns gegen die Wand sinken – knapp dreißig Zentimeter voneinander entfernt.

Natürlich wäre es mir anders lieber gewesen. Er war ausgeglitten und hatte aus schierer Panik nach meiner Hand gegriffen. Aber ich war bereit, alles so zu nehmen, wie es kam.

»Robby, du warst ja ganz großartig – aus dir wird noch einmal ein richtiger Bergsteiger!«

Zitternd saß er neben mir, die Arme fest um die Knie geschlungen, erschöpft von Anstrengung und Furcht. Ich konnte fast sein Herz schlagen hören.

Ich legte ihm freundlich die Hand auf die Schulter. »Meinst du nicht auch, daß Bergsteiger sich gegenseitig helfen müssen, Robby?« Dann sagte ich ihm, wie wichtig das Vorgefallene für uns beide gewesen sei – wie sehr der eine auf die Hilfe und Unterstützung des anderen angewiesen war.

Robby war zu mitgenommen, um fortzudrängen oder sich gegen die Hand auf seiner Schulter zu wehren. Er hockte einfach da, noch ganz unter dem Eindruck des ausgestandenen Schrecks. In den etwa zwanzig Minuten, die wir gemeinsam dort oben verbrachten, war ich ihm körperlich näher als je zuvor, und ich freute mich darüber. Mir war bewußt, daß er nur zu erschöpft war, um zur Seite zu rücken, doch ich dachte: Was einmal geschehen ist, kann – leichter – erneut geschehen. Allmählich kehrte Farbe in Robbys Gesicht zurück, und er schien wieder zu Kräften zu kommen. Also Zeit weiterzugehen.

»Auf den Gipfel! Der letzte ist Bettelmann!« forderte ich ihn heraus.

Robby sah verständnislos zu mir rüber. Dann fragte er zögernd: »Letzta Betlman?«

Beim Anblick des sommersprossigen Gesichts, das vor lauter Anstrengung, etwas zu verstehen, zusammengekniffen war, mußte ich laut lachen. Zum ersten Mal war Robby verwirrt – und zeigte es auch –, er wollte unbedingt verstehen, was ich gesagt hatte.

»Das ist nur so eine Redensart, Robby«, erklärte ich. »Das soll nur heißen, daß der Betreffende dann verloren

hat. Also, bist du bereit für das letzte Stück?« Ich wies auf
den Gipfel, Robby erhob sich, immer noch mit leicht
verwirrtem Gesichtsausdruck, und machte sich daran, aus
der Felsspalte emporzuklettern.

Als wir später über einen steilen Grat abstiegen, hielt ich
Robby erneut die Hand hin, aber er ging achtlos vorüber.
Während ich zusah, wie er die Fersen fest in den Boden
grub, überlegte ich, ob wir einander je wieder so nah sein
würden wie an diesem Nachmittag. Auf jeden Fall war mir
klar, daß ich unbedingt aus diesem ersten Erfolg etwas
machen mußte.

»Robby, wollen wir morgen wieder auf den Hundsberg?«

Aus einer Entfernung von sechs bis sieben Schritten
antwortete er rasch und ohne zu zögern: »Moagn Hunzpeah gehn!«

»Gut, ich hoffe, du läßt mich dir wieder helfen. Ein
Bergsteiger muß dem anderen unbedingt helfen.«

Ich merkte, daß er mich aufmerksam beobachtete, und
sah zu ihm hin; aber als unsere Blicke sich trafen, schaute
er rasch zur Seite.

Nach wie vor zeichnete Robby jeweils, bevor wir aufbrachen. Ich hoffte natürlich, daß sein nächstes Bild das
Ereignis – nämlich, daß er meine Hand ergriffen hatte –
widerspiegeln würde, doch das war nicht der Fall. Er nahm
die Stifte und zeichnete, wie schon Dutzende von Malen
zuvor, gewissenhaft ein Haus und ein Strichmännchen.
Die einzigen Abweichungen bestanden darin, daß er gelegentlich unterschiedliche Farben verwendete oder mehrere
Personen darstellte.

Aber stets waren es dieselben Strichmännchen, und nie
hatten sie Gesichter.

Ich wußte also nicht, welchen Eindruck unser gefährli-

cher Anstieg auf ihn gemacht hatte, als wir am folgenden Tag erneut zum Hundsberg aufbrachen. Nachdem wir Stifte und Zeichnung im Schwesternzimmer hinterlegt hatten, strebten wir dem Loch im Zaun zu, schlüpften hindurch und gingen schweigend hintereinander her. Ich dachte an einen ganz bestimmten Hang, den ich für sicherer hielt als den gestrigen. Als ich stehenblieb, verhielt auch Robby nicht weit hinter mir den Schritt, und ich wies auf den Grat vor uns.

»Hier sind wir noch nie raufgestiegen, Robby. Willst du es versuchen?« Ohne auf eine Antwort zu warten, begann ich den Anstieg, da ich wußte, daß er nicht nein sagen würde. Etwa in halber Höhe verlief ein breiter Felsabsatz, der an einer Stelle, wo vulkanische Einflüsse das Gestein gehoben hatten, die Richtung wechselte. Es war ein recht schwieriger Anstieg, und als ich mich auf den Felsvorsprung hinaufzog, erkannte ich, daß es die ideale Stelle für meine Absichten war.

»Robby, hier bleib ich erst mal stehen«, rief ich hinab. »Komm doch nach!«

Das ließ er sich nicht zweimal sagen. Rasch näherte er sich dem Fuß der Felswand und machte sich an den Aufstieg. Nach fünf Minuten anstrengenden Kletterns tauchte er in eine Granitspalte nicht weit unter mir.

»Ruh dich aus, Robby. Das nächste Stück wird schwieriger, also sammle erst mal Kräfte. Und vergiß nicht: Ein Bergsteiger muß dem anderen helfen. Wenn du also möchtest, daß ich dich raufzieh, sag Bescheid. Vielleicht brauch ich ja auch mal deine Hilfe, dann werde ich dich ganz bestimmt darum bitten.«

Ohne daß er zu erkennen gab, ob er mich gehört hatte, kletterte Robby weiter. Er bewegte sich vorsichtig und geschickt zugleich und stand nach wenigen Augenblicken unmittelbar unter mir.

Ich hielt ihm die Hand hin und sagte: »Hier Robby, laß dich raufziehen.«

Er sah auf die ihm hingehaltene Hand, als habe sie sechs Finger, ließ dann seinen Blick nach oben und unten schweifen und schien in Gedanken die soeben zurückgelegte Strecke noch einmal Schritt für Schritt abzugehen. Er befand sich deutlich erkennbar in einem Konflikt. Seine rastlos hin- und hereilenden Augen spiegelten Besorgnis und ängstliche Ungewißheit. Dann, als erinnere er sich an das am Vortag Geschehene, streckte er seinen Arm so weit aus, daß ich seine Hand gerade noch ergreifen konnte. Ich zog ihn den letzten halben Meter hoch, und er ließ sich neben mir auf den Boden sinken.

»Phantastisch, Robby! So ist es richtig – so müssen Bergsteiger einander helfen!«

Einige Minuten lang saßen wir schweigend beieinander, dann wies ich auf eine kleine Eidechse, die hinter einem Felsen hervorlugte, um zu sehen, was es da gebe. Breit hingelagert beobachteten wir sie eine Weile, und Robby schien meine körperliche Nähe nichts auszumachen.

Nach einiger Zeit fragte ich ihn: »Na, fertig für den Gipfelsturm?«

Seine Antwort kam sofort und mit Nachdruck:

»Hunzpeah Gipfel gehn!«

Ich sah aufmerksam zu ihm hinüber. In der Gleichförmigkeit seiner Stimme, an die ich so gewöhnt war, entdeckte ich eine Spur von Erregung. Ich war nicht sicher, und doch . . .

Wir erhoben uns, und die Überraschungen nahmen kein Ende. Statt unseren gewöhnlichen Abstand wiederherzustellen, blieb Robby nahe bei mir, und wir erklommen Seite an Seite den Hundsberg. Ich konnte mich nicht erinnern, mich jemals mehr bestärkt und belohnt gefühlt zu haben als in dem Augenblick, da wir auf dem Gipfel nebeneinander rasteten. Zwar hatte es lange gedauert, aber jetzt endlich gestattete Robby mir Zutritt zu seinem magischen Kreis.

Eine dreiviertel Stunde später, kurz vor dem Pavillon, ging Robby immer noch neben mir. Als ich die Schlüssel aus der Tasche nahm, um ihm aufzuschließen, sagte ich: »Robby, ich möchte dir sagen, wie stolz ich auf dich bin, und wie glücklich, daß du mir deine Hand gegeben hast, damit ich dir helfen konnte. Ich weiß, daß es dir schwergefallen ist, aber gerade deswegen war es um so tapferer von dir. Manchmal hat man Angst, jemandem zu trauen und es darauf ankommen zu lassen, aber ich freue mich, daß du es heute noch einmal tun konntest, und hoffe, daß es wieder geschieht. Und Robby . . .« – die ganze Zeit trat er unruhig von einem Fuß auf den anderen –, »ich möchte dir sagen, wie wunderbar es für mich war, meinen Bergkameraden so nahe bei mir zu haben, wie du es heute nachmittag warst. Das ist ein sehr schönes Gefühl, und ich hoffe, es geht dir genauso. Du bist ein wirklich guter Freund, und es ist schön, gemeinsam etwas zu unternehmen.«

Robby sah unverwandt auf die Tür. Als ich sie öffnete, warf er mir einen kurzen Blick zu, und wir sahen einander einen ganz kleinen Augenblick lang an, bevor Robby ins Haus schlüpfte. Aber das genügte. Er hatte meine Worte aufgenommen und verstanden, dessen war ich sicher.

In der darauffolgenden Woche kam Robby mir manchmal nah und hielt sich dann wieder fern, so, als sei er von einem Augenblick zum anderen unsicher, wie er sich verhalten sollte. Ich drängte ihn nicht, von einem einzigen Mal abgesehen.

Wir stiegen gerade vom Gipfel herab und spielten ein Spiel, das ich Robby gezeigt hatte und das darin bestand, daß man von einem Felsen zum anderen springen mußte. Als wir das Geröllfeld hinter uns hatten, schien mir Robby leicht zu hinken. Ich holte ihn ein und sah, daß er sich mit einer Hand den Oberschenkel hielt und recht steifbeinig rasch ausschritt. Als er meinen besorgten Blick bemerkte, hinkte er noch rascher davon.

»Robby, was ist? Hast du dich verletzt?«

Er schüttelte den Kopf und beschleunigte seinen Gang.

Als ich ihn so davonhumpeln sah, erinnerte ich mich an etwas, einen solchen Gang hatte ich schon früher gesehen: Wenn wir mit den blinden Kindern Ausflüge machten, gab es immer einige, die sich unterwegs nicht auf die ihnen dort unbekannten Toiletten trauten und versuchten, ihre Bedürfnisse zurückzuhalten, bis es zu spät war. Ich lernte rasch, zu erkennen, wenn eines der Kinder mit dieser Schwierigkeit kämpfte. Genauso sah Robby jetzt auch aus: Als versuche er buchstäblich, etwas zurückzuhalten. Und plötzlich fiel mir ein, daß ich noch auf keiner unserer Wander- und Klettertouren erlebt hatte, daß er sich erleichterte. Ich war gelegentlich hinter einem Felsen verschwunden und hatte selbstverständlich angenommen, daß er es ebenso hielt.

»Robby, mußt du austreten?«

Keine Reaktion.

»Robby, wenn du das mußt, geh doch einfach hinter die Felsen da. Du brauchst nicht zu warten, bis wir wieder unten sind.«

Er verlangsamte den Schritt und blieb dann stehen. Da er sich nicht zu mir umdrehen wollte, ging ich um ihn herum: Er hielt seine Hand in der eindeutigen Weise, wie kleine Kinder es tun, wenn sie *dringend* austreten müssen.

»Robby, geh doch einfach hinter die dicken Felsen da. Das ist völlig in Ordnung.«

Er schüttelte den Kopf und sah noch immer zu Boden.

»Warum nicht?«

»Bööse.«

»Das ist nicht böse, Robby. Wer hat dir denn das bloß erzählt?«

»Bööse«, wiederholte er.

»Nein, das ist es nicht. Es ist ganz natürlich. Aufs Klo gehen ist ebenso selbstverständlich wie essen und trinken. Was reingeht, muß auch wieder raus!« sagte ich betont munter, aber er sah den Zusammenhang nicht. »Es ist ganz in Ordnung, wenn du das da hinten machst, Robby. Das tun alle Leute, wenn sie zelten oder wenn sie wandern und es keine Toiletten in der Nähe gibt.«

Er rührte sich noch immer nicht, trat lediglich von

einem Fuß auf den anderen. Und dann dachte ich: Eigentlich muß ich auch. Ich werd's ihm vormachen.

»Komm, Robby, ich geh mit. Wir gehen da hinten hin.«
Da ich vermutete, daß er schamhaft war, fügte ich hinzu: »Du gehst auf die eine Seite von dem großen Felsen da und ich auf die andere. Komm nur, ich hab's gar nicht gern, wenn du dich so unnötig quälst.«

Ich wandte mich zu dem großen Felsbrocken am Fuß des Abhangs, und er folgte mir zögernd.

»Du wirst dich hinterher sehr viel wohler fühlen«, sagte ich und öffnete meinen Hosenschlitz.

Robby blickte sich verstohlen um, sah ein letztes Mal sich vergewissernd auf mich und öffnete rasch seine Hose. Binnen Sekunden war die Erleichterung so deutlich auf seinem Gesicht zu erkennen, daß ich lachen mußte.

»Na, fühlst du dich jetzt nicht viel besser?«

»Guuuuut!«

»Hab ich dir ja gesagt. Es lohnt sich wirklich nicht, sich da zu quälen, was? Ab jetzt, wenn du unterwegs bist und mußt, suchst du dir einfach einen Felsen oder einen Baum. Daran ist nichts ›böse‹.«

Im Laufe des nächsten Monats geschah wenig von Bedeutung zwischen Robby und mir, doch schien sich in anderer Hinsicht Angenehmes abzuzeichnen: Debbie Shaw, eine klinische Psychologin, stieß zu uns. Sie war Ende Zwanzig und äußerst anziehend. Ihre dunkelbraunen Augen blickten den Gesprächspartner aufmerksam an, und sie lächelte häufig und herzerwärmend. Nur zu gern erklärte ich mich bereit, sie herumzuführen. Scott fand das zwar in Ordnung, mahnte dann aber: »Tragen Sie den McGarry-Charme nicht zu dick auf – sie hat eine ziemlich schlimme Scheidungsgeschichte hinter sich.« Trotzdem verstanden

Debbie und ich uns vom ersten Augenblick an, und auch die Kinder mochten sie sehr.

Doch mit Robby kam ich nicht recht weiter. Zwar ließ er mich nach wie vor näher an sich heran, nahm gelegentlich auch meine Hand, wenn ich eine entsprechende Situation herbeiführte. Aber das war es dann auch schon. Gelegentlich sprachen wir ein wenig miteinander; im allgemeinen aber machte er seine Zeichnungen, dann gingen wir in die Berge und erstiegen schweigend den Hundsberg, rasteten dort und kehrten zurück. Irgend etwas mußte geschehen. Also wies ich ihn eines Tages an, statt ihn wie sonst selbst entscheiden zu lassen, was er zeichnen wollte:

»Robby, zeichne doch, wie wir auf den Hundsberg gehen. Willst du das für mich tun?« Er saß nachdenklich da, und weil ich vermutete, daß der Grund für seine Unentschlossenheit in seiner Unfähigkeit liegen könnte, einen Berg zu zeichnen, warf ich den Querschnitt eines Berges aufs Papier und gab ihm das Blatt. »So sieht ein Berg aus, in etwa. Jetzt zeichne bitte selbst einen. Aber vergiß uns beide nicht. Zeig, wie Robby und Pat klettern, ja?«

Er machte sich ans Werk, und das Ergebnis war zufriedenstellend. Vielleicht brauchte er nur gelegentlich einen kleinen Anstoß.

»Das ist ein sehr hübsches Bild, Robby. Wirklich schön! Kannst du mir jetzt eine Geschichte dazu erzählen?«

Verwirrt sah Robby auf seine Zeichnung.

»Hunzpeah gehn.«

»Na schön, Robby, aber gibt es sonst nichts, was du mir über das Bild erzählen kannst? Ich sehe hier zwei Leute. Wer sind die? Bist du einer davon?«

Ein leichtes Nicken.

»Kannst du mir zeigen, wo du bist?«

Langsam legte er seinen Zeigefinger auf die kleinere der beiden Gestalten.

»Gut, Robby! Und bin ich auch da? Wo ist Pat?«

Der Finger glitt ein paar Zentimeter weiter und hielt auf der etwas größer gezeichneten Gestalt inne.

»Sehr gut, Robby. Ganz ausgezeichnet! Was tun wir da?«

»Hunzpeah gehn.«

»Das stimmt, das tun wir, was? Und das da?« Ich wies auf das Haus.

Robby zuckte die Schultern. »Paw . . .«

»Pavillon? Dieser Pavillon hier?«

Ein Nicken. »Hunzpeah gehn.«

»Gut, Robby, wirklich gut. Aber eine Frage noch.« Ich ließ eine Pause eintreten. »Warum haben Robby und Pat kein Gesicht? Warum haben wir keine Augen . . . keine Nase . . . und keinen Mund?«

Robby wandte sich um, sah sehnsüchtig aus dem Fenster, wo ihn seine Zuflucht erwartete. »Gehn . . .«

Ich seufzte. »In Ordnung, Robby. Das hast du sehr gut gemacht. Also, auf geht's.«

Zwei Wochen später machten Robby und ich uns – auf meinen Vorschlag hin – erneut daran, den Hundsberg über die Südflanke zu besteigen. Seit jenem Tag, an dem Robby ausgeglitten war und meine Hand ergriffen hatte, waren wir nicht mehr dort gewesen. Er stimmte meinem Vorschlag ohne Zögern zu, es noch einmal zu versuchen. Die Felsformation war von zahlreichen Schrunden durchzogen, und auch diesmal wieder kamen wir nur langsam vorwärts. Wir kletterten nebeneinander, der eine links, der andere rechts von einer senkrecht verlaufenden Felsspalte. Um unsere Kräfte zu schonen, stiegen wir viel langsamer als beim ersten Mal, und jedesmal, wenn wir für eine kurze Verschnaufpause stehenblieben, sagte ich zu Robby:

»Vergiß nicht, ein Bergsteiger muß dem anderen helfen. Sag mir also Bescheid, wenn du Hilfe brauchst.«

Gelegentlich trat einer von uns einen Stein los, und dann blieben wir beide stehen und hörten zu, wie er abwärts polterte und von einem Felsen abprallend auf den nächsten sprang – immerhin hätte es statt des Steins einer von uns sein können. Dann kletterten wir noch vorsichtiger als zuvor weiter.

Im oberen Stück blieb ich etwas zurück, denn ich wollte, daß Robby einen Vorsprung gewann. Als wir uns dem Gipfel näherten, konnte man sehen, wie sich der vertraute Grat vor dem leicht bewölkten Himmel abzeichnete. Hoch über uns glitt ein Falke lautlos dahin. Robby hatte gerade die letzte Felskante überwunden und machte sich daran, den letzten Teil des Anstiegs zu bewältigen, ohne sich nach mir umzusehen. Dann fand ich die Stelle, nach der ich gesucht hatte. In einer Felsnische unter einem riesigen Überhang stellte ich mich breitbeinig hin und rief laut: »Robby! Du mußt mir helfen – kannst du zurückkommen?«

In wenigen Augenblicken war er bei mir. Er kniete nieder und versuchte, einen Blick in die Spalte zu werfen, in der ich stand.

»Ich sitze hier irgendwie fest«, sagte ich. »Nimm meine Hand, halt sie gut fest und zieh, was du kannst.« Ich hielt ihm die Hand hin.

Robby reagierte nicht sofort. Er kniete nur da und sah auf mich und meine ihm entgegengestreckte Hand. Dann hob er den Kopf, sah über mich hinweg auf die Kämme der Berge, die Täler mit ihren Obstplantagen, die sich im Dunst verloren, und den dahinterliegenden silberglänzenden Ozean. Wieder jener abwesende Blick – der Ausdruck, den ich immer häufiger zu sehen bekam –, ein Zeichen für die Verwirrung, die in ihm herrschen mußte.

Glücklicherweise stand ich recht sicher, denn Robby überlegte ziemlich lange, was er tun sollte. Wie immer blieb mir nichts anderes übrig, als zu warten. Als er wieder zu mir hinabblickte, konnte ich sehen, wie er mit einer Entscheidung rang, all sein Mißtrauen spiegelte sich in seinen Augen. Dann beugte er sich unvermittelt vor und hielt mir eine zitternde Hand entgegen, die ich sogleich fest ergriff.

Diesmal sparte ich mir den verbalen Verstärker zum Thema »Bergsteiger« – hier waren keine Worte nötig.

Sobald ich die Felskante überwunden hatte, stand Robby wieder auf und machte sich auf den kurzen Weg zum Gipfel, wo er sich auf seinem Lieblingsfelsen niederließ. Ich blieb eine Weile zurück, weil ich den Eindruck hatte, er wolle ungestört sein. Schließlich folgte ich ihm, setzte mich neben ihn und legte ihm meinen Arm freundschaftlich um die Schulter.

»Danke, daß du mir geholfen hast, Robby«, sagte ich leise. »Nur darum geht es: Bergsteiger, alle Menschen, müssen sich gegenseitig helfen.«

Ich kniff ihn freundschaftlich in den Nacken. Robby hatte oft gesehen, wie ich das bei anderen Kindern tat, und die kreischten dann immer vor Vergnügen. Bei Robby war das anders. Er war wie ein junges, ungezähmtes Fohlen, und ich tätschelte ihn beschwichtigend, als ich durch sein dünnes Hemd spürte, wie er nervös zitterte. Er schien sich zu entspannen, und wir saßen nebeneinander, die Gesichter der wärmenden Sonne zugewandt, und ruhten uns in dem leichten Wind aus, der über den Kamm des Hundsbergs strich.

Ich mußte an das erste Mal denken, als wir hier oben gesessen hatten. Wieviel war seither geschehen . . .

9

Nach all diesen außergewöhnlichen Tagen auf dem Hundsberg, als Robby mir gestattete, ihm zu helfen, und mir dann seine Hand zur Hilfe entgegenstreckte, traten einige unleugbare Veränderungen ein. Ganz allmählich kam der kleine Junge zum Vorschein – das Kind, das in Robby so lange gefangen gewesen war. Die Verwandlung, zunächst kaum wahrnehmbar, ließ sich an kurzen Äußerungen erkennen, an einem Blick oder einem Gesichtsausdruck.

Eines Nachmittags saßen wir im Aufenthaltsraum, und Robby zeichnete gerade wieder einmal sein Lieblingsthema: den Pavillon mit den beiden Gestalten, die ihn und mich darstellten. Wie gewöhnlich blieben die Gesichter leer, auch der Hundsberg war nicht zu sehen.

Zum tausendsten Mal sah ich mir an, was er gezeichnet hatte, und wandte mich dann zu ihm.

»Ja, Robby, das ist ein schönes Bild. Bevor wir aber auf den Hundsberg gehen, solltest du mir erzählen, warum die Menschen auf deinen Bildern keine Gesichter haben. Warum malst du nie Gesichter?« Diesmal war ich entschlossen, auf einer Antwort zu bestehen.

Robby saß mit gekreuzten Beinen da und blickte mit finsterer Miene auf den Zeichenblock.

»Soll ich dir helfen? Soll ich raten, warum sie keine Gesichter haben?«

Robby schüttelte den Kopf. Er betrachtete die Zeichnung, schob sie dann zu mir rüber und warf einen raschen Blick auf mich, bevor er die Augen wieder abwandte. Ich konnte seinem Ausdruck nichts entnehmen, aber seine Schultern hingen leicht herab, als er düster zu Boden sah. Ich ahnte, daß er nachdachte, und drängte ihn so wenig wie möglich. Leise, mit besorgt-mitfühlendem Ton, fragte ich:

»Robby, ich weiß, daß es schwer ist, aber gibt es einen Grund, warum du keine Gesichter zeichnest? Ich würde es wirklich gern wissen – könntest du es mir sagen? Bitte.«

Seine Lippen bewegten sich, als spreche er mit sich selbst.

»Bitte, Robby . . .«

Schließlich antwortete er – kaum hörbar und mit belegter Stimme, die Wörter kamen rasch und wie an einem Stück heraus.

»Al-le sehn im-ma weg.«

»Robby, ich hab das nicht richtig verstanden – könntest du es noch einmal etwas langsamer sagen?«

Ein langer, fast verzweifelter Seufzer.

»Al-le sehn im-ma weg.«

»Die sehen alle weg? Ist es *das*, Robby – *alle Leute sehen weg*?«

Ein rasches Nicken.

Das also war des Rätsels Lösung. Von klein auf »übersehen« und beiseite geschoben, glaubte Robby, daß buchstäblich alle wegsahen, um ihn nicht zur Kenntnis nehmen zu müssen. Er sah keine Gesichter; nur die Hinterköpfe von Menschen.

Ich pfiff leise durch die Zähne, und Robby sah mich verwirrt an.

»Robby, was du mir da gerade gesagt hast, ist schrecklich wichtig . . . Jetzt verstehe ich viel besser, wie es für dich sein muß. Ich hoffe, daß wir das alles ändern können, damit du glücklich wirst. Eins sollst du wissen: Ich bin nicht so. Ich werd nie wegsehen. Bergsteiger – und gute Freunde – müssen einander helfen und sich umeinander kümmern. Und das sind wir doch, Robby, was? Wir sind doch gute Freunde?«

Während ich redete, hatte Robby den Blick erneut abgewendet, aber jetzt suchten seine Augen mein Gesicht.

»Letzta Betlman . . .«

»Was sagst du da? Der letzte ist Bettelmann? Au weia.«

Dieser Satz schien Eindruck auf ihn gemacht zu haben, ich hatte keine Ahnung, warum. Vielleicht gefiel ihm der Klang einfach, vielleicht sah er darin eine Beziehung zwischen dem Hundsberg und mir. Wie auch immer: Mit Hilfe von Robbys erschütternder Erklärung hatten wir eine weitere schwierige Klippe umschifft.

Später am Nachmittag erwischte ich Scott, der gerade auf dem Weg zum Parkplatz war. »Haben Sie Zeit für eine Sensation?« fragte ich ihn.

Er stellte seine Aktentasche ab. »Was ist los?«

Ich zeigte ihm das Bild und berichtete, was vorgefallen war.

112

»So, alle sehen also weg, was?« Scott schüttelte den Kopf und betrachtete nachdenklich das Bild. »Das ist geradezu klassisch, Pat. Wenn man erst einmal an ein Kind herangekommen ist und es sich einem mitteilt, einem vertraut, wird meistens alles wunderbar klar.«

»Aber es ist immer noch ein weiter Weg.«

»Schon. Aber Sie scheinen ja den richtigen Schlüssel gefunden zu haben – er paßt, und er öffnet die Türen. Jetzt ist alles nur noch eine Frage der Zeit. Mal sehen, wie weit wir den Jungen bekommen können. Solange Sie mit der Ehrlichkeit vorgehen, die zum Vertrauen gehört, wenn Robby sich mit Ihnen identifiziert und Sie introjiziert –«

»Das tut er, nicht wahr?«

»Aber ja. Mit seiner Zurückgezogenheit ist es vorbei. Er probiert die Wirklichkeit an wie einen Schuh – gemeinsam mit Ihnen. Er braucht Sie, um mit Menschen zurechtzukommen und sich an sie zu gewöhnen.«

»Was ist der nächste Schritt?«

»Das kann man nicht so genau sagen. Vielleicht führt Robby ihn herbei, aber wahrscheinlich werden Sie es wieder tun müssen. Vielleicht schwankt er auch hin und her. Möglicherweise könnten wir es in den nächsten Tagen schon mal mit Spieltherapie versuchen. Fürs erste verlassen Sie sich ganz auf Ihre Intuition; wahrscheinlich werden Sie rasch spüren, womit er bereits fertig werden kann.« Scott warf erneut einen Blick auf die Zeichnung und gab sie mir dann zurück. »Sie sehen alle weg . . . mein Gott, es ist schon hart, so etwas von einem Kind zu hören . . .« Seine Stimme verlor sich. Nach einer Weile fügte er hinzu: »Wissen Sie, ich glaube, der Kleine schafft es.«

»Natürlich, Scott! Haben Sie daran gezweifelt?«

Er musterte mich mit einem abschätzenden Blick. »Bis morgen, Pat.«

Bald darauf sprach ich Scott auf das Problem meiner begrenzten Assistenzarztzeit an. Sie würde in etwa zwei Monaten zu Ende sein, und ich machte mir Sorgen um Robby. Scott schnitt mir mitten im Satz das Wort ab.

»Ich hab mir gedacht, Sie bleiben einfach hier und sammeln das Material für Ihre Dissertation bei uns. Dafür brauchen Sie ja nicht woanders hinzugehen. Hier sind die Papiere und was Sie sonst noch unterschreiben müssen, falls Sie mit uns weiterarbeiten wollen. Sie bekommen natürlich auch mehr Geld . . . .« Er schob mir die Formulare hin. Sie waren schon vollständig ausgefüllt, nur meine Unterschrift fehlte noch.

Ich war sprachlos.

An jenem Abend begann ich, ein Programm zu entwikkeln und zu überlegen, was ich tun könnte, um Robby vielleicht einige der Kindheitserlebnisse nachholen zu lassen, die ihm so völlig fehlten. Einige Tage später machte ich ihn auf die beiden riesigen Wasserbehälter aufmerksam, die oberhalb der Klinik auf einer Kuppe standen.

»Würdest du da gern hinaufgehen, Robby?«

Sein Blick folgte meinem Arm, aber sein Gesicht blieb ausdruckslos.

»Wasserbehälter, Robby. Siehst du die großen, grünen Dinger da oben? Von da kommt das ganze Wasser für die Klinik. Es wird da aufgehoben, bis man einen Hahn aufdreht, um Wasser zu trinken oder den Rasen zu sprengen. Daher kommt dann das Wasser. Du kennst doch Wasserhähne?« sagte ich augenzwinkernd.

Er nickte. »Wassa, Wassa, drehn?«

»Nicht dran drehen, Robby, das weißt du doch.«

Er nickte; in der Tat wußte er es. Für unsere Kinder waren die Wasserhähne tabu. Gesunde Kinder sehen interessiert zu, wie Holzstücke oder Kunststoffboote in einer

Badewanne dahintreiben oder eine regengefüllte Gosse hinabschießen, aber ein schizophrenes Kind dreht einen Wasserhahn bis zum Anschlag auf und bleibt angespannt, ja geradezu gebannt stundenlang vor dem Wasserstrahl sitzen. Daher waren auf dem Klinikgelände alle Drehknöpfe der außen angebrachten Wasserhähne unter Verschluß, wenn man sie nicht brauchte. Robby besaß den wohlverdienten Ruf eines Kindes, das mit Sicherheit den Hahn entdeckte, bei dem man vergessen hatte, den Knopf abzunehmen, und ihn dann aufdrehte und das Wasser laufen ließ, bis irgend jemand ihm auf die Schliche kam. Offenbar malte er sich schon voller Freude aus, wie er aus diesen riesigen Tanks all das Wasser abfließen ließ.

»Möchtest du zu den Wassertanks hinaufgehen, Robby?«

Ein bestätigendes Nicken.

»In Ordnung, sag's mir. ›Zum Wassertank gehen, Pat?‹ Nur zu, sag's.«

»Wassa-tonk gehn . . .«, dann, nach einer Pause, ». . . Pot.«

»Ausgezeichnet! Sehr gut, Robby!« Ich war darauf eingestellt gewesen, die Wörter in Silben zu zerlegen, wie ich das gewöhnlich tat, da ich annahm, Robby könne sie nicht selbst zusammenfügen. Jetzt sah ich, daß trotz seiner seltsamen Sprechweise die Sprachfertigkeit offensichtlich da war und sich entwickeln ließ. Das war eine äußerst angenehme Überraschung, um so mehr, als es wohl das erste Mal war, daß Robby mich beim Namen genannt hatte. Ich fuhr ihm durch das wirre Haar. »Das war besonders gut, weil du meinen Namen gesagt hast. Wie heiße ich, Robby?«

»Pot.«

»Pat, Robby. Sag ›Pat‹, nicht ›Pot‹.«

»Pot.«

»Pat. Sag ›at‹, Paaaat.«

»Pot.«

»Na schön, Robby«, seufzte ich. Ich würde mich wohl an ›Pot‹ gewöhnen müssen, ob mir das nun gefiel oder nicht. »Schon ganz gut, heute bekommst du eine Kugel Schokoladeneis extra.«

So stiegen wir also an jenem Nachmittag zu den Wasserbehältern hoch. Sie waren ungeheuer groß, und nachdem wir erkundet hatten, daß es tatsächlich keine Hähne gab, machte Robby sich daran, das Gewirr von Rohrleitungen zu erforschen, das unmittelbar über dem Erdboden zwischen den beiden Behältern verlief. Die Hauptleitung bestand aus einem riesigen 24-Zoll-Rohr. Ich erstieg es und balancierte auf ihm. Robby sah mir mit offenem Mund zu. Zwischen den verschiedenen Hauptleitungen gab es zahlreiche dünnere Rohre, und als ich auch auf ihnen entlangturnte, konnte er nicht länger an sich halten. In Sekunden war er neben mich geklettert, und als ich im Kniehang hin- und herpendelte, reagierte er sofort darauf.

»Robby auch! Pot, Robby AUCH!«

»In Ordnung, setz dich so hin.« Ich kam runter und hielt seine Beine ruhig. »Jetzt ist es in Ordnung, ich halte dich fest, sieh nur zu, daß deine Beine um das Rohr liegen. Und los.«

Und da hing Robby nun, mit dem Kopf nach unten, und pendelte hin und her.

Die nächste Stunde verbrachten wir damit, im Rohrgewirr umherzusteigen, der reinste Turndschungel. Als wir zum Pavillon zurückkehrten und ich Robby bat, die Wasserbehälter zu zeichnen, tat er das ohne jedes Zögern. Seitdem waren die Wasserbehälter ein immer wieder gern aufgesuchtes Ziel – und Gegenstand zahlreicher Bilder.

116

Im Laufe der Monate hatte Robby unzählige Zeichnungen angefertigt, und Jody schlug vor, er könne einige davon am Schwarzen Brett in der Nähe der Pflegestation aufhängen. Schon bald war da kein Plaz mehr, und so brachte jemand Robby auf die Idee, die Bilder doch in seinem eigenen Zimmer aufzuhängen. Das gefiel ihm, und er befestigte seine Lieblingsbilder mit Klebestreifen an der Wand über seinem Bett.

Nachdem wir die Wassertanks einige Male aufgesucht hatten, beschloß ich, mir Robbys Vorliebe für Wasser zunutze zu machen, und beschrieb ihm das Klärwerk auf der anderen Seite des Klinikgeländes. Wir gingen über den Parkplatz, und nachdem ich seine Neugier geweckt hatte, schloß ich mit den Worten: »Viel spritzendes Wasser!« und breitete meine Arme aus, um die großen, sich drehenden Aluminiumarme des Drehsprengers zu veranschaulichen. Ich blieb bei meinem Wagen stehen. »Nun, Robby, möchtest du zum Wasserwerk?«

Der Plan schien ihm sehr zu gefallen. »Wassa gehn . . .«, brachte er heraus.

»Komm einmal her, Robby.« Ich kniete vor ihm nieder. »Sieh mal. Sieh auf meine Lippen. Wasser –«

»Wassa.«

»Nein, versuch's noch mal. Was-*ser*.«

Robbys Gesichtsausdruck war ernst, er gab sich wirklich Mühe, aber obwohl wir das noch mehrfach übten, war das »ser« am Wortende zu schwer für ihn.

»Na schön. Jetzt zum Werk.«

»Weak.«

»Fast, versuch's noch mal. Werk.«

»Weak.«

Ich ließ es sein, auch das war zu schwer für ihn. Vor allem Endkonsonanten bereiteten ihm Schwierigkeiten.

»Komm, wir probieren es noch einmal zusammen. Wasserwerk.«

»Wassaweak.«

»Gut, mein Junge, das ist schon ganz ordentlich. Jetzt haben wir noch ein anderes Problem.«

Robby deutete den Ton in meiner Stimme sofort richtig und sah mich aufmerksam an.

»Wir müssen mit meinem Auto fahren. Es ist zu weit zum Laufen. Möchtest du gern mit mir im Auto fahren, Robby?«

Vermutlich hatte er schon seit Jahren in keinem Auto mehr gesessen, und ich war nicht sicher, wie er darauf reagieren würde. Er sah ängstlich drein, also ging ich zum Wagen hin und öffnete die Tür.

»Komm, Robby. Das macht dir sicher Spaß. Mit dem Auto können wir an viele Orte fahren, vor allem zum Wasserwerk. Da siehst du all das spritzende Wasser.«

Ich stieg ein, rutschte auf den Fahrersitz rüber und lud ihn dann mit der Hand ein, mir zu folgen. Vorsichtig näherte er sich, und so ließ ich den Motor an. »Der letzte ist Bettelmann, Robby!« sagte ich und klopfte ermunternd mit der Hand auf den Sitz neben mir.

»Letzta Betlman.«

»So ist es, steig ein.«

Nach kurzem Zögern stieg Robby tatsächlich ein und lehnte sich steif gegen die Rückenlehne. Da sein Kopf kaum bis zur Unterkante des Türfensters reichte, sagte ich ihm, er solle nach vorn schauen, weil er durch die Windschutzscheibe mehr sehen würde. Schon auf dem Gelände der Hauptklinik drehte er den Kopf neugierig hin und her.

Am Klärwerk angekommen, öffnete ich die Tür, und er sprang aufgeregt hinaus, riß die Augen weit auf, als er sah, wie das Wasser aus den mächtigen Metallarmen schoß und über die Felsen hinabstürzte. Wir gingen um die riesigen Klärbecken herum und erstiegen dann die Metalleiter, die zur eigentlichen Aufbereitungsanlage führte. Robby war ganz fassungslos angesichts der großen Steuertafel mit den zahlreichen Meß- und Anzeigeinstrumenten, Drehgriffen und verschiedenfarbigen Kontrolleuchten.

Ein Maschinenwärter kam rüber, und als er Robbys Interesse erkannte, fragte er ihn, ob er lernen wolle, wie man den Wasserdurchfluß regelt. Robby hatte sich näher zu mir gestellt, als der Mann auf uns zukam, aber nachdem ich ihn ermutigt hatte, ergriff er vorsichtig das große Handrad und drehte es langsam. Als er erfaßte, welcher Zusammenhang zwischen seinem Tun und dem stärkeren Strömen des Wassers bestand, wurde er geradezu euphorisch. Er drehte das Handrad begeistert so weit auf, wie es ging, und schon bald floß das Wasser über den Beckenrand.

»Wassa, Wassa!« kreischte er.

Der Wärter wollte den Durchfluß ein wenig verringern, doch Robby hielt das Rad fest umklammert – er hatte die Sache in der Hand und genoß es.

»Sachte, Robby«, riet ich ihm. »Du läßt dich hinreißen. Dreh's jetzt zurück.«

Doch davon wollte er nichts wissen, so schritt ich

schließlich selbst ein und reduzierte den Sturzbach auf eine vertretbare Größe. Robby war völlig aus dem Häuschen. Mit glänzenden Augen hüpfte er auf und ab, ohne das Rad loszulassen. Ich ließ ihn seine Ekstase für einige Augenblicke genießen, sagte dann aber: »So, jetzt mußt du den Mann aber wieder seine Arbeit tun lassen.«

Ich wartete besorgt, um zu sehen, ob er sich von dieser neuen Entdeckung würde lösen können. Es war ein schwerer Kampf für ihn, aber schließlich zog er sich zurück.

Der Mann war jetzt wieder beruhigt und sagte freundlich: »Du kannst hier anfangen, Robby. Dafür brauchst du aber so einen Helm.« Er nahm seinen gelben Schutzhelm ab und setzte ihn Robby auf. »Gefällt dir der?«

Robby nickte. Das war beinahe mehr Freude, als er ertragen konnte.

»Wir müssen gehen, Robby«, sagte ich.

»Du kannst jederzeit wiederkommen, Robby«, erklärte der Mann. »Ich heiße Ned. Du kannst kommen und die Ventile aufdrehen und mir helfen, wenn du Lust dazu hast.«

Robby griff das Angebot begierig auf. »Guut, moagn wieda-komm!« sagte er, hüpfte erneut auf und ab und ballte seine Hände zu festgeschlossenen Fäusten.

»Schon gut, Robby, nicht so hastig. Nicht gleich morgen – aber bald kommen wir wieder. Gib jetzt Ned seinen Helm zurück, wir müssen aufbrechen.« Ich dankte Ned für seine Geduld; sicher vermochte er nicht zu ermessen, was das alles für Robby bedeutet hatte.

Als wir zum Wagen gingen, sah Robby sehnsüchtig über die Schulter zu den spritzenden, sich drehenden Metallarmen. In den nächsten Tagen redete er von wenig anderem, und später in der Woche kehrten wir noch einmal dorthin zurück.

Mit Erlebnissen wie diesem begann sich Robbys natürlicher Hunger nach Entdeckungen zu entwickeln. Nachdem er sich einmal der Umwelt geöffnet hatte, strömten Wißbegier und Staunen, bei gesunden Kindern so selbstverständlich, ebenso machtvoll aus ihm heraus wie das Wasser, mit dem er so gern spielte, aus dem Ventil. In den nächsten Monaten erkundeten wir den gesamten Klinikkomplex, spähten in jeden Winkel, beschäftigten uns mit allen sonst wenig bekannten Gebäuden, Fußpfaden und Wegen. Zur Klinik gehörte auch ein Bauernhof, der die Milch, Eier und einen Teil des Fleisches für die Patienten und das Personal lieferte. Anfangs fürchtete Robby sich vor den Tieren, aber nach und nach gewöhnte er sich daran, die Kühe zu streicheln und die Hühner aus der Hand zu füttern. Wenn sie nach seinen Fingern pickten, jauchzte er vor Vergnügen laut auf.

Ich versuchte, ihm auf unseren Ausflügen so viel Wissen wie möglich zu vermitteln. Den schmalen Feldweg, der zum Bauernhof führte, säumten Pfeffer- und – in geringerer Anzahl – Eukalyptusbäume. Eines Tages wies ich Robby auf den Farbkontrast zwischen den beiden hin. Er blieb stehen; offensichtlich hatten die ihm unbekannten Namen seine Aufmerksamkeit erregt. Er zeigte auf einen der Bäume und fragte:

»Wie heiß dea?«

»Das ist ein Pfefferstrauch, Robby.«

»Un dea?«

»Ein Eukalyptus.«

»Wiiie?«

»Setz dich einen Augenblick, Robby«, sagte ich und wies auf den Wegrain. »Sieh mir auf die Lippen, und sprich mir nach: Eu–«

»Euuuu–«

»Ka–«

»Kaaa–«

»Lyp–«

»Lübbb.« Leicht fiel es Robby nicht, vor allem neigte er dazu, Endsilben zu verschlucken, und deshalb betonte ich diese mit Absicht.

»Tus!«

»Tsss!«

»Gut, jetzt noch mal. Eukalyptus.«

»Euuukaaa.«

»Richtig, Robby. Eukalyptus.«

»Euuukaaalübbb-tsss.«

»Sehr gut, jetzt sag's noch mal ganz allein.«

»Euuukaaalübbb-tssss!«

»Sehr gut schon, aber das müssen wir noch ein bißchen üben. Das ist eigentlich ein guter Gedanke, Robby. Wir könnten doch zusammen Wörter sagen, auch wenn wir auf den Hundsberg klettern. Sieh mir wieder auf die Lippen, Robby. Hunds–«

»Hunds–«

»Sehr schön, Robby. Und jetzt ›Berg‹.«

»Peah.«

»Sag deutlich: Berg. Man muß das R und danach ein K hören.«

»Per.«

»Schon besser. Jetzt aber vorne weich, ›b‹, und hinten hart, ›k‹, sag es so: ›berk‹.«

»Perk.«

»Berk.«

»Perk.«

»Gut, schon fast richtig. Jetzt sag's einmal zusammen: Hundsberg.«

»Hunds-perk!«

»Ausgezeichnet, Robby.« Immerhin war es halbwegs richtig. »Wirklich gut – du schaffst es schon! Das ist zwei Kugeln Schokoladeneis wert!«

Er war ganz aufgeregt, als wir zur Kantine kamen, und hüpfte vor der Theke auf und ab, überlegte offensichtlich hin und her, welche Sorte er nehmen sollte, bevor er sich doch wieder für sein Lieblingseis entschied. Den Rest des Nachmittags brachte er damit zu, immer wieder die neuen Laute zu probieren. Neue Wörter zu lernen und auszusprechen war ein Spiel, das ihm gefiel, und bald danach gewöhnte ich mir an, auf unsere Ausflüge eine Zeitschrift mitzunehmen. Wenn wir rasteten, setzten wir uns nebeneinander und blätterten sie durch, Robby benannte, was er sah, und übte, sich auszudrücken. Die Wörter klangen wegen seiner seltsamen Sprechweise ungewöhnlich, aber im Laufe der Zeit artikulierte er immer verständlicher.

Ohne Zweifel hatte die schwere Erkrankung Robbys auch seine Entwicklungsmöglichkeiten beeinträchtigt. Aber im Unterschied zu geistig zurückgebliebenen Kindern, bei denen eine konstitutionell bedingte Intelligenzschwäche vorliegt – wodurch die Entwicklung der Intelligenz auf einer bestimmten Stufe stehenbleibt –, gibt es bei Schizophrenen keine solche Grenze. Die einzige Frage war, wie gut die seelischen Wunden heilen würden. Das, und nur das, würde darüber bestimmen, wie weit Robby kommen konnte. Auf jeden Fall schien alles bisher Erreichte auf eine an sich »normale« Intelligenz hinzudeuten.

Während die Monate ins Land zogen, nahm Robby zunehmend wahr, was die anderen Kinder in der Klinik machten und was sie zu Hause taten, wenn sie »Heimaturlaub« hatten, und er sah, was sie mit zurückbrachten. Bald bat er mich, ihm auch etwas mitzubringen: Kekse, eigene Buntstifte, eine Mütze.

Allmählich verschwanden die pathologischen Verhaltensweisen. Es wurde deutlich, daß Robbys Feststellung, alle Menschen sähen weg, für ihn ein entscheidender Wendepunkt gewesen war. Nachdem er das hinter sich hatte, begann er zu akzeptieren, daß einige von uns durchaus »zu ihm hinsahen«.

Seine Lehrerin, Cecile, berichtete begeistert, daß er jetzt viel wacher sei und sich für einiges, was in der Klasse vorgehe, interessiere. Diese neue, bewußtere Haltung zeigte er auch im Pavillon. Robby nannte Chuck »Chahk« und sprach auch mit anderen vom Personal, stellte gelegentlich Fragen, schloß sich den Menschen hie und da an und lotete ganz allgemein die gefährlichen Untiefen menschlicher Beziehungen aus.

Sein Tanz der Verlassenheit – die sich immer wiederholenden Schritte in ritualisiertem, synkopiertem Rhythmus – wurde immer seltener und hörte schließlich so gut wie ganz auf. Allmählich begann sich die Knospe zu öffnen. Schritt für Schritt machte sich unser schweigsamer »kleiner Beschatter« daran, eine ihm ganz neue Welt zu erforschen, in der er zwar existiert, die er aber nie verstanden hatte.

10

Mein Telefon klingelte fordernd. Das war ungewöhnlich, weil ich ein Therapiegespräch mit einer Familie führte und die Sekretärin bei solchen Gelegenheiten normalerweise nicht durchstellte.

»Chuck aus Robbys Pavillon möchte Sie auf Leitung 2 sprechen – er sagt, es sei dringend . . .«

»Okay, vielen Dank.« Ich drückte den Knopf mit einem seltsamen Gefühl in der Magengrube. War Robby etwas passiert? War er verletzt, »Ja, Chuck, hier McGarry.«

»Doktor, hier ist was nicht in Ordnung. Vor kurzem ist Robbys Vater gekommen. Er führt sich ziemlich seltsam auf, sagt, daß Robby viel besser aussieht, und möchte ihn mit in die Kirche nehmen, auf der Stelle. Der Prediger soll den Jungen sehen und ein Gebet über ihm sprechen. Damit die bösen Geister ausgetrieben werden oder so was. Mr. Harris läßt sich nicht abwimmeln. Er verlangt, daß wir ihm Robby sofort mitgeben. Ich hab ihm gesagt, wir müßten erst mit Ihnen sprechen.«

»In Ordnung, ich komme rüber, sobald ich hier fertig bin.«

»Äh, Doktor . . .« Chucks Stimme klang heiser.

»Ja?«

»Es wäre besser, Sie kämen sofort. Es . . . es sieht so aus, als habe der Alte dem Kind ziemlich zugesetzt. Der Kleine sieht gar nicht gut aus. Er hat wieder diesen abwesenden Blick . . .«

»In Ordnung, Chuck, ich komme gleich. Danke für die Mitteilung.« Während ich auflegte, dachte ich: O Gott, Robby, das hat dir gerade noch gefehlt! Ich erklärte meinen Klienten, daß ein Notfall eingetreten sei und wir die

Sitzung für heute beenden müßten. Sie nickten noch betrübt vor sich hin, während ich schon im Laufschritt aus meinem Büro stürmte.

Ich lief mit dem Schlüssel in der Hand auf die Tür des Pavillons zu, aber Chuck wartete schon und hielt sie mir auf, als ich angekeucht kam.

»Sie sind im Aufenthaltsraum.« Er schloß die Tür und holte mich ein. »Seit meinem Anruf ist es noch schlimmer geworden.«

Ich sah ihn fragend an.

»Ein seltsamer Vogel.«

»Das ist sehr höflich formuliert. Was hat er angestellt?«

»Er scheint da weitermachen zu wollen, wo er vor vier Jahren aufgehört hat. Ich weiß nicht, was er vorhat. Er ist hier angekommen und hat so lange Sturm geläutet, bis ich ihm aufgemacht hab. Als er dann Robby gesehen hat und wieviel besser es ihm geht, hat er ihm erzählt, was sie alles gemeinsam unternehmen würden. Vor allem ab zum Prediger, damit der für ihn beten kann! Jetzt versucht er ihn zu . . . na, Sie sehen es sich am besten selbst an. Sie werden Ihren Augen nicht trauen . . .«

Inzwischen hatten wir den Aufenthaltsraum erreicht, und ich schob mich lautlos durch die Tür. Robby hockte mit stierem Blick in der hintersten Ecke des Raums. Er schien mich nicht zu erkennen. Er machte sich so klein wie möglich, und sein ganzer Körper wirkte angespannt wie der eines fluchtbereiten Tieres. Was zum Teufel war hier los?

Ich sah zu Mr. Harris hinüber. Der kniete etwa in der Mitte des Zimmers und streckte Robby beschwörend die Arme entgegen. Er war so in sein Tun versunken, daß er uns nicht einmal hereinkommen hörte.

»Sag Papi, daß du ihn lieb hast. Sag Papi, daß du ihn lieb

126

hast, Robby; komm her, gib mir einen dicken Kuß und sag
Papi, daß du ihn lieb hast. Bitte, Robby, sag Papi . . .«

Chuck flüsterte mir zu: »Das treibt er jetzt schon seit ein
paar Minuten; keine Rede mehr von der Kirche. Ich
glaube, der hat nicht alle Tassen im Schrank.«

Robby sah abwesend in meine Richtung, und ich versuchte, ihm mit meinem Blick Mut zuzusprechen. Ich
hatte Angst vor dem, was in ihm vorging. Sein Ausdruck
wirkte unverkennbar psychotisch; und ich hoffte nur, daß
er sich nicht bis zu dem Punkt zurückzog, an dem wir
begonnen hatten. Ich ging auf seinen Vater zu und legte
ihm eine Hand auf die Schulter.

»Hallo, Mr. Harris. Erinnern Sie sich? Patrick McGarry.
Könnten wir bitte in mein Büro gehen und dort miteinander reden?«

Einen Augenblick lang schwieg er, wandte sich um und
sah zu mir hoch. Tränen liefen über seine teigig-bleichen
Wangen, und es dauerte eine Weile, bis sein verhangener
Blick mich erfaßte. »Er ist mein Sohn«, sagte er flehent-
lich.

»Das weiß ich, Mr. Harris, aber Robby ist noch nicht
soweit. Es geht zu schnell, und es ist zuviel für ihn.
Kommen Sie bitte mit.«

Er schüttelte den Kopf, wandte sich wieder um und
begann, auf Robby zuzukriechen, wobei er seine inständi-
gen Bitten wiederholte.

»Robby, sag Papi, daß du ihn lieb hast; bitte, Robby, sag
Papi, daß du ihn lieb hast —«

»Mr. Harris, hören Sie *sofort* auf damit! Sie bringen
Robby völlig durcheinander — er ist noch nicht soweit, daß
er Ihnen sagen kann, daß er Sie lieb hat. Bitte reißen Sie
sich doch zusammen und kommen Sie mit mir, *auf der
Stelle.*« Ich bemühte mich, so scharf wie möglich zu

sprechen. Ohne jeden Erfolg.

»Robby, komm zu mir, sag Papi, daß du ihn lieb hast.
Sag Papi, daß du ihm verzeihst. Bitte, Robby, *sag mir, daß
du mich lieb hast!*« Mr. Harris' Stimme war schrill geworden und barst fast vor Eindringlichkeit.

Irgend etwas stimmte ganz und gar nicht mit ihm; er
war ganz anders, als ich ihn vor einigen Monaten kennengelernt hatte. Damals hatte er zumindest Ansätze zu einer
vernünftigen Betrachtungsweise gezeigt, wenn er mir auch
feindselig gegenübergetreten war. Ein plötzlicher Gedanke
durchfuhr mich: Vielleicht ist er auch psychotisch geworden. Dann hätte es alle drei erwischt. Ich wandte mich an
Jody, die gerade hereinkam.

»Sehen Sie zu, ob Sie Scott oder Conable erreichen
können – aber rasch.«

»In Ordnung.« Jody warf nur einen Blick auf die Szene,
nickte und verschwand.

Robby hockte weiter in seiner Ecke, begann aber jetzt
mit geschlossenen Augen den Oberkörper vor und zurück
zu schaukeln, während tief aus seiner Kehle ein abgehack-
tes Geplapper drang. Das alles gefiel mir gar nicht.

Rasch ging ich um Mr. Harris herum und beugte mich
über Robby. »Robby? Ich bin's, Pat. Ich bin jetzt hier, und
alles ist in Ordnung.«

Keine Reaktion.

Ich ging ein bißchen näher. »Robby, es ist wirklich alles
okay, du brauchst keine Angst zu haben. Kannst du mich
hören, Robby?«

Der Rhythmus des Schaukelns änderte sich zwar leicht,
aber das war auch schon alles.

Plötzlich begann Mr. Harris zu brüllen: »ROBBY . . .
SAG PAPI, DASS DU IHN LIEB HAST . . . SAG PAPI –«

Mit einem Schlag hörte Robbys Geplapper auf. Seine

128

Augen öffneten sich schreckensweit, sein Mund machte seltsame, lautlose Bewegungen, und dann brach aus seinem tiefsten Inneren ein markerschütterndes Kreischen hervor. Als ich mich ihm nähern wollte, sprang er beiseite und stieß seinen Kopf gegen einen Fenstergriff. Blut lief ihm über das Gesicht, in die Augen und Mundwinkel, ohne daß er etwas davon merkte. Er kreischte immer weiter und bearbeitete sein Gesicht mit den Fingernägeln, so daß tiefe rote Spuren auf seinen Wangen blieben.

Jody war wieder da.

»Ich habe Dr. Conable angerufen, er wird sofort hier sein. Wir müssen Robby ruhigstellen. Die Wunde wird man wohl nähen müssen.«

Ich nickte stumm und sah zu Mr. Harris hinüber. Ich konnte nicht glauben, daß dieser entsetzliche Mensch alles von uns in mühevoller, monatelanger Arbeit Aufgebaute mit einem Schlag hatte zunichte machen können. Was dachte dieser Mistkerl sich eigentlich? Kam da einfach aus heiterem Himmel her und führte sich seinem Sohn gegenüber so auf – nachdem er ihn vier Jahre lang völlig ignoriert hatte!

Als hätte Jody meine Gedanken gelesen, sagte sie leise: »Ruhig bleiben.«

»Gewiß«, versicherte ich, aber meine Stimme klang angespannt; ich mußte um meine Selbstbeherrschung kämpfen.

Kurz darauf kam Dr. Conable mit einigen Pflegern. Er hielt eine Spritze hoch, und die Pfleger standen auf dem Sprung.

»Halten Sie ihn fest«, sagte er. Es war aber gar nicht nötig. Jody saß schon bei Robby, sprach beruhigend auf ihn ein und faßte ihn am Arm. Seine Augen waren fest geschlossen, als erwarte er, geschlagen zu werden. Er zuckte zusammen, als sie ihn berührte, machte aber erstaunlicherweise keinen Versuch davonzulaufen. Während sie weiter beruhigend auf ihn einredete, öffnete sie seine Hose, so daß der Arzt in den Gesäßmuskel spritzen konnte. Selbst als die Nadel ins Fleisch drang, bewegte Robby sich kaum, und nach weniger als einer Minute sank er in Jodys ihn weich auffangende Arme. Nahezu im selben Augenblick kümmerte sie sich um seine Kopfwunde und tröstete Robby weiter, obwohl er ihre Stimme unter der Wirkung der Spritze gar nicht mehr wahrnehmen konnte.

Hilflos und entsetzt stand ich dabei.

Conable schaute zu mir rüber. »Sehen Sie doch zu, ob Sie etwas für ihn tun können.« Er nickte zu Robbys Vater hin, und am Klang seiner Stimme merkte ich, daß ihm auch nicht besonders gefiel, was da vorging.

Mr. Harris kniete noch immer mit hängenden Schultern auf dem Boden und hatte den Kopf auf einen Schemel gelegt.

»Bitte kommen Sie mit, Mr. Harris.« Diesmal war ich nicht gewillt hinzunehmen, daß er meine Aufforderung mißachtete, aber er leistete keinen Widerstand. Ich stellte ihn auf die Füße und schob ihn durch den Korridor in einen kleinen Raum hinter der Pflegestation. Benommen und mit abwesendem Blick saß er schweigend da, während ihm die Tränen über das Gesicht rannen.

Dann begann er zu beten, zuerst leise. »Lieber Gott, ich verstehe das alles nicht. Alles, was mit meinem Sohn geschah, ist mir unverständlich. Ich werde nie begreifen, warum Du uns das angetan hast – wir haben niemals jemandem etwas zuleide getan, und wir haben ein gottesfürchtiges Leben geführt. Warum nur werden wir so bestraft? Mein einziger Sohn . . . mein einziges *Kind* . . .

130

und ich kenne ihn nicht einmal.« Er schüttelte den Kopf. »Ich habe ihn *nie* gekannt. O Gott, warum hast Du uns so verlassen? Warum, warum?«

Mit einem Mal begann er zu schluchzen, und ich saß dabei und hörte zu, wie er seinem Kummer Luft machte. In gewisser Hinsicht hatte er sogar recht; es schien tatsächlich ein Fluch auf der Familie zu lasten. Sorge, Krankheit und Schmerz hatten ganz offensichtlich eine tiefe, schmerzvolle Spur in ihrem Leben hinterlassen. Mein Zorn über das, was er getan hatte, legte sich. Er war ein Mensch, der selbst zutiefst verstört war, auch er ein wandelndes Opfer des Lebens. Schließlich hörte er auf zu weinen, und während seine Augen meinem Blick auswichen, begann er mit zögernder Stimme:

»Mir schien, daß es Robby heute soviel besser ging. Aber sicher werden Sie mir sagen, daß ich jetzt alles zerstört habe . . .«

»Nun, wir müssen es abwarten, Mr. Harris. Auf jeden Fall hätten Sie mit uns sprechen sollen, bevor Sie herkamen, damit wir Robby auf Ihren Besuch hätten vorbereiten können. Immerhin ist das alles schon ein paar Jahre her.«

Robbys Vater zuckte zusammen. Vielleicht wurde ihm erst jetzt bewußt, wie lange er und seine Frau sich nicht um ihren Sohn gekümmert hatten, und er schien es für nötig zu halten, sein Verhalten zu rechtfertigen.

»Nun, seit Ihrem Besuch vor ein paar Monaten haben wir sehr viel an Robby denken müssen – und für ihn gebetet. Aber wie ich Ihnen schon sagte, als wir ihn herbrachten, ließ er uns nicht an sich heran und wollte auch nicht mit uns reden. Es tut einfach weh, wenn man ein Kind hat, das einem wie ein Fremder gegenübersteht. Es war mehr, als meine Frau oder ich ertragen konnten. Vor allem meine Frau. Es war einfach alles zuviel für sie.«

Er wischte sich müde mit der Hand über die Stirn und räusperte sich. »Ich hab sie übrigens zur psychiatrischen Behandlung gebracht, wie Sie vorgeschlagen haben. Als ich eines Tages nach Hause kam, hatte sie den schlimmsten Anfall überhaupt . . . sie saß da und sah immer nur den Fernseher an – dabei war der gar nicht eingeschaltet. Sie hat mich nicht mal erkannt. Ich kann Ihnen sagen, da hab ich's mit der Angst bekommen . . . Jetzt geht es ihr besser, seit wir zweimal im Monat in die Klinik fahren. Sie haben ihr auch Medikamente gegeben.«

»Gut, daß Sie das getan haben, Mr. Harris.«

»Wir haben mit den Leuten auch über Robby gesprochen. Das alles war für uns nicht einfach. Können Sie sich vorstellen, was Eltern empfinden, wenn ihr eigener Sohn in eine Klinik für Geisteskranke eingesperrt werden muß?«

Ich schüttelte den Kopf. Nach einer Weile fragte ich ihn: »Warum sind Sie heute eigentlich gekommen?«

»Nun, wie ich schon sagte, wir haben jeden Tag für Robby gebetet, seit Sie bei uns waren. Gebetet, daß er gesund wird und nach Hause kann. Wir sprechen regelmäßig mit unserem Prediger und dem Sozialarbeiter. Unser neuer Prediger hat gemeint, wir sollten Robby mal mit in die Kirche bringen, damit man ihm die Teufel austreiben kann. Denn die – also der Satan – haben ihm das angetan. Er ist von Dämonen besessen!« Mit einem Mal verhärtete sich Mr. Harris' Gesichtsausdruck wieder, seine Stimme wurde schärfer, seine Augen glühten. Der Fanatiker in ihm drohte, die Oberhand zu gewinnen. Dann aber beherrschte er sich doch noch und sah mich scharf an.

»Vermutlich glauben Sie nicht, daß ein Mensch von Dämonen besessen sein kann. Ich weiß, Sie halten mich für verrückt, aber genau das ist unserem kleinen Robby passiert, und niemand bringt mich *davon* ab!« Laut patschend

schlug er mit der Faust in die offene Handfläche, um seine
Aussage zu bekräftigen. Mr. Harris begann erneut, den
Blick für die Wirklichkeit zu verlieren.

Ich hob die Hand. »Sicherlich haben Sie ein Anrecht zu
glauben, was Sie –«

»Es spielt keine Rolle«, fiel er mir ins Wort. »Jedenfalls
bin ich hergekommen, um zu sehen, ob ich Robby mit in
die Kirche nehmen kann. Ich dachte, es wäre zu anstrengend für seine Mutter, sie würde sich zu sehr aufregen,
also bin ich allein gekommen. Als ich dann gesehen hab,
wieviel besser es ihm geht, daß er nicht gleich wegrannte
wie früher, sogar mit mir sprach – ich dachte, er wäre
geheilt, die Dämonen wären nach all diesen Jahren ausgetrieben. Es sah aus wie ein Wunder, wie ein Zeichen. Ich
dachte, Satan wäre endlich zurückgedrängt. Ich frohlockte
und dankte dem Herrn . . . Als ich dann mit Robby beten
und ihn umarmen wollte, rannte er in die Ecke, und ganz
egal, wie deutlich ich ihm zu machen versuchte, daß ich ihn
liebe, hat er kein Wort mehr mit mir gesprochen und mich
auch nicht an sich herangelassen. Wie früher. Und als er
dann anfing zu kreischen und seinen Kopf anzuschla-
gen . . .« Mr. Harris stockte seufzend. »Vermutlich war es
falsch, ich hätte nicht soviel erwarten sollen. Ich verstehe
einfach nicht, wie das so schnell umschlagen kann. In
einem Augenblick geht es ihm gut, und im nächsten . . .«

»Wollen Sie denn versuchen, das zu verstehen, Mr.
Harris? Und Robby auch helfen?«

Er sah mit einem Ruck auf. »Wie meinen Sie das?«

»Ich meine einfach, daß Robby auf dem Weg der Besse-
rung ist«, ich unterbrach mich und korrigierte: »auf dem
Weg der Besserung *war*, und ich hoffe, daß er auch weitere
Fortschritte machen wird. Es würde ihm unendlich helfen,
Eltern zu habe, die ihn lieben, ihm ihre Liebe zeigen und

133

zugleich ein gewisses Verständnis für seine ernsten seelischen Schwierigkeiten aufbringen.«

»Selbstverständlich lieben wir ihn«, unterbrach Mr. Harris mich. »Uns liegt sehr viel an ihm, und das weiß er auch! Wir haben ihm das oft genug gesagt.«

»Aber wegen seiner Krankheit«, fuhr ich vorsichtig fort, »war er nicht in der Lage, diese Liebe anzunehmen oder zu erwidern. Das ist er auch jetzt noch nicht, trotz seiner Fortschritte. Es wird eine Weile dauern, bis er dazu imstande sein wird, und daher schlage ich vor, daß Sie und Ihre Frau in Zukunft nach vorheriger Absprache mit mir gelegentlich herkommen, um Robby zu besuchen. Vielleicht wird er nach einiger Zeit dann wieder das Kind, das Sie lieben und für das Sie gebetet haben.«

Da Mr. Harris wortlos auf seine Hände sah, sprach ich weiter: »Ich denke, wir wollen alle dasselbe – daß es Robby bessergeht und er die Klinik verlassen kann. Vielleicht könnten wir versuchen, dieses Ziel mit vereinten Kräften zu erreichen?«

Ich meinte, eine Spur von Interesse zu entdecken. Ich hatte Mr. Harris einen Rettungsanker zugeworfen, und er war offenbar unschlüssig, ob er ihn ergreifen oder fahrenlassen sollte.

»Ich werde mir Ihren Vorschlag überlegen, aber ich würde Ihnen auch gern einige Fragen stellen.«

Ich nickte. »Nur zu.«

»Sind Sie Christ? Lesen Sie täglich in der Bibel? Oder gehören Sie zu diesen gebildeten Liberalen, die den Glauben in einem ehemals gottesfürchtigen Land zerstört haben?«

»Nun, Mr. Harris, ich möchte nicht den Eindruck erwecken, als redete ich um die Sache herum, aber was ich glaube, dürfte kaum etwas mit meiner Arbeit hier zu tun haben. Mir geht es ausschließlich darum, daß Robby und Kinder wie er die Behandlung erhalten, die sie brauchen, damit sie wieder ins Leben zurückkehren und mit etwas Glück ein gesundes und fröhliches Leben zu führen vermögen. Das ist die Hauptsache. Geht es uns nicht allen darum?«

»Ja, schon möglich. Aber trotzdem ist die Religion eines Menschen von größter Bedeutung. Man sollte nie unterschätzen, wie sehr sie das eigene Leben beeinflußt – wie auch das Leben aller, mit denen man in Berührung kommt. Der Herr ist allmächtig, gnädig zu den Seinen, aber man muß seine Sünden bereuen und ihn als seinen Heiland und Retter annehmen.« Seine Stimme klang wie die eines Evangelisten im Fernsehen.

»Das mag für Sie gelten«, räumte ich ein. »Ich halte mich für einen tiefreligiösen Menschen, wenn ich mich auch keiner besonderen Glaubensrichtung zugehörig fühle – weder dem Christentum noch dem Judentum oder dem Buddhismus. Ich glaube wohl ein wenig von allen.«

Mr. Harris hob die Brauen. »Auch aus dem Buddhismus?«

»Ja, sogar besonders«, fuhr ich unbeirrt fort. »Ich könnte Ihnen nicht sagen, wann ich zuletzt in der Bibel gelesen habe, weil ich es einfach nicht weiß, aber ich *kann* Ihnen sagen, daß es für den Menschen wichtiger ist, nach den Grundsätzen der Bibel zu handeln, als täglich in ihr zu lesen.« Ich hielt seinem Blick stand, der mich verzehren zu wollen schien. »Wenn Sie mich unbedingt in eine Schublade einordnen müssen, könnte man mich als einen Vertreter des humanen Denkens, der Menschlichkeit, bezeichnen. Mir liegt der Mensch und sein Wohlergehen am Herzen, vor allem das Wohl von Menschen mit seelischen Störungen. Wenn Sie ›liberal sein‹ mit dem Bemühen

135

gleichsetzen, Menschen ein besseres Leben zu ermöglichen, bin ich dafür – nur scheint mir weder der Liberalismus noch die Humanität für die Schwierigkeiten verantwortlich zu sein, denen sich unser Land gegenübersieht –«

»Sie stehen also nicht in der Furcht Gottes?« Mr. Harris schien auf das Eingeständnis einer Niederlage aus zu sein.

»Nein, Mr. Harris. Ich kann mich nicht zu einem Gott bekennen, der Menschen – vor allem kleine Jungen – von Dämonen besessen sein läßt oder sie mit Schmerz und Leid bestraft. Menschen tun das anderen Menschen an, die Natur macht Fehler, das schlechte ›Karma‹ übt seinen Einfluß aus – es gibt allerlei Erklärungen für das Leiden und das Böse in der Welt. Gott ist meiner Ansicht nach nicht verantwortlich dafür. Zwar glaube ich an ihn, doch fürchte ich ihn nicht. Eher schon fürchte ich zerstörerische Eigenschaften des Menschen – Habgier, Haß, Vorurteile, Grausamkeit . . .«

Mr. Harris' Ausdruck verlor nichts von seiner Härte.

»Nun, entspreche ich den Anforderungen, Mr. Harris?«

»Ich werde über Ihre Worte nachdenken. Wir werden sehen, aber versprechen kann ich nichts.«

»Schön. Solange Hoffnung besteht, daß Sie bereit sein könnten, sich mehr um Robby zu kümmern, erwarten weder er noch ich mehr. Vielleicht können Sie und ich jeweils das Beste aus unserem Glauben dazu beisteuern.«

Diese Bemerkung trug mir einen scharfen, offenen Blick ein.

»Nun«, endlich verlor Mr. Harris etwas von seiner Starrheit, »ich bin nicht besonders gebildet, aber ich spüre, daß Sie versuchen, Robby zu helfen. Könnten Sie mich und meine Frau ab und zu wissen lassen, wie es ihm geht?«

»Gewiß, Mr. Harris, sehr gern.«

Später an jenem Nachmittag ging ich zu Robbys Pavillon hinüber. Zwei Schwestern auf der Station unterhielten sich, und beide wandten sich mir zu, als ich näher kam. Ich brauchte nicht einmal zu fragen.

»Dr. Conable war vor kurzem hier und hat eine weitere Injektion für Robby angeordnet. Er möchte, daß er eine Weile nicht bei Bewußtsein ist, weil er hofft, die Nachwirkungen auf diese Weise möglichst gering halten zu können.«

»Vielleicht ein ganz guter Gedanke. Ich geh mal rein und seh ihn mir an.«

»Wenn wir irgend etwas tun können –«

»Nein, aber vielen Dank. Niemand kann etwas tun, bis wir sehen, wie sich das alles auswirkt.«

Als ich in Robbys Zimmer trat, lag er auf dem Rücken, und das auf die Sedierung zurückgehende tiefe, regelmäßige Atmen wurde gelegentlich von einem leichten Schnarchen unterbrochen, über das ich lächeln mußte. Seine Wunde war versorgt, und aus der weißen Mullbinde, die um seinen Kopf lief, schaute hier und da eine Strähne seines widerspenstigen Blondhaars hervor. Ich bemühte mich, in seinem Gesicht zu lesen. Doch ohne seine Augen zu sehen, ohne zu wissen, ob er sie abwenden würde oder nicht, konnte ich gar nichts sagen. Ich saß also einfach auf der Bettkante und versuchte, im Halbdämmer die Ereignisse des Tages einzuordnen, überlegte mir, warum derlei immer den Schutz- und Hilflosesten widerfahren mußte. Es schien alles schrecklich ungerecht.

Robbys Bein begann, unter der Decke zu zucken, als versuche er zu laufen, und ich legte meine Hand darauf und tätschelte es beruhigend. Unwillkürlich sagte ich, was ich dachte:

»Es wird alles wieder gut, mein kleiner Freund. Wir

haben schon einen so langen Weg miteinander zurückgelegt, da lassen wir jetzt nichts zwischen uns kommen. Ich versprech dir, Robby, auch das schaffen wir gemeinsam. Du kannst dich darauf verlassen.« Robby drehte sich um, und das Zucken in seinem Bein hörte auf. Dann setzte erneut das tiefe, gleichmäßige Atmen ein. Ich zog ihm die Decke bis ans Kinn hoch und murmelte: »Bis morgen – der letzte ist Bettelmann.«

Auf dem Parkplatz traf ich Scott. Er hatte den ganzen Tag in der Hauptklinik eine Arbeitsgruppentagung geleitet, und ich hatte ihn seit dem frühen Morgen nicht gesehen. Ich konnte aber seine Besorgnis spüren, als er auf mich zukam.

»Ich hab schon gehört. Sieht ziemlich böse aus, was?«

»Ja, sehr.« Ich konnte im Moment noch nicht darüber reden.

»Woher wußte Harris eigentlich, wo Robby sich aufhielt?«

»Eins von den Kindern hat es ihm gesagt, und deswegen konnte er an uns vorbei.«

»Ah ja. Klar. Haben Sie mit ihm reden können?«

»Mehr oder weniger. Er ist selbst sehr unausgeglichen. Alles Schlimme, das sich nicht erklären läßt, ist das Werk des Teufels. Immerhin haben sie seit meinem Besuch einen Therapeuten konsultiert. Harris sagt, daß seine Frau inzwischen medikamentös behandelt wird.«

»Hmmm. Und wie geht's Robby?«

»Nicht gut, Scott, überhaupt nicht gut.«

Scott spürte, daß ich nicht bereit war, ausführlicher darüber zu sprechen, und so sagte er lediglich: »Nun, wir reden morgen darüber. Kann ich jetzt irgend etwas tun?«

»Eigentlich nicht. Aber vielen Dank. Ich vermute, so etwas passiert in unserem Beruf immer wieder mal. Ich nehme an, daß man unter den gegebenen Umständen wohl nur die Daumen drücken und auf das Beste hoffen kann, was?«

Scott nickte. »Ich fürchte, ja. Wir werden wohl immer mit dieser Ungewißheit leben müssen. Sie haben getan, was Sie konnten, und müssen jetzt warten und sehen, wie es weitergeht. Man muß lernen, mit solchen Situationen fertig zu werden.«

»Ja . . .«

»Lassen Sie es sich nicht zu nahegehen, Pat. Ruhen Sie sich erst einmal ein bißchen aus. Morgen reden wir dann in aller Ruhe über die Sache.«

11

An jenem Abend dachte ich lange und gründlich über den von mir gewählten Beruf nach. Es war verblüffend, eine wie intensive Beziehung man zu einem Kind aufbauen konnte. Fast schien es, als sei Robby mein eigenes Kind geworden, und erst jetzt erkannte ich, wieviel ich für ihn empfand, und mir wurde mit einem Mal schmerzhaft bewußt, was all das für ihn bedeuten mußte.

Ich ließ die Ereignisse des Tages noch einmal an mir vorüberziehen. Immer wieder fragte ich mich, ob ich irgend etwas hätte anders machen können oder müssen und mit welchem möglichen Ergebnis.

Erst nach Mitternacht fiel ich in einen, trotz meiner Müdigkeit unruhigen Schlaf. Gegen halb sechs morgens gab ich den Kampf schließlich auf – ich mußte in die Klinik und sehen, wie die Dinge standen.

Als ich zum Pavillon kam, war das Pflegepersonal gerade damit beschäftigt, die Kinder zu wecken und in den Waschraum zu bugsieren. An der Tür zu Robbys Zimmer blieb ich stehen und lauschte, hörte aber nichts. Dann öffnete ich sie leise und trat ein. Robby lag auf seinem Bett und starrte die Wand an.

»Hallo, Robby, wie geht's dir?«

Keine Reaktion, nicht die leiseste Bewegung. Er hielt seine ausdruckslosen Augen stur auf die nackte Wand gerichtet. Ich tat einige Schritte auf sein Bett zu, blieb aber sofort stehen, als er sich zusammenzurollen begann und die Decke über den Kopf zog.

»Robby? Ich bin's, Pat – dein Freund.« Eine kleine Hand packte die Decke noch fester. Sonst war nichts mehr zu sehen; alles übrige war ein bewegungsloses Knäuel.

»Robby, fehlt dir was? Können wir darüber reden, mein Freund? Ich komm nicht näher, wenn du nicht möchtest, aber versuch doch, mit mir zu sprechen, ja?«

Immer noch keine Reaktion.

Ich zog den einzigen im Zimmer stehenden Stuhl zu mir heran und setzte mich, wartete still eine Weile und dachte, daß es wohl besser sei, ihn jetzt nicht zu bedrängen. Davon hatte er gestern genug bekommen. Doch nach zehn Minuten des Schweigens versuchte ich erneut, ihm eine Reaktion zu entlocken, und sei sie noch so winzig. Ich wollte nur sehen, daß nicht alles unwiederbringlich dahin war, wofür wir so schwer gearbeitet hatten.

»Robby, ich geh jetzt. Tust du mir einen Gefallen? Halt einen Finger hoch und wackel ein bißchen damit. Ich will nur wissen, ob es meinem Freund gutgeht. Tust du mir den Gefallen? Nur mit einem Finger wackeln, Robby . . .«

Nichts. Keine Bewegung. Ich wartete noch einige Minuten, aber er blieb völlig starr liegen.

Ich seufzte. »Ich komm später wieder, Robby. Ruh dich noch ein bißchen aus. Bis nachher, alles Gute.«

Ich ging zurück zur Pflegestation und verfaßte dort eine kurze Notiz über Robbys augenblickliches Verhalten. Ich bat die diensttuende Schwester, ihn im Bett zu lassen, mir aber sofort Bescheid zu sagen, wenn er aufstand oder etwas sagte. Dann ging ich müden Schritts ins Büro.

Scotts Sekretärin kam gerade herein, und ich fragte sie, wann er wohl frei sei.

»Nicht vor halb zwölf. Tut mir leid.«

»In Ordnung, geben Sie mir den Termin.«

Den Rest des Vormittags verbrachte ich an meinem Schreibtisch. Gegen elf klingelte das Telefon.

»McGarry.«

»Jody hier. Ich habe eine erfreuliche Nachricht . . . und

eine weniger erfreuliche . . .«

»Bitte zuerst die erfreuliche.«

»Robby ist aufgestanden, und er hat auch etwas gegessen. Aber er will sich nicht anziehen lassen, läßt niemanden an sich heran, spricht mit niemandem und –«, fuhr Jody seufzend fort, »er stakst wieder herum wie der Storch im Salat, das ganze magische Affentheater.«

»Verdammt.« Damit bestätigten sich meine schlimmsten Befürchtungen. »In Ordnung, Jody, vielen Dank. Sie halten mich doch weiter auf dem laufenden?«

»Sicher. Tut mir leid, Pat, ich glaube, wir müssen wieder ganz von vorn anfangen.«

Nachdem ich aufgelegt hatte, schaute ich eine Weile gedankenverloren aus dem Fenster und versuchte zu verstehen, was da vorgegangen war. Robby hatte ungewöhnliche Fortschritte gemacht, aber es hatte keine Gelegenheit gegeben, sie zu festigen, bevor sein Vater auftauchte. Der denkbar ungünstigste Zeitpunkt!

Scott riß mich aus diesen Gedanken, als er an meine Tür klopfte. »Kommen Sie auf einen Sprung zu mir rüber und bringen Sie Ihre Tasse mit«, schlug er vor. »Sie sehen aus wie jemand, dem eine kleine Therapie nichts schaden könnte . . .«

»Wie es Robby geht, weiß ich – jetzt erzählen Sie mal, wie es Ihnen geht.«

»Alles in allem wohl nicht besonders schlecht. Ich hab gestern abend überlegt, ob ich irgend etwas hätte anders machen müssen – ob ich den Harris nicht vielleicht mit einem kräftigen Fußtritt hätte zur Tür hinausbefördern sollen . . .«

»Vergessen Sie nicht, daß er Robbys Vater ist –«

»Ja, ich weiß . . . und was für einer! Ohne ihn ginge es Robby jetzt glänzend.«

»Sie hatten wohl eine ziemliche Wut auf ihn?«

»So kann man sagen. Der weise Therapeut hat mal wieder den Nagel auf den Kopf getroffen«, sagte ich lachend. Scott sah leicht betreten drein. »Ja, ich war stocksauer und bin es immer noch. Ich hab fast die ganze Nacht wach gelegen und über die Sache nachgedacht. Kommt so etwas öfter vor, Scott?«

»Rückschläge? Schwierigkeiten? Leider ja. Sogar ziemlich häufig, auf jeden Fall, wenn man mit Kindern arbeitet. Man muß sehr vorsichig sein – vor allem den Eltern gegenüber. Manchmal hält die ganze Familie zusammen, wenn sie einen Sündenbock braucht – zum Beispiel das innerlich unabhängigste Kind –, und jeder kühlt dann sein Mütchen an ihm. In solchen Fällen besteht unsere Aufgabe darin, die Familie dazu zu bringen, daß sie das erkennt – und dabei gerät man leicht zwischen sämtliche Stühle, und alle stürzen sich auf den Therapeuten. Schlimmer noch ist es, wenn Eltern oder Angehörige den Therapeuten aus dem Weg haben wollen, kaum daß es dem Kind etwas bessergeht.«

»Meinen Sie, daß das bei Robbys Vater der Fall war? Will er uns ausschalten, sobald es Robby bessergeht?«

»Schwer zu sagen. Ich glaube eigentlich nicht. Diese Art Sabotage wird nicht bewußt geplant. Aber er war so lange nicht beteiligt, daß es ihm jetzt vielleicht schwerfällt, Robbys Fortschritte zu verdauen. So etwas kommt vor.«

Es fiel mir nicht leicht, meine Empfindungen in Worte zu fassen. »Seit gestern sieht alles so sinnlos aus. Ich werd wohl einige Zeit brauchen, um mit dem Ganzen fertig zu werden, aber vermutlich lasse ich mich von den Dingen auch zu sehr gefangennehmen. Wenn dann die Enttäuschung kommt, bricht alles zusammen. Verstehen Sie, was ich meine?«

Scott schien überhaupt nicht erstaunt über das, was ich als niederschmetterndes Geständnis empfand. Er nickte und griff dann nach seiner Lieblingspfeife. Es dauerte einige Zeit, bis er sie gestopft hatte, dann sagte er: »Nun, Pat, das ist ein Teil des Preises, den wir dafür bezahlen, daß wir in vorderster Front arbeiten. Sie können sich vorstellen, was geschieht, wenn man sich mit zwei Dutzend Patienten oder mehr gleichzeitig beschäftigen muß. Die Verantwortung ist sehr groß, und ihr entspricht der Druck, dem man ausgesetzt ist. Man sorgt sich um jeden einzelnen, muß die Risiken bedenken, die bei der Behandlung von selbstmordgefährdeten, an Depressionen leidenden oder zu Gewalttaten neigenden Patienten auftreten können. Als ich vorige Woche Amy Heimurlaub gegeben hatte, habe ich mir das ganze Wochenende Sorgen gemacht und bin jedesmal zusammengezuckt, wenn das Telefon klingelte . . .«

Amy war eine Zwölfjährige, die ein halbes dutzendmal ernsthafte Selbstmordversuche unternommen hatte, den letzten mit Rattengift. Es hatte einen großen Teil ihres Magens weggebrannt, und der Rest schmerzte ständig. Es war ein Wunder, daß sie überhaupt noch lebte.

»Man lernt also nie wirklich, mit dem Druck zu leben?«

»Ach, ich denke, man gewöhnt sich daran. Aber ein Psychotherapeut lebt nun einmal ständig Seite an Seite mit der Gefahr. Manchmal ist es schlimm, und dann wieder nicht so schlimm. Wir haben ja schon darüber gesprochen: Das Verhalten von Menschen ist nicht exakt vorhersagbar. Sie stellen Forderungen, bisweilen übermäßige, und mit denen muß man sich auseinandersetzen. Dann wieder scheint jemand besonders große Fortschritte zu machen – bis eines Tages alles Erreichte mit einem Schlag hinfällig wird. Ein unerwarteter Ausbruch der Psychose, ein Selbstmordversuch, der möglicherweise sogar gelingt, und die Welt um einen herum liegt in Trümmern. Daher muß man lernen, hart zu sein – und sich gleichzeitig seine Empfindsamkeit zu bewahren. Sonst«, Scott machte eine Pause und sog kräftig an seiner Pfeife, »sonst hält man das nicht durch.«

Er beugte sich vor und klopfte seine Pfeife im Aschenbecher aus. »Sehen Sie, Pat, Vorfälle wie den gestrigen – und schlimmere – wird es immer wieder geben. Dadurch fühlten Sie sich veranlaßt, Ihr Vorgehen zu überdenken oder zu überlegen, ob Sie etwas hätten anders machen sollen. Damit kommen wir auf die Frage der Erfahrung zurück: Beobachten Sie so gründlich Sie können, wie sich Menschen in bestimmten Situationen verhalten, beurteilen Sie es, so gut Sie jeweils können, werten Sie es später aus und merken Sie es sich für die Zukunft.«

Wir saßen eine Weile schweigend da. Noch ein Punkt machte mir zu schaffen, aber ich brachte es nicht über mich, ihn anzusprechen. Scott sah mich mit offenem Gesichtsausdruck an.

»Sagen Sie es ruhig«, ermunterte er mich.

»Was?«

»Woran Sie gerade denken.«

»Gott im Himmel, Scott, ihr verdammten Psychologen lest ja richtig Gedanken.«

Scott wartete geduldig.

»Ich weiß nicht, ob ich es richtig ausdrücken kann. Es fällt mir sehr schwer, das einzugestehen.«

»Versuchen Sie es.«

»Nun . . . Sie wissen ja offensichtlich schon, was mir im Kopf rumgeht. Ich meine . . . vielleicht bin ich einfach nicht zum Therapeuten geeignet, nicht stark genug, um mir all die Verantwortung aufzubürden, die Enttäuschungen zu ertragen, die Rückschläge und was sonst noch dabei auf einen zukommt. Ich weiß nicht, was ich tun würde, wenn sich einer meiner Patienten umbrächte. Ich bin ja jetzt schon mit den Nerven zu Fuß wegen der Sache mit Robby. Wie sähe das erst aus, wenn sich einer der mir anvertrauten Menschen das *Leben nähme*? Wenn ich mir vorstelle, ich arbeite mit einem Mädchen wie Amy, sie vergiftet sich, und ich habe die Verantwortung . . . damit zu leben . . .«

»Wir alle können es nur versuchen, Pat. Sie wissen doch, wir haben keine Macht über das Leben eines anderen Menschen. Verantwortung für ihn: ja – bis zu einem gewissen Grad. Wir tun, was wir können, um anderen zu helfen, aber das hat seine Grenzen. Die Entscheidung über sein Tun liegt bei jedem selbst, sogar im Fall eines Selbstmords. Wer ernsthaft dazu entschlossen ist, den kann möglicherweise niemand daran hindern. Es nützt daher gar nichts, sich verantwortlich zu fühlen und sich Vorwürfe zu machen, weil man meint, man hätte mit mehr Aufmerksamkeit und Einfühlung den Dingen eine andere Wendung geben können . . . letzten Endes trägt jeder Mensch die Verantwortung für sein Handeln selbst.«

»Vom Verstand her leuchtet mir das ein, Scott. Aber wie soll ich mit den damit zusammenhängenden *Gefühlen* fertig werden . . . Ich weiß einfach nicht . . .«

Scott lehnte sich in seinem Sessel zurück. »Ich vermute, die Lösung heißt ›Zeit‹. Mit der Zeit kommt die Erfahrung, und mit ihr ein gewisses Maß an objektiver Distanz, die es Ihnen erlaubt, Ihre Gefühle und Ihre Empathie im nötigen Rahmen zu halten, so daß Sie rechtzeitig merken, wann Sie sich zurückziehen müssen.«

»Um ehrlich zu sein: Ich frage mich ernstlich, ob ich dazu *jemals* imstande sein werde.«

146

»Es gibt nur eine Möglichkeit, das festzustellen, und die probieren Sie gerade aus. Zweifel werden Sie haben – es gibt nichts Natürlicheres. Wenn Sie keine hätten, wäre mit Ihnen etwas nicht in Ordnung. Aber fühlen Sie sich nicht für allzuviel verantwortlich. Lassen Sie sich Zeit, treten Sie einen Schritt zurück, behalten Sie alles im Auge, und kommen Sie mit Fragen zu mir. Dafür bin ich da.«

»Danke, Scott.« Der quälende Selbstzweifel schwand langsam dahin, und ich fühlte mich fast fröhlich. Ich konnte es kaum glauben. »Großer Gott, Sie sind wirklich ein guter Therapeut!«

Als ich später an meinem Schreibtisch saß und gedankenverloren zum Fenster hinausschaute, sah ich plötzlich den Ordner mit Robbys Unterlagen oben auf den anderen Akten liegen. Die Sekretärin hatte ihn wohl dort liegengelassen. Ein Bericht über seine Fortschritte war fällig – gerade der richtige Zeitpunkt. Für dieses Diktat würde mir einiges einfallen.

Ich nahm den Ordner auf, blätterte ihn durch und mußte bitter lächeln, als ich las, welches Gefühl der Enttäuschung aus vielen meiner früheren Notizen sprach. Ach, waren das Zeiten . . .! Aber waren sie wirklich so gut gewesen? Wohl doch eher aufreibend. Damals hatte ich kein ermutigendes Zeichen gesehen. Eigentlich erstaunlich, welche Fortschritte Robby dann doch gemacht hatte und auf wie viel festerem Boden man jetzt im Prinzip aufbauen konnte. Warum, zum Teufel, sah ich so schwarz? Einem Impuls folgend, hob ich den Hörer ab und wählte.

»Pavillon 4, Fletcher.«

»Jody, hier spricht Pat. Könnten Sie Robby wohl sagen, daß ich demnächst vorbeikomme, um ihn zu unserem kleinen Spaziergang auf den Hundsberg abzuholen? Auch wenn Sie nicht den Eindruck haben, daß er Sie hört, sagen Sie es ihm ruhig ein paarmal.«

»Schön, werd ich machen. Er ist übrigens immer noch unverändert.«

»Ja, das dacht ich mir. Aber irgend etwas muß ich ja probieren.«

»Natürlich.«

Kurz nach zwei setzte ich mich auf einen der niedrigen Tische im Aufenthaltsraum – möglichst weit entfernt von der vornübergebeugten Gestalt am Fenster drüben. Robby kehrte mir den Rücken zu. Er war noch immer im Schlafanzug.

»Robby, das ist eine ganz besondere Gelegenheit. Es ist ein so schöner Tag, und ich möchte gern auf den Hundsberg gehen. Na, wie wär's? Du brauchst keine Bilder zu malen und auch nicht zu sagen, daß du gehen möchtest. Heute darfst du tun, was du willst, mein kleiner Freund . . .«

Er saß unbeweglich da, man konnte lediglich durch die Schlafanzugjacke das rhythmische Atmen erkennen.

»Komm, Robby, zieh dich an. Zieh deine Wanderstiefel an und laß uns für eine Weile von hier verschwinden. Es ist ein schöner Tag, und ich möchte wetten, daß man von da oben einen herrlichen Ausblick hat. Vielleicht können wir, wenn du magst, auf dem Rückweg eine Limonade oder ein Schokoladeneis erstehen. Wir machen alles, was du willst!«

Ich versuchte es noch einige Male, aber es kam keinerlei Reaktion, und allmählich schwand meine Hoffnung auf eine rasche Besserung dahin. Es würde wohl ein langer Weg werden.

Ich zog mir einen Stuhl an eine Stelle, von der ich annahm, sie liege am Rande von Robbys Gesichtsfeld.

Dann saßen wir still da und lauschten auf die Geräusche des Pavillons: Gelegentlich hörte man Lautsprecherdurchsagen, Kinderlachen, dann wieder drangen Schreie oder laute Rufe in den Aufenthaltsraum. Meines Erachtens mußte einiges gesagt werden, und ich wollte es darauf ankommen lasse, ob er in der Stimmung war, es aufzunehmen.

»Robby, ich möchte dir erklären, was gestern vorgefallen ist. Erstens denke ich, daß dein Papi sich jetzt Vorwürfe macht, weil er dich so bedrängt hat. Es tut ihm sehr leid, was er angerichtet hat. Er hat einfach nicht verstanden, was du mitgemacht hast, und wie schwer alles für dich war. Ich denke mir, als er dich zum ersten Mal wieder sah, wollte er glauben, daß schon alles in Ordnung sei, daß alle Schwierigkeiten von früher vorbei seien. Er hat nicht gemerkt, wie du dich anstrengen mußtest bei dem Versuch, dich und andere zu verstehen. Oder wie manchmal etwas innen weh tut. Gestern war dein Papi von all dem verwirrt, wie du es manchmal auch warst. Du hast versucht, neue Wörter und neue Sachen zu verstehen, und das war für dich verwirrend, und manchmal hattest du auch Angst. Stimmt's?«

Robby sah weiter unbewegt aus dem Fenster. Ich hatte keine Ahnung, ob er meine Worte aufnahm. Trotzdem machte ich weiter.

»Ich weiß nicht, was du jetzt empfindest, Robby, aber laß mich raten. Als dein Papi gestern etwas von dir wollte, was du einfach nicht tun konntest, hattest du bestimmt viel Angst. Und als du dann gesehen hast, wie er sich so aufregte, war das für dich noch schlimmer. Jetzt hast du wieder Angst vor uns allen. Du hast Angst, wir wollen, daß du Sachen sagst oder tust, die du noch nicht kannst. Deine einzige Möglichkeit, dich zu schützen, besteht darin, daß du uns wieder ausschließt. Aber allen – besonders deinem Papi – tut es wirklich leid, was geschehen ist. Uns alle bedrückt das, zumal du dir in letzter Zeit soviel Mühe gegeben hast, dich und deine Angstgefühle zu verstehen. Wir können nicht ändern, was geschehen ist, aber ich möchte, daß du eines weißt: Wir werden nichts von dir verlangen, bis du selber meinst, daß du es tun kannst. Den nächsten Schritt überlassen wir ganz dir. Aber wir hoffen, daß du es uns noch einmal versuchen läßt, Robby. Okay?«

Ich blieb mehr als eine Stunde bei ihm, aber ich hätte ebensogut allein sein können. Er hatte sich wieder weit von der Welt entfernt. Die Mauer, die in den letzten Monaten so deutlich sichtbar in sich zusammengesunken war, war ebenso deutlich sichtbar über Nacht wieder erstanden.

An den beiden folgenden Tagen ging ich zum Pavillon, setzte mich zu Robby, sagte ab und zu etwas, teilte aber im allgemeinen die Minuten des lastenden Schweigens mit ihm. Gewöhnlich war er im Aufenthaltsraum, schaukelte hin und her oder bewegte sich im seltsamen Rhythmus seines Tanzes der Verlassenheit. Die Augen starrten ins Leere, schienen nichts zu sehen. Wenn der Essensgong ertönte, trottete Robby mechanisch aus dem Pavillon und hielt sich auf dem ganzen Weg zum Speisesaal so fern wie möglich von den Kindern. Es sah aus, als prüfe er vorsichtig den Boden vor jedem Schritt, den er tat. Im übrigen zeigte er nicht das geringste Interesse daran, den Pavillon zu verlassen – ganz zu schweigen von Wanderungen auf den Hundsberg oder Abstechern zur Kantine. Erneut war er zu einer weit von allem entfernten Gestalt geworden – eigentlich noch weiter als zuvor –, und das Pflegepersonal, das seine Qual und Einsamkeit begriff, ließ ihn gewähren.

In jener Woche besuchte ich ihn täglich. Der Freitag war

besonders schön, und ich versuchte alles, um ihn aus seiner Erstarrung zu locken: Ich schlug ihm eine Wanderung vor, eine Fahrt zur Kläranlage, einen kurzen Spaziergang. Vergebens. Sein Sinn war verschlossen, und die Gefilde seines Geistes, in die er sich zurückgezogen haben mochte, waren meinen Bitten nicht zugänglich. Er lebte auf einer völlig anderen Wellenlänge.

In der Woche darauf änderte sich nichts. Jeden Nachmittag dachte ich mir eine neue mitreißende Botschaft für Robby aus, ging zum Pavillon, sagte mein Sprüchlein auf, saß in langem Schweigen da und kehrte schließlich unverrichteter Dinge zurück. Ich konnte spüren, wie sich die Enttäuschung ausbreitete, die Unruhe wiederkehrte und die Zweifel sich erneut meldeten. Immer wieder sagte ich mir: Ich habe es schon einmal geschafft, ich schaffe es wieder. Es muß eine Lösung geben, einen Weg, an ihn heranzukommen . . . Einige Wochen später hatte ich einen Zusammenstoß mit Dr. Conable. Er hatte in der Absicht, Robbys Zustand zu stabilisieren, allerlei Präparate ausprobiert, ohne daß eines davon im Verhalten des Jungen eine Änderung bewirkt hätte. Inzwischen war auch das Pflegepersonal zögernd zu seiner Meinung gelangt, Robby sei zu seinem früheren Zustand regrediert. Ich hatte während der Besprechung nicht viel gesagt, doch gerade, als ich an das Pflegepersonal appellieren wollte, sie sollten Geduld üben, nicht gleich das Schlimmste annehmen und Robby etwas mehr Zeit lassen, klappte Conable Robbys Akte hörbar zu.

»Ich fürchte, an Robert Harris kommen wir nicht ran. Weitere chemotherapeutische Möglichkeiten wüßte ich nicht. Vielleicht würde eine Schockbehandlung etwas nützen. Einen Versuch wäre es wert, denn immerhin ist der Junge praktisch katatonisch, wie eine Statue.«

Unbehagliches Schweigen legte sich über den Raum. Conable hatte schon die Unterlagen des nächsten Patienten zur Hand genommen, sah aber von ihnen auf, weil er offensichtlich spürte, daß etwas nicht in Ordnung war. Aufmerksam ruhte sein Blick auf mir.

»Dummes Zeug!« explodierte ich. »Das würde den Jungen so weit zurückwerfen, daß er *nie* wieder in die Wirklichkeit zurückfände!« Ich merkte, daß mein Gesicht gerötet war.

Niemand sprach. Das Schweigen wurde schier unerträglich. Debbie Shaw unterstützte mich. »Ich meine, Pat hat recht. Schockbehandlungen sind recht extrem. Es gibt noch andere Möglichkeiten, die wir ausprobieren sollten, bevor wir uns auf so etwas einlassen.«

Einige andere stimmten rasch zu.

»Nun, wir können warten«, sagte Conable in versöhnlicherem Ton. Offensichtlich hatte er keine so heftige Reaktion meinerseits und auch nicht soviel Widerstand vom Pflegepersonal erwartet. »Natürlich greift man zu einer solchen Therapie nur, wenn alles andere versagt hat, und bei Kindern wenden wir sie gewöhnlich nicht an. Aber wir werden vielleicht nicht umhinkönnen, auf sie zurückzugreifen . . .«

Irgend jemand brachte rasch die Sprache auf ein anderes Kind, das in letzter Zeit Schwierigkeiten gemacht hatte, und die Besprechung ging weiter. Ich warf Debbie durch den Raum einen dankbaren Blick zu, den sie lächelnd quittierte. Ich war in ihrer Schuld.

Nach der Besprechung entschuldigte ich mich bei Conable und er sich bei mir. Er gab zu, übereilt geurteilt zu haben, außerdem, sagte er, sei es beim Patienten eines Kollegen schlechter Stil. Widerwillig bestätigte ich ihm, daß er mit seiner Erklärung recht hatte – an Robby war nicht heranzukommen, ich sei in diesem Fall eben nicht besonders objektiv.

Als ich spät am Nachmittag in meine Wohnung zurückkehrte, mixte ich mir einen erfrischenden Drink, kuschelte mich in eine Sofaecke und überlegte, was ich mit dem bevorstehenden Wochenende anfangen sollte. Am folgenden Tag wollte ich am Strand ein wenig surfen, das hatte mir noch immer den Klopf klar gemacht. Vielleicht am Abend einen Film anschauen, etwas Ablenkung konnte nicht schaden. Ich sah zu, wie die Sonne langsam im Ozean versank, und hoffte, die Spannung, die sich im Laufe der Woche zwischen meinen Schulterblättern angesammelt hatte, würde endlich nachlassen.

12

Eine weitere Woche verging. Der Besuch von Robbys Vater lag jetzt fünf volle Wochen zurück. Niemand hatte seither etwas von ihm gehört, und ich nahm auch nicht an, daß er sich noch einmal in der Klinik blicken lassen würde. Im Gegenteil, ich ging davon aus, daß sich die Eltern Harris wie zuvor in keiner Weise um Robby kümmern würden. In jenen Wochen ging ich den Vorfall immer wieder in Gedanken durch. Robbys Gesicht – dieser totale Rückzug – stand dabei im Vordergrund, und der Zorn über das, was Mr. Harris angerichtet hatte, brannte sich wieder etwas tiefer ein. Schließlich schob ich eines Tages kurz vor Mittag meinen Drehsessel vom Schreibtisch zurück und sagte laut: »Hol's der Teufel, ich muß mal raus aus dieser Klapsmühle.«

Ich zog meine Jeans und Wanderstiefel an, die ich seit Wochen nicht mehr getragen hatte, nahm mein Lunchpaket und beschloß, in die Berge zu gehen. Unterwegs schaute ich rasch im Pavillon herein, um Robby zum Mitkommen aufzufordern. Er saß wie gewohnt im Aufenthaltsraum, schaukelte hin und her und war so versunken, daß er meine Anwesenheit nicht zu bemerken schien. Er verlangsamte seine Bewegung auch nicht, während ich zu ihm sprach.

»Ich muß einmal ausspannen und will auf den Hundsberg, Robby. Du bist jetzt auch schon über einen Monat nicht mehr draußen gewesen, und wenn du mitkommen möchtest, darfst du das gern tun. Ich gehe jetzt, und weil sonst niemand hier ist, laß ich die Tür ein paar Minuten offenstehen, falls du es dir noch überlegen solltest.«

Ohne seine Reaktion abzuwarten, wandte ich mich um,

ging den Korridor entlang und öffnete die Haustür. Glücklicherweise waren die meisten Kinder beim Mittagessen, so daß die Station praktisch verlassen dalag. Ich bat Chuck, ein Auge auf Robby zu haben und die Tür wieder zu schließen, wenn es nicht so aussah, als wolle er noch hinausgehen. Als ich das Loch im Zaun erreichte, warf ich durch die Büsche einen Blick zurück: Die Tür zu Pavillon 4 war wieder geschlossen und von Robby nichts zu sehen.

Je näher ich dem Berg kam, desto wohler wurde mir. Ich folgte einem schmalen Weg und beschloß, durch das ausgetrocknete Flußbett ein Stück um den Berg herumzugehen und dann erst hochzusteigen.

Meine Tüte mit dem Proviant in der Hand, blieb ich gelegentlich stehen, um den kräftigen Duft einzuatmen, der von den Sträuchern der Immergrünen Bärentraube ausging, die auf dem felsigen Boden gedieh. Je höher ich stieg, desto karger wurde die Vegetation, und schließlich kam ich zu dem mir so vertrauten Weg, der zur Zitronenpflanzung führte. Bald darauf durchquerte ich die Pflanzung, machte auf der anderen Seite eine kurze Rast und lehnte mich an einen Felsblock, um etwas Atem zu schöpfen, bevor ich den eigentlichen Anstieg begann.

Ich wischte mir gerade den Schweiß von der Stirn, als mir auf der anderen Seite der Pflanzung, unterhalb des Gehölzes, eine Bewegung auffiel. Vielleicht ein Stück Rotwild? Robby und ich hatten hier gelegentlich Wild beobachtet und einmal sogar einen Fuchs durchs Unterholz huschen sehen. Ich blickte aufmerksam hinüber.

Ein wehendes kariertes Hemd kam hinter einem Gebüsch zum Vorschein, und Augenblicke später betrat eine kleine Gestalt mit gesenktem Kopf die Zitronenpflanzung, durchquerte sie zielstrebig und schritt, nach einem kurzen Seitenblick auf einen in seiner Nähe stehenden

Zitronenbaum, weiter – direkt auf mich zu.

Es war Robby! Ich wandte mich rasch um und setzte meinen Weg fort, weg von ihm. Während des Aufstiegs jubilierte ich innerlich. Er mußte sich aus dem Pavillon geschlichen und hinter dem Gebäude versteckt habe, bis ich durch den Zaun gekrochen war. Und jetzt hatte er mich eingeholt, weil er unseren gewöhnlichen Weg genommen hatte, der geradewegs auf den Gipfel führte. Vielleicht – so meine Hoffnung – vermochte die Lockung des Hundsbergs Robby wieder dem Leben zu öffnen. Es fiel mir schwer, mich nicht umzudrehen und zu sehen, wie weit bzw. nah er hinter mir war. Aber die Stimme der Vernunft und der Vorsicht warnte mich: ruhig bleiben, nicht zu viel erwarten! Laß die Dinge laufen, laß Robby bestimmen, wie es weitergehen soll.

Voller Freude erreichte ich den Gipfel und setzte mich auf den Felsen, auf dem ich mich gewöhnlich auszuruhen pflegte. Vom Hang hinter mir hörte ich seine Stiefel im losen Geröll. Obwohl die Spannung in mir wuchs, ließ ich, äußerlich ruhig, den Blick weiter über das Tal schweifen. Dann ging Robby, keine zwei Meter entfernt, mit entschlossenem Gesicht an mir vorbei.

»Hallo, Robby«, grüßte ich ihn, »du bist also doch noch gekommen«.

Er blieb mit gesenktem Kopf stehen und tat so, als müsse er mit der Schuhspitze einige Steinchen in einer bestimmten Weise anordnen. Mit der gewohnten eintönigen Stimme verkündete er: »Hunzpeah gehn.« Dann wandte er sich um, ging zu seinem Felsen hinüber, setzte sich, holte tief Luft und umfaßte mit seinem Blick, wie früher auch, die dunstverhangenen Täler bis hin zum silbrig in der Ferne glitzernden Ozean.

Ich sagte nichts mehr. Die kühle Seebrise umfächelte

uns, und weiter nördlich konnte man an der Küste eine Nebelbank beobachten, die die Grenze zwischen Land und Meer verschwimmen ließ. Es genügte, einfach eine Weile so dazusitzen und den wunderschönen Anblick da unten seine heilende Wirkung ausüben zu lassen. Das war möglicherweise die Art Therapie, deren Robby gegenwärtig am meisten bedurfte. Ich war gewillt, geduldig zu bleiben, ihm den nächsten Schritt zu überlassen und einfach da zu sein, sollte er mich brauchen. Nach und nach wurde sein Gesichtsausdruck gelöster, und die übergroße ängstliche Vorsicht schien von ihm abzufallen.

Mit einem Mal merkte ich, daß ich Hunger hatte, und mir fiel mein Lunchpaket ein. Auch Robby hatte bestimmt keine Zeit gehabt zu essen. Es raschelte, als ich die Tüte öffnete und ein Sandwich auspackte. Ich teilte es in der Mitte, blickte auf und merkte, daß Robby hersah.

»Möchtest du auch was haben, Robby? Bergsteiger müssen ordentlich essen. Hier . . .«, und ich hielt ihm den größeren Teil entgegen, in der Hoffnung, die leichte Brise würde ihm den verlockenden Geruch zutragen.

Das schien auch der Fall zu sein, und Robby konnte nicht widerstehen. Er sprang fast von seinem Felsen hoch, riß mir das Brot aus der Hand und begann, es hinunterzuschlingen.

»Nicht so hastig, Robby. Niemand nimmt es dir fort. Man könnte glauben, daß du da unten ewig nichts zu essen bekommen hast.«

Robby fuhr fort, das Sandwich geräuschvoll in sich hineinzustopfen, und seine Augen folgten meinen Bewegungen, als ich aus der Thermosflasche etwas Eistee in den Becher goß.

»Möchtest du etwas trinken?«

Er nickte eifrig und hörte auch nicht auf zu kauen, als er

mir den Becher aus der Hand nahm. Er stürzte den Tee hörbar schluckend hinunter und gab mir dann den Becher zurück.

Ich lachte und schüttelte den Kopf. »Möchtest du noch etwas Tee? Er ist gut, nicht?«

Er nickte abwesend und konzentrierte sich wieder auf sein Brot. Ich goß ihm einen zweiten Becher Tee ein. Als ich meinen Teil des Sandwichs fast aufgegessen hatte, fragte ich ihn: »Möchtest du meinen letzten Bissen, als kleines Geschenk für deine Freundschaft und weil du heute mit mir hergekommen bist?«

Robby nahm das Stückchen und auch eine Hälfte der Apfelsine, die ich geschält hatte.

»So ein Picknick hier oben ist gar nicht schlecht, was, Robby? Das sollten wir ruhig öfter tun. Was meinst du – möchtest du das gern?«

Ein bekräftigendes Nicken.

»Gut, wird gemacht. Und, Robby . . . es ist wirklich schön, meinen Bergkameraden wieder bei mir zu haben. Ich möchte, daß du das weißt. Du hast mir gefehlt.«

Robby schaute zu mir rüber, unsere Blicke kreuzten sich, und ich sah das Vertrauen in seinen Augen. Wir blieben still noch eine Weile sitzen, bis es für mich Zeit zum Aufbruch war. Ich faltete meine Essenstüte zusammen und sagte: »Robby, ich muß zurück. Wenn du hierbleiben möchtest, darfst du das gern tun.«

Ich schnürte meine Stiefel sehr sorgfältig, um ihm Zeit zum Überlegen zu geben, stand dann auf und machte mich auf den Rückweg. Robby folgte mir und hielt sich während des ganzen Abstiegs in meiner Nähe. In der Zitronenpflanzung angekommen, blieb ich stehen und fragte ihn, ob er eine Zitrone wolle. Kopfschüttelnd sagte er: »Nööö«, und wir folgten weiter dem Pfad bergab, zwängten uns durch

158

den Zaun und kehrten zum Pavillon zurück. Ich schloß die Tür auf und hielt sie fest, während Robby sich hineinschob und zu seinem Zimmer ging.

»Bis morgen, mein Freund« sagte ich.

Chuck und Jody warteten mit einigen anderen auf der Pflegestation und stellten mir Fragen über Fragen. Es stellte sich heraus, daß Robby etwa zwanzig Minuten nach meinem Weggang aus dem Pavillon gestürmt war, als Jody einer Gruppe von Kindern, die vom Essen zurückkehrten, die Tür öffnete. Jody hatte an sich halten müssen, um ihn nicht zurückzurufen, als sie sah, wie er auf den Zaun zurannte.

Alle waren voll stiller Zufriedenheit, und als ich, bevor ich an meinen Schreibtisch zurückkehrte, noch einen Blick in Robbys Zimmer warf, erlebte ich eine weitere große Freude. Auf meine Frage, was er morgen tun wolle, antwortete er: »Moagn Hunzpeah gehn.«

Am nächsten Tag holte ich Robby ab und ging mit ihm zuerst zum Schulpavillon, wo er etwas zeichnen sollte. Ich wollte gern sehen, ob seine Bilder etwas über die vergangenen Wochen aussagten – und wenn ja, was. Er machte sich sofort an die Arbeit und fertigte ohne besondere Aufforderung zwei Zeichnungen an. Die erste kommentierte er mit »Baaum«.

Dieses Bild hatte er schon früher gezeichnet, nur daß diesmal bezeichnenderweise keine Menschen darauf zu sehen waren. Die quer über das Blatt laufende Boden- und Horizontlinie ließ nur einen schmalen Streifen Landschaft übrig, die äußerst unwirtlich aussah: Der Stamm des Baumes gabelte sich, und zu beiden Seiten saß ein Geflecht aus Ästen und Zweigen, das einem Gitter ähnelte -- an ihnen saß kein einziges Blatt. Ich vermutete, daß sich darin

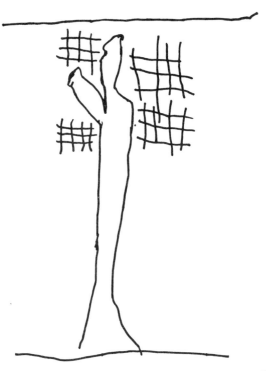

Robbys Regression spiegelte, seine Versuche, die Welt auf eine handhabbare Größe zu reduzieren. Das aber bedeutete, sie möglichst einfach zu halten, keine Menschen darin auftreten zu lassen.

Das nächste Bild zeigte den von ihm schon häufig gezeichneten Pavillon. Auch diesmal waren keine Menschen zu sehen, lediglich ein einsames Strichmännchen schaute aus dem Fenster. Ich nahm an, daß es Robby selbst darstellen sollte. Die winzige Gestalt stand in keinem Verhältnis zur Größe des Hauses, und auch das spiegelte wohl Robbys Gefühl der Ohnmacht wider, zeigte, daß er leicht durch Kräfte zu überwältigen war, die von außen auf ihn einwirkten. Möglicherweise war es auch von Bedeu-

tung, daß dieser Mensch – wie Robby selbst so häufig – die
Welt aus der relativen Sicherheit des Hauses heraus betrachtete.

Ich fragte ihn nicht, weil die Bilder mir alles sagten, was
ausgedrückt werden sollte – ich hatte hier einen Zugang zu
Robbys Seele.

Den nächsten Monat hindurch konzentrierte ich mich
darauf, Vertrauen zurückzugewinnen, und ließ Robby entscheiden, was wir taten. Allmählich ging er auch wieder
zur Schule und teilte sich dem Pflegepersonal wieder mit.
Zweimal in der Woche kletterten wir auf den Hundsberg,
und gelegentlich ergriff Robby meine Hand, damit ich ihn
hochziehen konnte, und half mir seinerseits, wenn ich ihn

161

darum bat. Schließlich, zweieinhalb Monate nach dem unerwarteten Auftauchen seines Vaters, schien Robby durch eine Zeichnung, die uns beide auf dem Weg zum Hundsberg zeigte, anzudeuten, daß er wieder so weit war wie vor jenem Besuch.

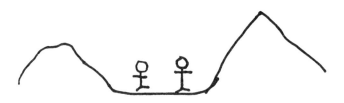

Ich betrachtete die Zeichnung einen Augenblick lang aufmerksam. Robby, der nicht gewöhnt war, auf mein Lob warten zu müssen, sah hoch und begegnete meinem Blick.

»Das ist wirklich ein hübsches Bild, Robby . . . Ich freue mich sehr, daß ich uns beide wieder gemeinsam auf den Hundsberg gehen sehe . . .«

In Scotts Büro seufzte ich tief auf. »Gott sei Dank, es ist geschafft. Aber knapp war's.«

»Das kann man wohl sagen«, stimmte Scott zu. »Und nicht nur für Robby. Manchmal hab ich gedacht, Sie seien drauf und dran, seinem Vater einen Killer auf den Hals zu hetzen.«

»Ja, ich war aufgebracht, enttäuscht – und auch wütend. Aber ich hab eine Menge gelernt. Nur hätte ich es lieber gesehen, es wäre nicht auf Robbys Kosten gegangen.«

»Aber immerhin hat Robby es wieder gepackt«, gab Scott zurück. »Das ist das Entscheidende. Es weist auch noch auf etwas anderes hin.«

»Und das wäre?«

»Daß Robby mit Widerständen fertig werden kann. Nicht nur Sie haben etwas gelernt – Robby hat während dieser Phase eine ganze Menge über *sich selbst* gelernt. Er hat Kräfte, von denen er nichts ahnte, und er hat sie nutzen können. Er hat auch entdeckt, daß es jemanden gibt, dem er vertraut. Und das, Herr Kollege, weist uns den nächsten Schritt.«

»Spieltherapie.«

»So ist es. Dabei werden wir merken, ob Robby noch ein paar Schritte weitergehen kann.«

13

Der Raum, den wir in Merrick für die Spieltherapie
benutzten, ähnelte mehr einer ehemaligen Waschküche als
einem psychotherapeutischen Behandlungsraum. Der lind-
grüne Fliesenboden und die halbhoch gekachelten Wände
ließen sich leicht reinigen und gelegentlich auch mit dem
Schlauch abspritzen; in einer Ecke befand sich ein flaches
Wasserbecken, und daneben stand ein robuster Holz-
schrank mit einer großen Auswahl an Spielen und Spielzeug: Handpuppen aus Gummi, mit denen man unter
anderem eine Familie darstellen konnte – bestehend aus
Großeltern, Eltern, Brüdern und Schwestern –, sowie ein
wild dreinblickendes Krokodil, ein einäugiger Wolf, ein
freundlich aussehender, aber keiner bestimmten Rasse
zuzuordnender Hund sowie ein Drache mit einem nahezu
abgekauten Schwanz. Außerdem standen Bauklötze zur
Verfügung, einfaches Holzspielzeug, Damebretter, Wasserfarben und Malstifte, Modellierton, Zündplättchenpi-
stolen, ein »entschärftes« Luftgewehr und anderes mehr.

In einer Ecke stand eine kleine Sandkiste und an einer
Wand ein über ein Meter hohes, mit Schaumgummi aus-
gestopftes Stehaufmännchen in Clownsgestalt. Es hielt den
Kopf zur Seite geneigt, da dieser nach zahllosen Enthaup-
tungen mit Heftpflaster wieder angeklebt worden war, und
blickte – verständlicherweise – stets ein wenig perplex
drein. An einigen Stellen quoll die Schaumstoff-Füllung
heraus. Ganz gleich jedoch, wie oft die Kinder ihn ver-
stümmelt und mit Wurfgeschossen bombardiert hatten,
stets behielt es sein fröhliches Aussehen. Das konnte man
vom Therapeuten nicht immer sagen.

An der einen Seite des langen, niedrigen Tisches stand

eine Staffelei mit glänzenden Papierbogen, auf die man zeichnen oder mit Fingerfarben malen konnte, und zur Linken lag das Spiegelfenster, das nur in eine Richtung Durchblick gewährte. Es war durch ein Drahtgitter geschützt, das an zahlreichen Stellen eingebeult war, das Glas selbst jedoch hatte allen Stürmen getrotzt, auch wenn Farbspuren und einige Tonreste ihren Weg durch das Gitter gefunden hatten. Gelegentlich schnitten Kinder vor diesem »Spiegel« Grimassen, ohne zu ahnen, daß auf der anderen Seite Beobachter Notizen oder zur späteren Auswertung Videoaufnahmen machten von all dem, was da vor sich ging.

Viele betrachten das Spiel von Kindern als bloßen Zeitvertreib, als unkompliziertes, nicht zielgerichtetes Tun, eine der Freuden der Kindheit, die man ungestraft genießen darf, bis man vom Ernst des Erwachsenenlebens eingeholt wird. Wer einer Gruppe von Kindern beim Spiel zuschaut, mag das auch denken – in Wirklichkeit jedoch ist das Spielen von entscheidender Bedeutung für die Entwicklung eines Kindes. In vielen Fällen ist die Unfähigkeit, allein oder zusammen mit anderen Kindern zu spielen, ein bedeutsames Symptom.

Nicht nur drücken sich Kinder im Spiel selbst aus, sie lernen auch, was sie für die gesellschaftliche Interaktion brauchen, lernen, mit anderen Menschen umzugehen. Sie probieren aus, wie man sich durchsetzt, kanalisieren im Wettstreit Aggressionen, und vor allem kommen sie in Kontakt mit dem anderen Geschlecht. Spielen ist weit komplexer, als man entsprechend der Redensart, etwas sei »ein Kinderspiel«, annehmen sollte.

Darüber hinaus besitzt das Spiel noch eine weitere, gleichermaßen wichtige Dimension. Das Kind spürt, daß das Ausweichen in Phantasiespiele der sicherste Weg ist, beängstigende Vorstellungen oder feindliche Situationen zu bewältigen. Der größte Vorteil dabei ist, daß das Kind die Situation »im Griff« behält. Wird ein Ungeheuer zu furchterregend, kann das Kind es einfach »fallenlassen« und seine Aufmerksamkeit etwas anderem zuwenden. Enttäuschung und Wut lassen sich durch ein vom Krachen aufeinanderprallenden Spielzeugs untermaltes strenges Selbstgespräch abreagieren.

Ich wohnte einmal in der Universitätsklinik einer Spieltherapie-Sitzung bei, in deren Verlauf ein Vierjähriger, der sorgfältig Bausteine aufeinandergestapelt hatte, bis sie einen hohen und recht wackligen Turm bildeten, in dem Augenblick, da dieser Turm nach Drauflegen eines weiteren Steins in sich zusammenstürzte, die Klötze mit wütenden Fußtritten durch das ganze Zimmer wirbelte und sie dabei anschrie: »Böse Steine! Böse, böse, BÖÖÖSE! Tut das ja nicht noch mal, oder ihr müßt auf euer Zimmer. Ohne Essen! Eine ganze Woche lang ohne Essen! *Habt ihr mich verstanden?!*« Man hörte förmlich seine Eltern sprechen. Dann nahm er, offensichtlich beruhigt, die Klötze wieder auf und machte sich still und sorgfältig daran, sie wieder aufeinanderzuschichten.

Da das Spiel eine der wichtigsten Möglichkeiten für das Kind ist, sich zu äußern, versucht die Spieltherapie auf den darin erkennbaren Ansätzen aufzubauen, indem sie für das gestörte Kind besondere Bedingungen schafft. Oft zeigen sich tiefsitzende Konflikte, angsterzeugende Phantasievorstellungen und gelegentlich auch traumatische Erlebnisse daran, welches Spielzeug ein Kind wählt, was es damit tut oder ihm während des Spiels sagt. Die miteinander in Widerstreit liegenden Kräfte im Kinde werden durch das Spiel nach außen getragen und erkennbar.

In allererster Linie aber bedeutet Spieltherapie Freiheit:

166

die Freiheit, etwas zu erforschen, etwas zu erproben, Empfindungen auszudrücken, ohne daß das Kind Angst haben muß vor Kritik oder vor Befehlen und Aufforderungen. In dieser Freiheit ist es dem Kind möglich, mit Unterstützung des Therapeuten Zutrauen zu seinem eigenen Urteil über die Dinge zu gewinnen und zu erkennen, wie man ändern kann, was änderungsbedürftig ist, oder hinzunehmen, was sich nicht ändern läßt.

Eine aktive Beteiligung Robbys an der Spieltherapie wäre also ein wirklicher Fortschritt gewesen. Allerdings – die Schwere seiner Störung, ihr frühes Einsetzen, daß er zuvor offensichtlich noch nie gespielt hatte – all das sprach gegen einen Erfolg. Dennoch: Da sich Robbys Verhalten im Prinzip deutlich gebessert hatte, war hier die Möglichkeit festzustellen, ob es weiterhin vorwärtsgehen würde.

Unmittelbar vor unserem zweiten gemeinsam erlebten Erntedankfest hatte ich damit begonnen, Robby auf die Veränderung in der Behandlung vorzubereiten, denn er sollte Zeit haben, sich darauf einzustellen. Zum ersten Mal sprach ich über die Spieltherapie, als wir auf dem Gipfel des Hundsbergs saßen. Robby sah mich mit einem seltsamen Blick an, als ich erwähnte, er werde bald etwas Neues tun dürfen. Zwei Wochen später, er war gerade zehn geworden, begannen wir mit der Spieltherapie.

Robby kannte das Spielzimmer schon; wir waren gelegentlich bei schlechtem Wetter dorthin gegangen, wenn wir ungestört zeichnen oder eine Zeitschrift in Ruhe durchblättern wollten. Mich hatte erstaunt, daß er nie das geringste Interesse an dem dort herumliegenden Spielzeug gezeigt hatte. Das aber, so hoffte ich, war eher zurückzuführen auf seine Inanspruchnahme durch das, was wir taten, als auf eine Unfähigkeit, zu spielen und der Phantasie freien Lauf zu lassen.

Scott hatte sich bereit erklärt, die entscheidenden ersten Sitzungen zu verfolgen, und er befand sich bereits im nebenan liegenden Beobachtungsraum, als Robby und ich das Spielzimmer betraten. Mit einem Gefühl des Unbehagens setzte ich mich auf einen der Kinderstühle; in dieser Stellung, die eigenen Knie in Augenhöhe, kam ich mir immer vor wie ein am Boden hockender Indianer. Erneut sprach ich mit Robby durch, was wir tun würden.

»Robby, wir werden jetzt zweimal in der Woche hierherkommen. Du hast bisher alles sehr gut gemacht, und ich möchte jetzt, daß du etwas Neues ausprobierst, weil ich sehen will, wie ich dir noch mehr helfen kann. Aber wir klettern natürlich weiter. Das versteht sich ja wohl von selbst, was?«

Ein heftiges, bekräftigendes Nicken.

»Gut, aber hier drin spielen wir – mit dem Spielzeug da hinten, wenn du möchtest. Du kannst aber auch malen, im Sandkasten spielen oder tun, wozu du sonst Lust hast. Du kannst mit allem spielen, was hier ist, Robby.« Ich legte eine Pause ein, denn ich mußte an einen Vorfall denken, der einige Monate zurücklag, als ich mit Robby einmal zum Zeichnen hergekommen war. Ich hatte den Raum einen Augenblick verlassen, und als ich zurückkehrte, sah Robby voller Vergnügen und fasziniert dem Wasserstrahl zu, der das kleine Becken an der Wand zum Überlaufen brachte. Er hatte offensichtlich denselben Gedanken wie ich, denn er drehte den Kopf sofort zum Waschbecken hin.

Ich mußte lächeln. »Das glaub ich, daß du dich daran erinnerst!«

»Rob Wassa üba ganzn Bodn!« stieß er erregt hervor.

»Das stimmt, wir mußten damals ziemlich viel aufwischen, hast recht.«

Er nickte begeistert. Allem Anschein nach erinnerte er

sich gut an den Vorfall. Robby nickte weiterhin heftig, offenbar in Erinnerung an das Vergnügen, das er empfunden hatte.

»Wassa laufn . . .«

»Klar, du kannst auch wieder das Wasser laufen lassen – aber nur, wenn du da hinten im Sandkasten damit spielen oder mit Wasserfarben malen möchtest.« So freundlich wie möglich fuhr ich fort, da ich keine Hemmungen aufbauen wollte: »Und nicht in den Wasserstrahl sehen . . .«

Erneut bewegte sich sein Kopf lebhaft auf und ab. Er warf einen letzten sehnsuchtsvollen Blick auf das Becken und den Hahn, bevor er sich weiter im Zimmer umschaute. Seinen Stuhl verließ er nicht. Ich sah ihm eine Weile schweigend zu und versuchte, ihn dann dazu zu bringen, ein wenig umherzugehen.

»In dem Schrank dahinten ist eine ganze Menge Spielzeug, Robby. Du kannst alles tun, was dir Spaß macht – dazu sind die Sachen da. Wenn du zeichnen möchtest, Papier und Buntstifte gibt es auch, und in der Ecke dort steht der Clown Bobo.«

Langsam stand Robby auf, tat ein paar Schritte und blieb dann zögernd am Spielschrank stehen. Ich hatte die Türen vorher geöffnet, und er musterte nun zurückhaltend die Bestände. Dann ging er weiter zum Sandkasten, auch ihn sah er nur an. Man merkte deutlich, daß er sich größte Mühe gab, nichts anzufassen.

Auf diese Weise besichtigte er alles, was es im Zimmer gab: die Staffelei, das Stehaufmännchen Bobo, das Wasserbecken und auch den Spiegel. Gelegentlich wandte er sich, nachdem er etwas einige Augenblicke lang betrachtet hatte, mit fragendem Blick zu mir um. Ich war nicht sicher, ob er nicht wußte, womit er anfangen sollte, oder ob ihm unklar war, wie er eine Verbindung zwischen der Tätigkeit des

Spielens und den verschiedenen Gegenständen herstellen konnte. Jedesmal, wenn er zu mir hersah, lächelte ich zurück. Er wollte offensichtlich von meinem Gesicht etwas ablesen und nahm dann seine Wanderung wieder auf. Nach etwa zwanzig Minuten wurde mir klar, daß Robby einfach Zeit brauchte, bis er sich in der Situation wohl genug fühlte, um irgend etwas zu beginnen, aus dem ein Spiel werden konnte.

Erneut versicherte ich ihm, daß er frei über alles verfügen und tun könne, was er wolle, und am Ende unserer dreiviertelstündigen Sitzung schien es, als habe Robby das Zimmer einige hundert Mal umrundet. Mir drehte sich fast der Kopf, aber ich blieb geduldig und ermunterte Robby immer wieder. Schließlich konnte ich mir vorstellen, wie Scott im Beobachtungszimmer saß, um zu sehen, wie sich der »auf rasche Erfolge erpichte McGarry« in der Kunst der Selbstbeherrschung übte.

Später beglückwünschte Scott mich zu meiner Langmut und meinte, daß er von Robby eigentlich nichts anderes erwartet hätte. Eine wirklich spontane Handlungsweise wäre ihm äußerst ungewöhnlich erschienen.

Die beiden nächsten Sitzungen waren Wiederholungen der ersten: Robby führte seine Erforschungsrunden durchs Zimmer fort. Gelegentlich streckte er die Hand nach Bobo aus und berührte ihn oder legte sie zögernd auf den kühlen Sand, bevor er rasch mit einem Ausdruck des Staunenes zu mir herübersah. Offensichtlich wurde die an sich vorhandene natürliche Neugier des Kindes immer wieder von einer äußerst starken Hemmung gebremst.

Mir fiel es sehr schwer, einfach nur dazusitzen und zu warten, bis Robby etwas unternahm. Doch es ist bei der Spieltherapie von größter Bedeutung, daß der Therapeut keine Anweisungen gibt, sondern das Kind spontan und

170

unbeeinflußt an die Dinge herangehen läßt. Nur in einer solchen Atmosphäre fühlt es sich hinreichend sicher, um seine Konflikte in Aktivitäten umzusetzen.

»Es fällt dir sicher schwer zu entscheiden, was du zuerst tun sollst, was?« sprach ich Robby mehrfach an. Er aber sah nur ausdruckslos zu mir rüber und fuhr dann mit seiner Inspektion fort.

Zwischen diesen Sitzungen bestiegen wir regelmäßig den Hundsberg, und auf unseren Wanderungen war Robby von gleichbleibender Wißbegierde, denn Fragen zu stellen hatte er inzwischen gelernt. Schließlich schlug Scott nach der dritten Sitzung vor, ich solle Papier und Buntstifte, mit denen Robby ja vertraut war, auf den Tisch legen und ihn auffordern, etwas zu zeichnen, falls ihm danach sei.

So geschah es bei der nächsten Sitzung. Robby strich eine Weile unentschlossen durch den Raum, setzte sich dann an den Tisch und konzentrierte sich während der nächsten Minuten auf seine Zeichnungen. Es schien ihm Freude zu machen, etwas zu malen und es mir zu zeigen. Wir gingen dann die uns bekannten Szenen gemeinsam durch. Offensichtlich war er nicht in der Lage, auf eigene Faust etwas neu zu erkunden.

Nach gut zwanzig Minuten kam ich zu der Ansicht, Robbys Passivität habe lange genug gedauert, und beschloß, ihn ein wenig zu steuern. Während er mir zusah, mischte ich Wasserfarben und stellte sie vor die Staffelei; ich nahm den Ton, knetete daraus einige tierähnliche Gestalten und ließ den Rest auf dem Tisch liegen; ich stapelte einige Bausteine so aufeinander, daß sie einen kleinen Bogen bildeten, und schob ein Spielzeugauto hindurch. Ich stupste sogar Bobo einige Male an, und Robby sah fasziniert zu, wie der Clown immer wieder in seine Ausgangslage zurückschnellte.

»All das kannst du auch tun, Robby. Du kannst mit jedem dieser Spielzeuge spielen. Tu, wozu du Lust hast: mal, bau mit Klötzen, spiel mit Bobo, ganz egal . . .«

Robby schob sich zum Spielschrank hin, an dem ich lehnte.

»Was das?« fragte er und nahm einen weichen, ziemlich abgewetzten Gegenstand mit rotkariertem Hemd in die Hand.

»Eine Puppe, Robby. Sie heißt Lumpenhannes . . .«

Er legte die Puppe vorsichtig zurück und nahm ein Stückchen rosafarbenen Modellierton auf. Er drehte ihn zu einer kleinen Kugel, die er zwischen den Fingern hielt und an seiner Nase vorbeiführte. Ich hütete mich, etwas zu sagen, als er die Kugel mißtrauisch beleckte. Nachdem er seine Untersuchung auf diese Weise beendet hatte, legte er den Ton zurück auf den Tisch. Er tat einige Schritte von mir fort, streckte die Hand nach dem Gummidrachen aus, zögerte, zog die Hand zurück und kam wieder zu mir rüber.

Robby ließ sich einfach nicht zum Spielen bewegen, und ich unterhielt mich mit Scott lange darüber, was man tun könnte. Schließlich schloß sich Scott meinem Vorschlag an, daß ich doch die Initiative ergreifen sollte. Mehr und mehr hatte ich den Eindruck, ich müsse Robby zeigen, wie man spielt – sofern das möglich war.

Ich begann unsere nächste Sitzung mit den Handpuppen, stülpte mir auf jede Hand eine und ließ sie eine Unterhaltung miteinander führen, in deren Verlauf sie die Hoffnung ausdrückten, daß Robby mit ihnen spielen werde. Er folgte der Unterhaltung von Krokodil und Hund aufmerksam und sah jeweils zu der Puppe hin, die ich gerade sprechen ließ, dann wieder zu mir. Da die Sache Robby nicht gleichgültig zu lassen schien, gab ich ihm den

Hund und zeigte ihm, wie er mit der Hand hineinfahren mußte. Dann fing das Krokodil wieder an zu sprechen.

»Hallo, Hund!« Das Krokodil nickte kräftig, aber der Hund verharrte stumm und bewegungslos.

»He, Hund, ich hab ›Hallo‹ zu dir gesagt! Kannst du nicht auch ›Hallo‹ zu mir sagen? Hallo.«

Aber Robby blieb stumm.

Ich beharrte. »Hund, wie heißt du?«

Keine Reaktion.

Das Krokodil unternahm einen neuen Anlauf. »Ich glaub, ich weiß, woher du kommst. Du wohnst auf dem Hundsberg, dahinten, wo Robby und Pat immer raufklettern. Stimmt's?«

Robby sah mich an, offenkundig freute er sich, seinen Lieblingsplatz erwähnt zu hören.

»He, Hund, sprich mit mir. Kommst du vom Hundsberg?«

Aber sooft ich es auch versuchte, Robby brachte es nicht fertig, sich in die Handpuppe hineinzuversetzen.

»Na«, ließ ich das Krokodil schließlich sagen, »viel redest du ja nicht, aber ich werde schon ganz heiser. Schüttel doch einfach den Kopf, damit ich weiß, ob du überhaupt gehört hast, was ich gesagt hab!«

Robby sah auf den Hund und wartete geduldig darauf, daß dieser den Kopf schüttelte. Schließlich faßte ich Robbys Handgelenk und drehte es, so daß sich der Kopf des Hundes bewegte.

»Na *prima*!« lobte das Krokodil.

Eigentlich nicht, dachte ich. Das meinte auch Scott.

14

Weihnachten bewirkte in den Kinderpavillons stets eine wundersame Verwandlung. Statt der üblichen tristen Einheitsfarbe herrschte eine bunten Vielfalt, denn Türen, Wände und sogar die Decken waren mit glänzendem Lametta und rotem und grünem Kreppapier geschmückt, und hier und da rundeten Stechpalmenzweige mit roten Beeren das farbenprächtige Bild ab. Die über die Kliniklautsprecher abgespielten Weihnachtslieder setzten sich erfolgreich gegen das Grundrauschen der Anlage durch.

In Robbys Pavillon stand ein großer künstlicher Weihnachtsbaum nahe der Pflegestation, von wo aus man seinen Schmuck und seine Beleuchtung überwachen konnte. Unter ihm stapelten sich buntverpackte Geschenke. Einige der Kinder reagierten überhaupt nicht auf die plötzliche Veränderung in ihrer Umgebung und strichen wie schlafwandelnd durch ihren Pavillon – höchstens daß sie gelegentlich einen Plastik-Weihnachtsstern in den Mund nahmen. Andere hingegen wurden immer aufgeregter, je näher Weihnachten rückte.

Am Tag vor dem Fest fand kein Unterricht statt, und kurz nach zwölf wurden die Kinder in den Speisesaal geführt, wo sie rasch ihre belegten Brote hinunterschlangen. Bald erfüllte Vorfreude den ganzen Raum. Mit einemmal ertönten Schlittenglocken vom Korridor her – der Weihnachtsmann kam. Diese Rolle wurde alljährlich mit sichtlichem Behagen von einem Helfer aus der Psychiatrie gespielt, der durch seine ungewöhnliche Leibesfülle geradezu prädestiniert dafür schien. Nach wenigen Minuten schon hatte er die Kinder soweit, daß sie Weihnachtslieder sangen, wenn auch die meisten nur falsch mitsummten

oder ihren eigenen Text brabbelten. Mitglieder des Pflegepersonals eilten durch den Raum und versuchten, die
gestörteren Kinder, die abwesend vor sich hin stierten,
ebenfalls in die festlichen Vorgänge einzubeziehen.

Auch ich bewegte mich unter den Kindern und fing
gelegentlich Robbys suchenden Blick auf. Selbstverständlich kannte er keine Weihnachtslieder, er wirkte fahrig und
schien sich unbehaglich zu fühlen. Mit leiser Trauer dachte
ich daran, daß Weihnachten oder der Weihnachtsmann
ihm, wie auch zahlreichen anderen Kindern hier, nichts
bedeutete. Immerhin nahm er teil – im vorigen Jahr war er
auf seinem Zimmer geblieben . . . Schließlich ging ich zu
ihm und setzte mich neben ihn.

»Ist das nicht schön, Robby, wenn der Weihnachtsmann
hier ist und du Kekse und Eis essen kannst?«

Robby sah von der zweiten Portion Eis auf, bei deren
hastiger Vertilgung er recht viel danebengekleckert hatte.
Offensichtlich wollte er mehr, denn mit den Worten:
»Noch Schoklad, Pot«, schob er mir die Schale hin.

»Nicht alles auf einmal, Robby.« Er wandte sich ab und
strampelte, als ich versuchte, ihm mit einer Serviette, die
ich befeuchtet hatte, die Schokoladenreste aus dem Gesicht
zu wischen. Dann legte ich ihm die Hände auf die Schultern und schob ihn zur Mitte des Raumes hin, wo sich
schon einige Kinder um den Weihnachtsmann geschart
hatten. »Schau nur, der Weihnachtsmann verteilt gleich
Geschenke. Siehst du, jetzt macht er seinen Sack auf.«

Robby sah unlustig zu, wie der Weihnachtsmann von
einem Tisch zum anderen ging und bunte Päckchen überreichte. Man hörte reißendes Papier, und gelegentlich
ertönte ein Jubelschrei. Lehrer, Helfer und Schwestern
eilten von Tisch zu Tisch, halfen den Ungeschickteren beim
Öffnen ihrer Päckchen, nahmen bisweilen die schwerfälli-

gen Kinderhände in ihre eigenen und lösten mit ihnen zusammen Knoten und falteten Papier auseinander. Schließlich schob sich der Weihnachtsmann durch unseren Gang und kam direkt auf uns zu, als er Robby erkannt hatte.

»Nun, hier haben wir einen jungen Mann, der heute eine Überraschung verdient hat. Ich freue mich, daß du in diesem Jahr gekommen bist, Robby.«

Ich konnte spüren, wie Robby Schultern sich verkrampften, als der Weihnachtsmann sich ihm näherte, und so flüsterte ich ihm zu: »Keine Angst, er will dir nur etwas schenken. Es ist alles in Ordnung – ich bin doch auch da.«

Gemächlich kniete sich der Weihnachtsmann neben ihn. »Robby, ich hab gehört, daß du Zeichnen gelernt hast und sogar um Dinge bittest. Donnerwetter . . . das ist *wirklich* gut, und hier hast du ein hübsches Geschenk!« Er griff in den Sack und zog ein in mit lächelnden Schneemännern und Rentieren bedrucktes Papier gewickeltes Päckchen hervor. »Fröhliche Weihnachten, Robby.«

Zögernd nahm Robby das Geschenk entgegen und drehte sich dann langsam zu mir um. Offensichtlich verwirrte ihn das Ganze. Unsicher sah er von mir zu seinem Päckchen und dann wieder zum Weihnachtsmann, der seinen Weg durch die Tischreihen fortsetzte. Schließlich wandte Robby seine Aufmerksamkeit der Schleife zu und stieß sie vorsichtig mit dem Zeigefinger an. Als nichts geschah, beäugte er sie mißtrauisch.

»Nur zu, Robby, mach's auf. Schau doch nach, was drin ist«, ermutigte ich ihn. »Es ist für dich.«

Aber Robby verstand nicht, worum es ging, so daß ich ihm schließlich zeigte, wie er die Umschnürung lösen und das Papier entfernen konnte. Nachdem das geschehen war, kam ein Karton zum Vorschein, durch dessen Cellophan-

deckel man einen leuchtendroten Lastwagen sehen konnte.
Ich hob ihn vorsichtig aus der Schachtel und gab ihn Robby
in die Hand. Er schien ihn zu interessieren, er drehte ihn
um und um und untersuchte ihn aufs gründlichste.

»Mann, das ist ja wohl ein schöner Lastwagen, was,
Robby? Du mußt ja großen Eindruck auf den Weihnachtsmann gemacht haben!«

Robby begriff immer noch nicht richtig, was vorging,
aber sein Interesse war unverkennbar geweckt.

»Laswahn?«

»Lastwagen, Robby«, wiederholte ich betont sorgfältig.
»Ein Spielzeug-Lastwagen – genau wie die großen, die die
Lebensmittel bringen. Jetzt hast du einen eigenen Lastwa-
gen zum Spielen.«

In dem Augenblick kam ein anderes Kind vorbei, sah den
funkelnagelneuen Lastwagen, griff danach und versuchte,
ihn Robby fortzunehmen. Wie der Blitz legte sich sein
Arm um den Lastwagen, er riß ihn an sich und beschützte
ihn mit seinem Körper.

»Laswahn . . .«, flüsterte er und streichelte seinen
neuen Schatz förmlich mit diesem Wort.

Als schließlich alle Geschenke verteilt waren, forderte
der Weihnachtsmann die Anwesenden auf, mit ihm
zusammen *Stille Nacht* zu singen. Die meisten Kinder
sahen jetzt bereits neugierig umher, um festzustellen, was
die anderen bekommen hatten, und es war auch schon, wie
leicht vorauszusehen, zu einigen Streitereien gekommen.
Nach zwei Stunden im Speisesaal wurden die Kinder
zunehmend unruhig. Der Weihnachtsmann ergriff seinen
Sack und verschwand winkend durch die Tür; im darauf
folgenden Durcheinander suchten die Betreuer ihre Kinder
zusammen, um sie zum jeweiligen Pavillon zurückzube-
gleiten. Bald würden die ersten Eltern kommen.

Robby und ich gingen gemeinsam zu seinem Pavillon. Ich spürte, wie sein Unbehagen schwand, als wir den lärmenden Saal hinter uns gelassen hatten. Noch immer hatte ich kein Wort von seinen Eltern gehört, also würde dies Weihnachten für Robby genauso sein wie alle vorherigen. Er würde in der Klinik bleiben – angesichts der Umstände wohl die beste Lösung.

Die nächsten Stunden herrschte auf dem Klinikgelände geschäftiges Treiben. Angehörige fuhren vor, um ihre Kinder zu holen, und der Parkplatz war bald überfüllt. Die Eltern bekamen große Papiertüten, die die Kleidung ihrer Kinder enthielten und mit dem Namen des Kindes gekennzeichnet waren, außerdem kleine braune Umschläge mit den Medikamenten für das lange Wochenende.

Am Spätnachmittag hatte sich eine seltsame, ungewohnte Stille über Pavillon 4 gelegt. Ich ging den langen Gang zu Robbys Zimmer entlang, im Arm mein Weihnachtsgeschenk für ihn, das ich im Büro aufbewahrt hatte. Ich klopfte an und fragte: »Robby, darf ich hereinkommen?«

Keine Antwort.

Ich schob die Tür auf und schaute ins Zimmer. Robby saß, den Lastwagen im Schoß, auf seinem Stuhl und sah zum Fenster hinaus. Ich überlegte mir, ob er wohl beobachtet hatte, wie die vielen Autos auf dem Parkplatz ankamen und eines nach dem anderen Kinder mitnahmen. Anmerken ließ er sich nichts.

Ich ging zu seinem Bett, setzte mich darauf und legte das Geschenk neben mich. »War es heute nachmittag bei der Weihnachtsfeier schön? Hat dir der Weihnachtsmann gefallen?«

Er nickte abwesend, ohne den Blick vom Fenster zu lösen. Ich konnte niemanden draußen sehen.

»Und dein Lastwagen? Gefällt dir das Geschenk, das der Weihnachtsmann dir gebracht hat?«

Wieder ein leichtes Nicken. Er war erneut in eine andere Welt versunken. Irgend etwas Ungreifbares ging in ihm vor, und ich konnte lediglich den Versuch unternehmen, ihn davon zurückzureißen.

»Robby, sieh mich an.«

Sein Kopf wandte sich mir langsam zu, aber sein Blick war nach wie vor fern und starr.

»Robby, was ist mit dir?«

Weiter dieser Blick.

»Hallo, hörst du mich überhaupt, mein Freund? Bist du hier bei uns?«

Seine einzige Reaktion war ein rasches Augenzwinkern. Ich sah aufmerksam auf den düster dreinblickenden Jungen, ohne die plötzlich mit ihm eingetretene Veränderung zu verstehen. Was wohl hinter dieser undurchdringlichen Maske vorgehen mochte? Was auch immer es war, offensichtlich war er nicht imstande, es auszudrücken.

»Robby, warum kommst du nicht zu mir und setzt dich neben mich?« Ich klopfte ermunternd auf die Bettkante.

Auch darauf reagierte er nicht. Es war bedrückend zu sehen, wie er sich wieder von der Welt abgeschottet hatte. Seit der durch den Besuch seines Vaters ausgelösten Krise hatte er sich nicht mehr so verhalten. Ich konnte nur abwarten. Schließlich legte Robby einen Arm fest um seinen Lastwagen, stand langsam auf und schlurfte zum Bett hinüber. Mein Geschenk hatte er noch nicht beachtet.

Meine Hand auf seiner Schulter, saßen wir eine Weile schweigend im Dämmerlicht des späten Winternachmittags und lauschten den weihnachtlichen Klängen, die von ferne zu uns herüberdrangen.

»Bist du traurig, Robby?«

Ein leichtes Verkrampfen seiner Schultern war die Antwort.

»Man darf ruhig traurig sein. Es ist ein Teil des Lebens – hoffentlich nur ein kleiner. Manchmal macht einen etwas traurig, und das kann weh tun. Wenn das geschieht, ist nichts dabei, sich von anderen helfen zu lassen. Ich würde dir gern helfen, Robby. Läßt du mich?«

Robby saß starr und unbeweglich in der Wirrnis seiner Gedanken da. Nach einem weiteren längeren Schweigen sah er auf seinen neuen Besitz hinab.

»Laswahn«, murmelte er kaum hörbar. Er schien mit seinen Gedanken wieder dort zu sein, wo er sich befunden hatte, als ich ins Zimmer trat.

»Robby, morgen ist Weihnachten, da beschenken Freunde sich. Mit so einem Geschenk sagt man ›danke, daß du ein so lieber Mensch und ein so guter Freund warst‹. Deshalb hab ich meinem besten Freund und Kletterkameraden auch ein Geschenk mitgebracht.« Ich schob das Päckchen näher zu ihm hin und fragte: »Möchtest du es aufmachen?«

Robby sah mich an, als habe er erst jetzt meine Gegenwart bemerkt. Dann griff er zögernd nach der Schachtel und fuhr mit dem Finger darüber, um das erhabene Muster des Papiers zu erfühlen. Auch diesmal brauchte er Hilfe, und wir öffneten gemeinsam die nicht besonders gelungene Schleife, die ich fabriziert hatte. Als wir das Papier zurückschlugen, stand vor uns ein schwarzweiß karierter Karton, der über seinen Inhalt nichts verriet. Ich nahm seine Hände in meine, so daß er den Deckel abheben und neben die Schachtel legen konnte, woraufhin eine Lage hellgrünen Seidenpapiers sichtbar wurde. Er stupste das Papier einige Male zögernd an, fast schien es, als habe er Angst zu entdecken, was sich darunter verbarg. Schließlich faßte er sich ein Herz, zog das Papier beiseite und sah in die Schachtel. Seine Augen rundeten sich, als er ein Paar nagelneue, feste Wanderstiefel erblickte. Offenbar verstand er ihre Bestimmung sofort.

»Wandaschuh . . .«, flüsterte er.

»Fröhliche Weihnachten, Robby.« Ich spürte, daß ich gerührt war, und räusperte mich. »Vielleicht sind sie dir jetzt noch ein bißchen groß. Du mußt dann eben zunächst mal zwei Paar Socken tragen. Aber so, wie du wächst, passen sie dir sicher bald. Möchtest du sie anprobieren?«

Robby schien immer noch wie benommen, seine Augen waren geradezu unnatürlich geweitet, aber er brachte ein genicktes »Ja!« zustande. Er setzte sich rasch auf den Boden, riß seine alten, abgetragenen Schuhe von den Füßen und zog die neuen an, deren Leder noch steif war. Ohne daß er sich die Mühe machte, sie richtig zuzuschnüren, stapfte er im Zimmer umher, mit einem Schlage vergnügt wie ein Zaunkönig, weil er verstanden hatte, worum es ging. Als er etwa fünfzig Mal das Zimmer umrundet hatte, blieb er abrupt und keuchend an der Tür stehen.

»Wollen wir Chuck deine neuen Stiefel zeigen, Robby?«

Er nickte begeistert. »Ja, Chahk zeign!« sagte er. Er nahm seinen Lastwagen in die Hand, rannte auf den Gang und zur Pflegestation, wo man seine neuen »Schuh« und seinen »Laswahn« gebührend bewunderte. Lächelnd sah ich zu, wie Jody ihm den Lastwagen mit Weihnachtsgebäck vollud.

Doch bald merkte man, daß die Aufregung und das Treiben des Nachmittags für Robby zu anstrengend gewesen waren. Daher sorgte ich dafür, daß er auf sein Zimmer ging, um zu schlafen.

Während Chuck der entschwindenden kleinen Gestalt

nachsah, sagte er: »Das ist das erste Mal, daß Robby auf Weihnachten überhaupt reagiert hat . . . das allererste Mal. Früher hat er sich dann gerade verschlossen und ist jedem aus dem Weg gegangen.« Er schüttelte den Kopf. »Das muß man sich mal vorstellen: zehn Jahre alt und erlebt sein erstes Weihnachten . . .«

15

Ich war jetzt seit einneinhalb Jahren in Merrick. Meine Doktorarbeit machte gute Fortschritte, und ich hoffte, sie im Laufe des Sommers abschließen zu können. Erstaunlich, wie rasch die Zeit vergangen war, aber nichts machte mir das deutlicher als das Tempo, in dem Robby wuchs. Seine Hosen schienen ständig »Hochwasser« zu haben, und ich hatte den Eindruck, daß wir aus den in der Klinik verfügbaren Kleiderspenden mindestens einmal monatlich eine größere Hose oder ein größeres Hemd für ihn heraussuchen mußten.

Seine Aussprache wurde immer besser, und es war verblüffend, wie rasch er lernte, Wörter richtig aneinanderzureihen, als er erst einmal grundsätzlich zur verbalen Kommunikation bereit war. Da er mehrere Jahre lang völlig unartikuliert gesprochen hatte, ließ sich das nur dadurch erklären, daß seine Sprachfertigkeit beim Eintreten der seelischen Störung schon recht gut entwickelt gewesen sein mußte. Jetzt, nach kaum mehr als einem Jahr Übung, näherte sich seine Aussprache häufig schon einer normalen Sprechweise. Vielleicht bestand seine Sprachstörung lediglich in einer einfachen Entstellung, zu der es gekommen war, als er seine Sprache verinnerlichte und keine Rückkopplung mit anderen mehr zuließ. Jedenfalls zeigte sich auch an seiner Sprache, daß er keineswegs geistig zurückgeblieben war – ohnehin hatte ich in dieser Hinsicht nie einen Zweifel gehabt. Als er erst einmal gelernt hatte, etwas aufzunehmen, machte er sogar sehr rasche Fortschritte – glücklicherweise, denn Merrick hatte keinen Sprachtherapeuten, so daß wir gewöhnlich improvisierten.

Robbys beachtliche Fortschritte hatten dazu geführt, daß alle in der Abteilung Tätigen für seine Entwicklung großes Interesse zeigten, und wir hatten schon vor einer Weile damit begonnen, ähnlich aufgebaute Programme für einige der anderen Kinder auszuarbeiten. Bei den in diesem Zusammenhang erforderlichen Besprechungen war ich als Berater anwesend, weil ich mehr oder weniger durch Zufall einen Beitrag auf diesem Gebiet geleistet hatte.

Nach einer solchen Sitzung kam Chuck zu mir und vertraute mir kopfschüttelnd an: »Wissen Sie, um ganz ehrlich zu sein: Ich hätte *nie* gedacht, daß Sie irgendwas bei ihm erreichen würden. Wirklich unglaublich, wie sehr er sich verändert hat und sich immer noch ändert.«

So sehr mich die Bewunderung in Chucks Stimme freute, so verlegen machte sie mich auch. »Ich habe kein Geheimrezept, das war einfach Glück«, erklärte ich. »Und vor allem hat Scott mir immer die Stange gehalten, nachdem er mich überhaupt erst einmal so mit dem Fall vertraut gemacht hat, daß ich es einfach versuchen mußte. Später hat er an mein Durchhaltevermögen appelliert, und ihr anderen auf der Station habt mich immer wieder ermutigt, ja nicht aufzugeben.«

»Schon, aber trotzdem: Ich hätte nie gedacht, daß Sie bei ihm *irgendwas* erreichen würden! Und ich glaube, die meisten anderen hätten das auch nicht erwartet. Der Junge wird ja jetzt richtig lebendig. Er identifiziert sich mit Ihnen, geht, wie Sie gehen, und heute, ob Sie es glauben oder nicht, hab ich gehört, wie er ›verdammich‹ gesagt hat!«

»Sie scherzen. Ich könnte mir nicht vorstellen, wo er das herhaben sollte –«

»Ich auch nicht«, grinste Chuck. »Aber als ich heute morgen an seinem Zimmer vorbeiging, hab ich ein lautes

184

und deutliches ›Dommich‹ gehört. Ich hab einen Augenblick gezögert und dann zur Tür reingeschaut, und da stand Robby und versuchte, mit dem Reißverschluß an seiner Jacke zurechtzukommen. Der hatte sich verhakt, und er zerrte daran. Wahrscheinlich war er gerade so wütend, daß er etwas sagen mußte, aber als er merkte, daß ich's gehört hatte, war ihm das auch nicht recht. Ich hab ihm dann erklärt, daß das schon in Ordnung sei – ich hab es also, wie Sie sagen würden, verstärkt – und daß es besser wäre, als wenn er es in sich reinfräße.« Chuck machte eine Pause und lachte. »Jedenfalls fand ich es irre komisch, ihn plötzlich fluchen zu hören!«

Was Chuck sagte, bestätigte meine eigenen Beobachtungen: Robby schien in der Tat in eine neue Entwicklungsphase einzutreten. Vor einer Woche hatte ich es zum ersten Mal bemerkt. Wir waren gerade auf dem Weg zu einer Spieltherapie-Sitzung, als Billy, dessen Zimmer neben Robbys liegt, auf einem Fahrrad um die Ecke gesaust kam und »He!« rief.

»He, Bil-lii«, kam es umgehend von Robby zurück. Selbst Billy wandte sich erstaunt um. Robby, der früher niemanden gegrüßt hatte, sprach ihn mit Namen an!

Ich blieb stehen, sah Robby eine Weile an und ließ diese spontane Äußerung auf mich wirken. »Du, Robby, das war wirklich nett von dir, daß du ›He‹ zu Billy gesagt hast. Ich bin richtig stolz auf dich!«

Robby blickte auf die Gehwegplatten zu seinen Füßen, es schien ihm peinlich. So sagte ich nichts weiter und kniff ihn lediglich freundschaftlich in den Nacken. Wie zufällig ließ ich meinen Arm leicht auf seiner Schulter liegen, als wir unseren Weg zum Verwaltungsgebäude fortsetzten.

Einige Tage darauf sah ich Robby mit Danny – dem Jungen, dessen Manie die mathematischen Formeln und die ständig wiederholten Zahlen waren. Bei ihm waren alle unsere Bemühungen erfolglos geblieben, doch als ich die beiden Jungen jetzt zusammen sah, gab mir das zu denken. Robby betrachtete aufmerksam das Bündel Papiere, das Danny wie üblich hervorzog, sagte dann etwas, Danny steckte seine Notizen wieder ein, und die beiden gingen in Richtung auf das ausgetrocknete Flußbett davon.

Als ich am nächsten Tag mit Scott etwas in seinem Büro zu besprechen hatte, fiel mein Blick aus dem Fenster: Wieder standen Robby und Danny beisammen. Ich machte Scott darauf aufmerksam, und wir beobachteten die beiden eine Weile. Offensichtlich ging es Danny nicht besonders gut. Er schien Halluzinationen zu haben, blieb alle paar Schritte stehen und sprach in den leeren Himmel über ihm. Robby schob ihn weiter, holte ihn zweimal auf den Weg zurück und ließ sich durch Dannys eigentümliches Verhalten nicht erschüttern. Scott notierte sich, daß er Conable bitten wollte, Dannys Medikation einmal zu überprüfen.

»Es sieht so aus, als könnten wir Danny nicht stabilisieren. Aber schauen Sie sich nur Robby an – einfach großartig. Verkehrt er auch mit anderen Kindern, Pat?«

»Soviel ich weiß, ja. Interessanterweise schließt er sich vor allem solchen an, die ihm ähnlich sind: sensibel und zurückhaltend. Eine Art Seelenverwandtschaft, nehme ich an. Dagegen geht er jenen aus dem Weg, die ihn wahrscheinlich früher geärgert und unterdrückt haben. In den Jahren, in denen er mit niemandem in Kontakt getreten ist, hat er wohl seine eigene Werteskala entwickelt und weiß daher genau, mit welchen Kindern er gern zu tun haben möchte.«

»Und das Personal? Hat da irgend jemand Veränderungen bemerkt?«

186

»Fast alle im Pavillon berichten dasselbe. Chuck und Jody sagen, daß er mit den Pflegern und Pflegerinnen gut zurechtkommt.«

»Na, klingt ja großartig. Aber bei der Spieltherapie immer noch keine deutlichen Erfolge?«

»Nein. Das geht jetzt schon fast zwei Monate, aber Robby kann einfach nicht aus eigener Kraft richtig aktiv werden. Ich versuche immer wieder, ihn zu bestärken, habe aber bisher nicht viel damit erreicht. Sie könnten ihn doch gelegentlich noch mal beobachten kommen, ich würde gern wissen, was Sie davon halten.«

»Einverstanden. Es ist schwer zu sagen, ob er noch nicht soweit ist oder es einfach nicht kann. Vielleicht übersteigt es seine Fähigkeiten, Pat. Machen Sie sich am besten auch mit dieser Möglichkeit vertraut.«

»Ich weiß ja, Scott. Ich weiß . . .« Scott sah mich aufmerksam an. »Nicht so tief drinstecken, Sie wissen doch!«

Ich salutierte. »Aye, aye, Käptn.«

Als ich später mit Robby im Spieltherapie-Zimmer war, sagte ich zu ihm:

»Scott und ich, wir haben dich und Danny heute gesehen, Robby. Du warst sehr freundlich und hilfsbereit zu ihm.«

Robby, dem mein Lob peinlich zu sein schien, saß vornübergebeugt, so daß ich mich bücken mußte, um ihm ins Gesicht schauen zu können.

»Weißt du, was die Wörter ›freundlich‹ und ›hilfsbereit‹ bedeuten?«

Robby schüttelte den Kopf und wich meinem Blick aus.

»Nun, es bedeutet, daß du Danny ein guter Freund bist. Du bist mit ihm zusammen, paßt auf ihn auf, wenn er Schwierigkeiten hat, läßt ihn nicht allein weggehen. Das tun Freunde füreinander – sie helfen sich gegenseitig, wenn sie es brauchen. Deswegen habe ich gesagt, daß du Danny ein so guter Freund bist. Es bedeutet, daß du ihn magst, mit ihm fühlst, und daß dir wichtig ist, was mit ihm passiert. Wie gefällt dir das?«

»Guuut!«

»Großartig, Robby. Genauso sollte es auch sein. Weißt du, wenn man jemandem etwas Liebes tut, gefällt man sich auch selbst.« Robby sah zu mir auf. Dann sagte er, als sei das so selbstverständlich, daß man kaum darüber reden müsse: »Danny Freund, wir Hunzperk gehn und Bäume Namen sagn, uns helfn.«

»Gut. Das Helfen ist sehr wichtig – das haben wir ja gelernt, was? Und Teilen, Freunde sein. So wie du und ich, du und Danny, Chuck und Jody und auch Cecile.«

Robby rutschte unruhig auf seinem Stuhl hin und her, er wollte wohl endlich mit Zeichnen anfangen.

»Du magst doch Chuck und Jody, oder?«

Er nickte befangen.

»Das ist auch richtig so, Robby. Beide sind sehr nett und kümmern sich um dich, so wie ich. Bei Menschen, die uns etwas bedeuten, haben wir solche Gefühle. Wenn sie uns etwas bedeuten, sagen wir, daß wir sie liebhaben. Wir wollen mit ihnen zusammen sein, freuen uns, wenn sie bei uns sind, und wenn sie nicht da sind, fühlen wir uns manchmal allein.«

Robby hatte einen Malstift in die Hand genommen, drehte ihn zwischen den Fingern und zupfte an seiner Papierumhüllung.

»Du weißt, nicht jeder kann seine Gefühle anderen mitteilen, Robby. Deswegen bist du etwas ganz Besonderes, denn du gibst anderen etwas und hilfst ihnen. Vielen hier – Jody, Chuck und mir – bedeutest du sehr viel, und wir haben dich lieb. Das weißt du doch?«

188

Robbys Kopf fuhr hoch, und er sah mich mit offenem Mund an. »Mich *lieb*?«

»Ja, ich hab dich lieb, Robby. Ich hab dich auf ganz besondere Weise lieb, weil ich ein Arzt bin, der sich um dich kümmert und möchte, daß es dir immer bessergeht. Wie auch Jody und Chuck – und die anderen alle. Auch sie haben dich lieb. Wundert dich das?«

Robby nickte, er war wieder verlegen. All das war ziemlich verwirrend für ihn.

»Weißt du, Robby, es ist ein schönes Gefühl, wenn man sich um andere kümmert und jemandem hilft wie du Danny, weil er dein Freund ist. Auch du wirst Menschen liebhaben, und es wird dir wichtig sein zu wissen, was mit ihnen passiert. Du sollst wissen, wie stolz ich darauf bin, daß du ein so guter Freund bist, anderen deine Empfindungen mitteilst und ihnen hilfst, damit sie sich wohlfühlen. Vor allem aber soll es für dich schön sein und dir gefallen.«

Der Malstift war Robbys Hand entglitten; der Junge saß jetzt ganz ruhig da und sah seine Hände an.

»Wir müssen aber auch unbedingt darüber reden, daß manchmal Dinge passieren, die dir nicht gefallen und die weh tun. Man macht etwas, das einem später leid tut, oder jemand sagt etwas, das uns verletzt, und dann fühlen wir uns gar nicht wohl. Wie du damals, als dein Vater hier war. Wenn wir aber lernen zu verstehen, was wir fühlen, und zu wissen, daß der Schmerz auch wieder aufhört, läßt sich das ein bißchen leichter ertragen.«

Es sah aus, als wolle Robby den Verlauf der Linien auf seinem Handrücken auswendig lernen. Das war ein heißes Eisen, vor allem für ihn. Aber auch mit dieser Frage mußten wir uns beschäftigen. Für Robby würde der Umgang mit seinen Gefühlen bedeuten, daß er viel neu lernen und sein Verhalten auf mancherlei Gebieten umstellen mußte. So vieles, was er früher gelernt hatte, war noch verbunden mit Angst, und zahlreiche Erlebnisse und Empfindungen waren ihm bislang völlig unbekannt.

Doch es gab keinen Zweifel: Robby wollte immer mehr wissen über das, was um ihn herum vorging, und fragte gewöhnlich ganz spontan. Einmal, als wir Zeugen eines Wutausbruchs von einem kürzlich eingelieferten Kind wurden, war Robby besonders neugierig. Ich erklärte ihm, was Wut bedeutet, erinnerte ihn an Gelegenheiten, da er sich unlustig und enttäuscht gefühlt hatte, wie daraus Zorn wurde und er entsprechend reagiert hatte – zum Beispiel durch wildes Um-sich-Strampeln.

Ein anderes Mal sahen wir ein Mädchen, das haltlos schluchzte. Nachdem ich es getröstet und einen Pfleger gesucht hatte, der die Kleine zu ihrem Pavillon zurückbringen konnte, sprach ich mit Robby darüber. Mit seiner Frage: »Warum wein sie?« meinte er vielerlei – »was bedeutet weinen, wieso weint man, wenn man traurig, aber auch wenn man glücklich ist, wie weint man, wie hört man auf zu weinen?« Ich versuchte, ihm eine Vorstellung des Gefühlsausdrucks zu geben, indem ich erklärte, was wir beobachtet hatten, und ihm half, seine eigenen Empfindungen zu begreifen.

In diesem Zusammenhang sprachen wir auch oft über körperliche Zeichen der Zuwendung: sich bei den Händen halten, sich umarmen und küssen. Die Art seiner Fragen zeigte, daß er ernsthaft über diese Dinge nachdachte. Robby konnte sich nicht daran erinnern, daß jemand ihm je seine Zuneigung gezeigt hatte; und er hatte auch bis vor kurzem niemandem so recht Gelegenheit dazu gegeben. Mithin war er Umarmungen und Küssen gegenüber sehr unsicher. Sich bei der Hand zu halten, schien ihm in Ordnung zu sein, und er nahm meine Hand immer häufiger, schließlich sogar automatisch. Wo wir gingen und standen – ob auf dem Bauernhof, an den Wassertanks oder im Klärwerk, auf dem Weg zur Kantine, ja sogar bei unseren Bergwanderungen –, hielten wir uns an den Händen. Diese sehr einfache Verbindung von Mensch zu Mensch schien ihm eine grundlegende Sicherheit und Beruhigung zu gewähren. Eine Umarmung jedoch brachte ihn aus dem Gleichgewicht und machte ihm Angst. Unmöglich hätte er aus eigenem Antrieb jemanden zu umarmen vermocht. So schlug ich ihm, als wir eines Tages unsere Wanderschuhe zu einem weiteren »Sturm auf den Hundsberg« schnürten, eine neue Spielregel vor: »Robby, bevor wir jetzt losgehen, möchte ich dich gern richtig in den Arm nehmen, und du sollst mich dann auch ganz fest drücken. Tust du das für mich?«

Robby sah ruckartig hoch, senkte dann die Augen sofort wieder und fuhr fort, seine Schuhe zu schnüren.

»Robby?« Er hatte Angst, kam aber langsam, mit abgewandtem Blick näher.

»Jeder eine Umarmung, dann geht's auf den Hundsberg.«

Ich beugte mich vor, legte die Arme um ihn und drückte ihn. Auch er legte seine Arme steif um meinen Nacken, doch dabei blieb es.

»Gut, Robby. Das ist ein sehr schöner Anfang. War doch gar nicht so schlimm, oder?«

Robby schüttelte stumm den Kopf. Er brachte es immer noch nicht über sich, mich anzusehen.

»Sind wir soweit?« sagte ich und griff nach seiner Hand. »Bereit für den Hundsberg?«

Robby hob den Kopf, blinzelte in Richtung seines Lieblingsorts und sagte: »Ja, wia gehn Hundsperk.«

Von Stund an erwartete ich bei jeder Begrüßung und

jeder Verabschiedung eine Umarmung von Robby. Allmählich wurde er gelöster und fand sogar Freude an der körperlichen Berührung sowie der dadurch ausgedrückten Zuneigung. Im Laufe der Zeit lernte er sogar, mich unaufgefordert zu umarmen. Wohl waren der Abbau der Berührungsangst und die aufsprießende Freundschaft Zeichen eines nicht zu unterschätzenden inneren Wachstums, doch seine psychische Grundsituation ließ sich nicht eindeutig bestimmen. Er drückte seine Emotionen nach wie vor kaum aus, er war noch nie offen wütend geworden, hatte trotz oft deutlich spürbaren Glücksgefühls noch nie spontan gelacht, noch nie in Gegenwart eines Dritten geweint. All diese Wege, seinen Gefühlen freien Lauf zu lassen, waren ihm noch versperrt. Denkbar, daß sich das änderte, doch bestand auch, wie Scott mir gesagt hatte, die Möglichkeit, daß es nie dazu kam.

Manchmal schien es so, als liege das Ziel in greifbarer Nähe, aber dann wies eine Zeichnung wieder in die Gegenrichtung. Ich nahm an, daß all das zu Robbys Aufarbeitung des Traumas seiner ersten Kindheitsjahre gehörte. Eines Nachmittags zeichnete er dies ziemlich düstere Bild eines Hauses (siehe S. 193):

Beherrscht wurde es von einer mächtigen dunklen und übergroßen Tür mit einem überproportionalen Türpuffer. Die drei winzigen Fenster hatten keine Vorhänge. In ihrer schlimmsten Ausprägung schien Robbys Welt auf den ziemlich trostlosen Pavillon der Klinik beschränkt zu sein – ein *durchaus* deprimierender Ort, wie ich zugeben mußte. Die von Robby gewählten Farben – dunkles Purpur und Schwarz – zeigten das auch und spiegelten, wie ich vermutete, seine Stimmung genau wider.

Es sah zwar so aus, als seien diese gelegentlichen düsteren Einbrüche Phasen der Festigung, die Robby Gelegen-

heit gaben, die erreichten Fortschritte zu internalisieren. Aber jedesmal hielt ich den Atem an und überlegte, ob er vielleicht doch schon den Endpunkt seiner Entwicklung erreicht hatte.

16

»Heut was andres tun.«

»Einverstanden . . .« Eine solche Aussage war neu, und ich war entsprechend verblüfft. »Was möchtest du denn tun, Robby?«

Statt einer Antwort ging er zielstrebig auf den Spielzeugschrank zu. Ich spürte ein Kribbeln im Nacken, als er hineingriff, die Handpuppen herausnahm und sorgfältig in einer Reihe auf den Tisch legte. Er drückte ihre Gummigesichter ein und sah zu, wie sie wieder heraussprangen, wenn er losließ. Dabei schien er leise vor sich hin zu murmeln. Anschließend teilte er das Ergebnis seiner Überlegungen mit.

»Das Papa, das Mama, das Meedchen, das Beebi, das Hund, das –«, verwirrt hielt er inne.

»Das ist ein Drache, Robby«, half ich ihm.

»Das Drah-chee«, sagte er abschließend und wandte sich dann erwartungsvoll mir zu.

Er nickte heftig und verbrachte den Rest der Sitzung damit, Spielzeug aus dem Schrank zu nehmen und zu fragen, wie es hieß. Als wir fertig waren, sah ich mich im Raum um, über dessen Boden der gesamte Inhalt des Spielschranks verstreut zu sein schien. Als Robby die Gegenstände noch einmal durchging, erst den einen, dann den nächsten, und schließlich alle richtig benannte, fühlte ich angesichts des Durcheinanders nichts als Dankbarkeit.

Am nächsten Tag machten wir weiter. Robby marschierte schnurstracks auf den Schrank zu und nahm verschiedene Spielzeuge heraus. Diesmal hatte er seinen Lastwagen mitgebracht, und nachdem er in den Sandkasten geklettert war, schob er ihn und einen Eisenbahnwagen durch den Sand. Ich hatte Scott gebeten, auch diese Sitzung zu beobachten, und obwohl ich ihn nicht sehen konnte, lächelte ich ihm durch den Spiegel zu. Ich wußte, daß er sich über diese neue Entwicklung ebenso freuen würde wie ich.

In den nächsten Wochen spielte Robby mit einem Großteil des Spielzeugs. Ich ermunterte ihn, sich völlig frei zu bewegen, und erneut war ich verblüfft zu sehen, wie rasch er Gedanken und Vorstellungen aufgriff. Es war interessant, ihn dabei zu beobachten. Er verhielt sich wie ein Käufer im Laden, probierte die Wasserfarben aus, bis er sich mit ihnen »angefreundet« hatte, ging dann zum Ton über, nahm als nächstes das eine oder andere Spielzeug zur Hand und holte schließlich die Spiele heraus. Besonders fesselte ihn eine aus einer Drahtspirale bestehende Puppe, die er über eine aus Holzkisten gebildete Treppe »spazierenführte«. Er war ganz versunken in den Anblick der die Stufen hinabhüpfenden Spirale und schob die Kisten immer wieder in eine neue Richtung, wenn das auch seitwärts bewegliche Spielzeug seinen Kurs änderte.

Jetzt verstrich die Spielstunde ihm viel zu rasch, und zunehmend häufiger bettelte er: »Noch n bißchen bleim, Pot? Bitte, Pot . . . nur noch n bißchen!«

Wer hätte sich einen solchen Wunsch widersetzen können? Ich jedenfalls fühlte mich dazu nicht imstande.

Robby entwickelte immer mehr Initiative. Eines Nachmittags, als wir eigentlich auf den Hundsberg gehen wollten, fragte er, ob er nicht statt dessen im Spielzimmer malen dürfte. Auch das überraschte mich. Normalerweise zeichnete er im Aufenthaltsraum oder draußen unter einem Baum so schnell wie möglich sein »Pflicht-Bild«. Ich ging mit ihm und fragte mich, warum er das Wandern aufschob. Das sah ihm gar nicht ähnlich. Als wir ins

Spielzimmer kamen, nahm er rasch ein Blatt Papier und die Malstifte.

»Fertig? Willst du gleich mit Malen anfangen, Robby?«

Er nickte, während er schon eifrig zeichnete. Ein Weile war er aufmerksam bei der Arbeit, und ich spielte gedankenverloren mit Modellierton, als ich merkte, daß Robby neben mir stand.

»Hallo, Bettelmann. Was ist – hast du was für mich?«

Er nickte schüchtern und sah zu Boden, während er mir ein Stück Papier überreichte. Ich betrachtete es und spürte, wie mich eine Welle der Freude überlief, als ich begriff, was es bedeutete:

Zwei Menschen standen da Hand in Hand auf dem Hundsberg, und beide lächelten breit . . .

Ich konnte es nicht glauben. Endlich, nachdem Robby buchstäblich Hunderte von Zeichnungen mit gesichtslosen Menschen angefertigt hatte, waren hier zwei Menschen, die *nicht* wegsahen! Die Gestalten waren nach wie vor kunstlose Strichmännchen und die Gesichter nach dem Schema »Punkt, Punkt, Komma, Strich – fertig ist das Mondgesicht« gezeichnet, aber es waren *Gesichter*. Und die Abgebildeten hielten sich bei der Hand!

»Robby –«, setzte ich an, doch dann hinderte mich ein Kloß im Hals am Weitersprechen, und ich konnte ihn nur kopfschüttelnd ansehen. »Für dies wunderbare Bild hast du eine kräftige Umarmung verdient.«

Robby lächelte zaghaft – er *lächelte*! Sein erstes richtiges Lächeln. Er quietschte ein bißchen, als ich ihn zu fest drückte.

»Das ist wirklich ein tolles Bild, Robby. Das bist ja wohl du?« Ich wies auf die Gestalt mit dem breiteren Lächeln. »Und der da, mit dem großen Kopf, bin ich das? Sieht aus, als ob wir ziemlich glücklich wären, was?«

Robby nickte scheu und zierte sich ein wenig, als ich fortfuhr, sein Bild zu bewundern.

»Meinst du, du könntest noch so eins machen? Das hier willst du ja wohl selbst über deinem Bett aufhängen. Aber ich möchte auch eins haben. Was meinst du – tust du das für mich?«

Sein Kopf fuhr freudig auf und ab, und er eilte zurück zum Tisch, ergriff einen Malstift und begann das nächste Meisterwerk.

Bei einer später am Nachmittag angesetzten Besprechung berichtete ich von dem Ereignis, und nachdem das Bild herumgezeigt worden war und sich alle wieder beru-

higt hatten, bat ich das Team, weitere neue Entwicklungen aufmerksam zu beobachten. Bald hörte ich von Schwestern und Helfern, daß Robby umgänglicher wurde, mehr Menschen in sein Leben einbezog, alle, die er kannte, beim Namen nannte. Er wurde sogar in der Schule etwas übermütig. Cecile berichtete mir lachend, daß sie Robby und Danny, denen sie erlaubt hatte, nebeneinander zu sitzen, mehrfach freundlich hatte ermahnen müssen, weil sie Unfug getrieben hatten.

»Ich mußte mir Mühe geben, ernst zu bleiben, denn in Wirklichkeit war ich ja froh, daß sie sich wie zwei normale Rangen aufführten! Sie sind eine solche Hilfe füreinander! Beide haben angefangen, Steine und Kakteen zu sammeln, und legen gemeinsam in der Klasse einen kleinen Steingarten an. Sie sind selber darauf gekommen, und ich finde den Gedanken einfach großartig. In mancher Hinsicht erreicht Robby bei Danny mehr, als wir je vermocht haben!«

Als Robby begann, die Führung zu übernehmen, überließ ich sie ihm nur allzugern. Scott hatte mich längst auf diesen »Rollentausch« vorbereitet und schon vor Monaten gesagt: »Bei jemandem, der so weit von der Wirklichkeit entfernt ist wie Robby, sind ungewöhnliche Maßnahmen angebracht. Wenn sich solche Menschen psychisch auf andere stützen müssen, dringt man förmlich in ihr seelisches Revier ein und nimmt Besitz davon. Sobald sie aber aus eigener Kraft etwas zu tun vermögen, ist es Aufgabe des Therapeuten, den Zeitpunkt zu erkennen, da er sich zurückziehen muß, damit der Patient selbst die Zügel in die Hand nehmen kann – natürlich jeweils in dem Maß, in dem er dazu fähig ist. Es ist ein langsamer und schwieriger Prozeß, und in dieser Phase ist psychologische Unterstützung und Ermutigung bei möglichst weitgehender Eigen-

198

initiative des Patienten am besten.

Behalten Sie Robby im Auge. Geben Sie ihm Gelegenheit, alles mögliche zu erkunden, zu erproben, Beziehungen zur Umwelt aufzunehmen und sich in ihr zurechtzufinden. Gehen Sie davon aus, daß er Sie immer wieder in Erstaunen versetzen wird: Kinder können ausgesprochen unberechenbar reagieren. Vergessen Sie nicht, daß der Junge nach wie vor schwer gestört ist. Es bleibt abzuwarten, ob er jemals die verlorene Zeit aufholen und über sein Trauma hinwegkommen kann. Sie können ihn nur so weit bringen, wie er gehen kann – und möchte. Alles klar?«

Damals hatte ich genickt, ernüchtert von dem Gedanken, daß Robbys vollständige Wiederherstellung – und seine Entlassung aus der Klinik – nicht unbedingt Ergebnis der Behandlung sein mußten. Die Vorstellung, er müßte möglicherweise sein ganzes Leben in Merrick verbringen, war so entsetzlich, daß ich sie rasch beiseite schob.

Jenen Sommer waren wir beide sehr erfolgreich – Robby und ich. Ich bestand mein Rigorosum, was mich natürlich erleichterte, doch nach achtjährigem Studium wollte sich keine rechte Freude über den Abschluß einstellen. Was mir aber gefiel, war der Titel, der jetzt meinen Namen schmückte. Jedesmal, wenn es aus der Haussprechanlage tönte: »Dr. McGarry, bitte 296 anrufen«, genoß ich das insgeheim – »He, das bin ja ich!«

Und Robby machte große Fortschritte. Er wurde spürbar risikofreudiger und fing bald, nachdem Cecile über seine »Ungezogenheit« im Klassenzimmer berichtet hatte, das große Spiel der Kindheit und Jugend an: Er probierte aus, wie weit er gehen konnte.

Obwohl es erst Mitte Juni war, war es bereits unerträglich heiß und schwül. Eines Mittwochnachmittags verzichteten wir auf unsere Bergwanderung und fuhren statt dessen lieber zur Kantine. Der leichte Fahrtwind gewährte nur wenig Erleichterung, und wir freuten uns schon beide auf den klimatisierten Kantinenraum. Ich parkte meinen alten Ford neben einem glänzenden neuen Cadillac und ließ dabei irgend etwas über den Unterschied zwischen beiden Fahrzeugen fallen. Robby sah mich an, öffnete, allem Anschein nach unbeeindruckt von dem Gesagten, die Tür meines Wagens und rammte sie mit aller Kraft gegen die Seite des Cadillac.

Ich wollte gerade aussteigen, als ich den dumpfen Knall hörte. »Vorsichtig, Robby. Man paßt auf, damit die Tür nicht gegen andere Autos schlägt.«

Er saß da, hielt den Türgriff in der Hand und drückte die Tür mit einem gewissermaßen teuflischen Grinsen noch fester gegen das Nachbarauto als beim ersten Mal.

»Robby – tu das nicht noch mal!«

Vor meinem geistigen Auge sah ich schon, wie ein wetterbedingt ohnehin schon nervöser Cadillacbesitzer sich wütend auf uns stürzte. Robby schien herausbekommen zu wollen, wie ernst es mir war, denn erneut schlug er schwungvoll die Tür gegen das andere Auto.

Das genügte. Ich griff über den Sitz, packte ihn am Arm und zog ihn zu mir rüber. »Robby, jetzt reicht's! Du steigst *sofort* aus. Und faß die Tür ja nicht noch mal an!«

Plötzlich hatte er Angst. Er wußte, daß er zu weit gegangen war. Er kam dann sehr kleinlaut über den Sitz zu mir hergerutscht, stieg aus und schlich mit niedergeschlagenen Augen um das Auto herum.

Ein rascher Blick zeigte, daß dem Luxuswagen nichts geschehen war. Die kurze Zeitspanne, die ich dazu brauchte, gab mir Gelegenheit zu überlegen, wie ich den Vorfall am besten behandeln sollte. Ich schloß die Beifahrertür meines Wagens, ging dann zu Robby hin und kniete mich neben ihn, damit er mir ins Gesicht sehen mußte. Bevor ich den Mund auftun konnte, sagte Robby ganz leise und mit zitternder Stimme, die verriet, wie verängstigt er sein mußte: »Robby knall nich mea Autotüa –«

»Robby –«, setzte ich an, hörte aber sofort auf, als ich sah, daß ihm Tränen über das Gesicht zu laufen begannen. Wann er wohl das letzte Mal geweint hatte? Ich legte ihm liebevoll einen Arm um die Schultern und führte ihn zu einer in der Nähe stehenden Bank. Er setzte sich still hin und erwartete zusammengesunken seine Strafe.

»Robby, ich möchte, daß du verstehst, was gerade vorgefallen ist. Ich war enttäuscht und wütend, aber ich weiß auch, warum du das getan hast. Du wolltest sehen, ob ich dich immer noch lieb habe, wenn du etwas Böses tust. Du hast es einfach ausprobiert – und das ist nicht schlimm. Auch wenn ich ärgerlich oder wütend auf dich bin, habe ich dich trotzdem lieb. Es heißt nur, daß ich in dem Augenblick, da du etwas getan hast, was du nicht tun solltest – und du *wußtest*, daß du es nicht tun solltest –, ärgerlich war. Ich hab dich trotzdem lieb, und wir können ja auch darüber reden, wie jetzt.«

Ohne den Blick von mir zu wenden, hörte Robby aufmerksam zu, und als ich geendet hatte, schluchzte er leise. Ich legte meinen Arm wieder um ihn und drückte ihn ganz fest an mich, während er sein Gesicht an meiner Schulter versteckte und Schmerz, Furcht und Enttäuschung, alles, was er empfunden hatte, aus sich herausweinte. Möglicherweise drückten die Tränen auch sein Staunen darüber aus, daß – endlich – jemandem etwas an ihm lag, ganz gleich, was er tat. Er begann, einige der lange unterdrückten schmerzlichen Empfindungen zu erfahren, und sie flößten ihm Angst ein.

Auch nachdem er aufgehört hatte zu weinen, blieben wir noch eine Weile sitzen und redeten miteinander. Als ich sicher war, daß es ihm besserging, kam ich noch einmal behutsam auf die Angelegenheit zu sprechen.

»Kannst du dich erinnern, was du gedacht und gefühlt hast, als ich dir sagte, du solltest nicht noch einmal mit der Tür schlagen?«

Er dachte so angestrengt nach, daß sich eine kleine Falte auf seiner Stirn bildete. »Weiß nich. Das waa einfach so, die Tüa hat den Wagn gehaun. Dann hab ichs nochma gemach.«

Ich glaubte ihm. Es schien sich um ein grundloses, impulsives kindliches Trotzverhalten zu handeln – sollte es aber dafür einen Grund geben, ist der wohlverborgen.

»Und dann hast du gesehen, daß ich, dein Freund, ärgerlich wurde. Was hast du dabei gefühlt, weißt du das noch?« Wieder dachte Robby nach und sah mich schließlich an. »Angs?«

»Nun, und was war das für ein Gefühl, Robby?«

»Hat weh getan – hia –«, und er rieb sich den Bauch, »un hia –«, er legte die Hände auf die Brust. »Ganz viel Angs . . . waa nich schöön.«

»Hast du dich unglücklich gefühlt?« wollte ich wissen.

»Auch.« Robby sah sehr trübselig drein, während er sich an den Vorfall erinnerte.

»Nun, Robby, wenn man ›unglücklich‹ ist, fühlt man sich schlimm. Es ist das Gegenteil von glücklich, wenn wir etwas tun, das uns gefällt und das uns freut. Es tut mir leid, daß du dich verletzt und unglücklich gefühlt hast und daß du Angst hattest. Aber es ist gut, daß du das Gefühl jetzt kennst, daß du weißt, wie es ist. Vor allem ist wichtig, daß du mit deinem Freund darüber geredet hast. Und weißt du auch, warum?«

202

Er schüttelte den Kopf und zog an den Fäden eines Flickens auf seiner Hose.

»Wie fühlst du dich jetzt?«

Wieder folgte eine gründliche Prüfung. »Guut.«

»Weißt du auch, warum?«

»Nööö.«

»Weil du über deine Gefühle gesprochen und mir gesagt hast, was du empfunden und wie du dich gefühlt hast. Weil wir darüber gesprochen haben, sind diese schlimmen Gefühle nicht mehr in dir, sie sind weg. Du weißt jetzt also, was du tun solltest, wenn etwas passiert, wodurch du dich so fühlst?«

»Reden!« sagte Robby mit Nachdruck. Das war ein weiterer Meilenstein, und ein sehr markanter dazu. Scott wies mich darauf hin, daß Robby sicherlich erneut testen würde, wie weit er gehen könne, und er müsse auch lernen, mit dieser Seite seines Wesens fertig zu werden. Robby mußte einfach frühkindliche Verhaltensweisen nachholen.

Eines Nachmittags nahm Robby mich mit in die Schule und zeigte mir stolz den Steingarten, den er und Danny anlegten. Dann sah er Papier und Stifte, setzte sich an seinen Tisch und begann zu zeichnen. Ich blätterte in einem großen Atlas, und nach einer Weile fiel mir auf, wie still es war – *zu* still. Als ich hochsah, stand Robby neben der mit Buntstift vollgemalten Wand. Die kritzelnde Hand war ihm mitten im Strich herabgesunken, als er erkannte, daß ich aufmerksam geworden war. Langsam wandte er sich mir zu und wartete auf meine Reaktion.

Wortlos schaute ich zum Waschbecken hin, wo Seife und Schwamm lagen. Robby folgte meinem Blick, machte trotzdem noch ein paar weitere Striche und wandte sich dann erneut mir zu. Um seinen Mund zuckte es nervös, während er darauf wartete, was ich tun würde.

Als schließlich nichts geschah, seufzte er tief und sagte: »Robby nich an Wand maln. Nich schöön, unglücklich. Nich wieda tun.«

Dann ging er zum Waschbecken, befeuchtete Schwamm und Seife und begann, die Zeichnung von der Wand zu wischen. Als er fertig war, forderte ich ihn auf, sich neben mich zu setzen. Er nahm zerknirscht Platz, nicht ohne seine Beteuerung zu wiederholen, er werde keine Wände mehr bemalen.

Ich wies ihn auf die Parallele zwischen dem Vorfall mit der Autotür und dem Bekritzeln der Wand hin und versicherte ihm erneut, daß wir trotzdem die besten Freunde seien und er tun könne, was er wolle, ohne daß sich meine

Haltung ihm gegenüber ändern würde. Vor allem hob ich hervor, daß sich alle Jungen und Mädchen verhielten wie er und daß das zum Heranwachsen gehöre.

Robby hörte aufmerksam zu.

»Na, mein Freund, wollen wir jetzt auf den Berg marschieren?«

Er sprang förmlich vom Stuhl hoch – offensichtlich hatte er seine »Missetat« bereits vergessen. Ich konnte nur den Kopf schütteln; er war auf dem besten Weg, so zu werden wie andere Kinder auch.

Einige Wochen später malte Robby, nachdem wir im Schwimmbecken der Klinik herumgeplanscht hatten, dieses Bild (siehe S. 204). Ich deutete es so, daß er seiner

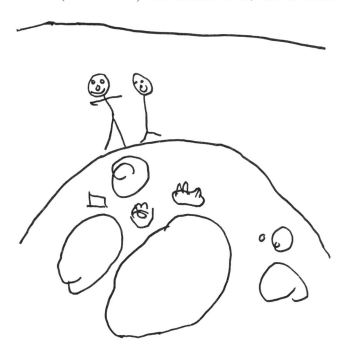

selbst und unserer Beziehung immer noch nicht so recht sicher war. Wie sich herausstellte, sah er in mir das Strichmännchen ohne Gesicht.

Ein in der Woche darauf entstandenes Bild (siehe S. 205) zeigt uns beide, wie wir auf den Hundsberg steigen. Die Farben waren lebhafter und vielfältiger, denn Robby malte nicht mehr nur mit Blau und Braun, sondern verwendete mittlerweile auch leuchtendere Farbtöne. Außerdem hatte ich wieder mein lächelndes Gesicht.

Wenige Tage später fuhren wir auf dem Klinikgelände umher und genossen den herrlichen Tag. Auf unser altes Bezeichnungsspiel zurückgreifend, wies ich auf einen Eukalyptusbaum neben der Straße.

»Wie heißt der Baum, Robby?«

»Fef-fa – Fef-fabaum«, kam es zurück.

»Wie bitte? Komm, Robby, das weißt du doch viel besser. Wie heißt der da?« Die ganze Straße entlang stand ein Eukalyptusbaum neben dem anderen.

»Fef-fa – alles Fef-fabaume.«

Ich fuhr an den Straßenrand. Das kam unerwartet, und ich wußte nicht, was ich davon halten sollte. Robby hatte die Bäume schon viele Male richtig benannt.

»He, was ist los? Du erkennst doch Eukalyptusbäume, Robby.«

Da er aus dem Fenster schaute, konnte ich sein Gesicht nicht sehen. Plötzlich drang unterdrücktes Gekicher an mein Ohr, und schließlich lachte er lauthals.

»Hab dich reingeleg, Pot! Hab dich aufgezogn . . . wie du imma mich . . .«, und erneut lachte er los.

»Na hör mal, du kleiner –«, begann ich und versuchte, mich sehr erzürnt zu geben. »Du meinst, du hast mich einfach auf den *Arm genommen*? Na . . .«, fuhr ich fort.

Die Lautstärke seines Lachens nahm zu. Er mußte sich

über meine vorgebliche Verärgerung förmlich den Bauch
halten. Ich kniff ihn freundschaftlich in den Nacken.

»Schön, jetzt sind wir quitt. Du hast mich wirklich
reingelegt!«

Als ich später den Vorfall in seinen Unterlagen ver-
merkte, wurde mir klar: Das war das erste Mal, daß Robby
laut gelacht, einen Scherz gemacht oder jemandem einen
Streich gespielt hatte. Der »kleine Beschatter« kam seinem
Ziel näher . . .

Es war das erste, aber keineswegs das letzte Mal. Robby
machte sich ein Vergnügen daraus, Bäume falsch zu
benennen, und jedesmal mußte er über meine vorge-

täuschte Entrüstung lauthals lachen – wir hatten ein neues Spiel. Auch aus dem Pavillon und der Schule erfuhr ich von Streichen, die Robby ausheckte, hörte, daß er lachte und anfing, sich wie ein richtiges Kind zu benehmen.

Sein Humor übertrug sich auch auf seine Zeichnungen, und er begann, Bilder mit verkehrt herum gemalten Gesichtern zu fabrizieren (siehe S. 209), die er mir mit großem Ernst überreichte. Wenn meine Augen sich dann vor Entsetzen weiteten, lachte er fröhlich los.

Vor Lachen keuchend, erklärte er dann: »Robby spiel Pot Streich – Mund üba Nase!«

Solche Verhaltensweisen führten zu einer Stärkung seiner Persönlichkeit, und bald veranlaßte ich Robby, in seinen Bildern mehr von der Umwelt darzustellen, sie wurden komplexer. Meinen Hinweisen folgend, er solle stärker auf Einzelheiten wie Kleidungsstücke, Finger und Schuhe achten, zeichnete er uns beide bei den Wassertanks. Die Leitern schienen besonderen Eindruck auf ihn gemacht zu haben.

Eines Tages schlich er sich hinter mich und versuchte, mich zu kitzeln. Er kicherte unaufhörlich, und sein Blick zeigte, daß er etwas im Schilde führte. Also griff ich zum ältesten aller Tricks und sagte:

»Aufpassen, Bettelmann – da ist einer hinter dir. Gleich hat er dich . . .«

Robby drehte sich blitzschnell um, und im selben Augenblick packte ich ihn, hob ihn hoch in die Luft und kitzelte ihn unbarmherzig durch. Es machte ihm ungeheuren Spaß, er lachte, quietschte und schnappte nach Luft. Schließlich konnte ich nicht mehr. Ich hatte das Gefühl, er könnte das stundenlang aushalten – immerhin hatte er ja Jahre nachzuholen.

Seit jener Zeit alberten wir ziemlich viel miteinander

herum. Vielleicht eine etwas eigenwillige Therapie, aber wie Scott schon gesagt hatte: »Recht behält, wer Erfolg hat.«

17

Als ich einige Tage später Robby abholen wollte, überraschte er mich erneut damit, daß er nicht auf den Berg
gehen wollte. Er zog zum Verwaltungsgebäude. Dort
musterte er im Spielzimmer, wie sonst auch, gründlich
alles Spielzeug, bevor er sich für eines entschloß. Nach
etwa zwanzig Minuten setzte er sich mit den Handpuppen
hin, die Mutter und Vater darstellten. Sie schienen ein
intensives Gespräch miteinander zu führen, aber Robbys
Stimme war so leise, daß ich nur gelegentlich einzelne
Wörter erhaschte. Unvermittelt legte er dann die Puppen
nebeneinander auf den Tisch, sah sie nachdenklich an und
stieß einen tiefen, langen Seufzer aus. Ich beobachtete ihn
genau. Irgend etwas Wichtiges ging vor.

»Was tun Mami und Papi, Robby?« fragte ich.

Nach einer Pause: »Schlafn . . .«

»Ah, schlafen. Wo schlafen sie?«

»Zuhaus . . .«

»Ah. Ist es ein hübsches Haus?«

»Jaaa.«

»Sind Mami und Papi glücklich?«

»Weiß nich.« Robby drehte sich um und sah zu mir
rüber. »Ja, glücklich.«

»Wie ist die Mami, Robby?«

Er zuckte die Schultern. »Weiß nich.«

»Weißt du denn, wie der Papi ist?«

Robby nahm die Vater-Puppe zur Hand und betrachtete
sie lange. »Papi lieb.«

Er legte sie wieder hin, und ich dachte, was für ein
wunderschönes Beispiel für die Fähigkeit eines Kindes zu
verzeihen.

210

»Es ist also ein hübsches Haus und ein lieber Papi, aber bei der Mami bist du nicht so sicher? Möchtest du mehr über die Mami wissen, Robby? Deine Mami?«

Erneutes Schulterzucken. Er sah zu Boden und murmelte dann: »Ja.«

»Du hast sie lange nicht gesehen, was?«

Er schüttelte den Kopf.

»Und sie fehlt dir? Möchtest du sie wiedersehen?«

»Ja.« Nach einem langen Schweigen sagte er, den Blick immer noch fest auf die Puppen geheftet: »Robby kann nachhaus, Pot?«

»Möchtest du deine Mutti und deinen Vati sehen? Und sie zu Hause besuchen?«

Ein heftiges Nicken.

»Nun, ich kann ihnen schreiben. Aber du weißt ja, daß es deiner Mutter lange nicht gutgegangen ist. Es kann sein, daß es ihr jetzt bessergeht. Aber, Robby . . .«

»Was?«

»Vielleicht sollten wir deine Eltern erst einmal fragen, ob sie dich hier besuchen wollen. Dann könntest du ihnen alles zeigen: dein Zimmer, deine Zeichnungen und den Kaktus- und Steingarten, den du mit Danny angelegt hast. Das wäre doch schön. Findest du nicht auch?«

»Ja, wäa schöön. Dann gehn wia —«

»Und wenn sie ein paarmal hier waren, könnten wir auch über einen Besuch zu Hause reden.«

»Fein.«

Den Rest der Sitzung sprachen wir über Robbys Trennung von seinen Eltern. Ich versuchte, ihm mit Worten, die er verstehen konnte, zu erklären, wie es einem Menschen mit schweren emotionalen Störungen geht, erläuterte, daß ein solcher Mensch keine Freunde hat, sich von allem ausgeschlossen und sehr einsam fühlt. Auch erklärte ich, warum es gelegentlich nötig sei, daß sich jemand zur Behandlung in eine Klinik begibt. Robby saß mir gegenüber, das Kinn in beide Hände gestützt, und nickte von Zeit zu Zeit. Als ich wissen wollte, ob er noch Fragen habe, schüttelte er den Kopf. Dann ging er zum Sandkasten.

Am späten Nachmittag jenes Tages teilte ich Robbys Eltern in einem Brief seinen Wunsch mit und bat sie, mich baldmöglichst anzurufen oder mir zu schreiben. Ich erklärte, wie sehr Robbys Zustand sich gebessert habe und daß ein Besuch zu diesem Zeitpunkt für ihn von besonderer Wichtigkeit sei. Sicherheitshalber hob ich hervor, daß sie mir unbedingt vorher Bescheid sagen sollten, da für diese Begegnung bestimmte Vorkehrungen getroffen werden müßten. Ich hatte nicht die geringste Ahnung, ob sie überhaupt antworten würden, war jedoch entschlossen, sie notfalls noch mal aufzusuchen, wenn sie nicht recht bald reagierten.

Doch schon nach einer Woche kam eine Postkarte, auf der Robbys Eltern mitteilten, sie würden ihren Sohn gern besuchen kommen. Sie baten mich, sie unter einer bestimmten Nummer anzurufen – wie es schien, hatte Mr. Harris sich endlich erweichen lassen: Sie hatten jetzt Telefon. Bevor ich die Klinik an jenem Tag verließ, sprach ich kurz mit Mrs. Harris, deren Zustand sich, soweit ich am Telefon beurteilen konnte, deutlich gebessert zu haben schien. Im Verlauf des Gesprächs kehrte ihr Mann zurück, und sie holte ihn an den Apparat.

Da er nicht gewohnt war zu telefonieren, brüllte er so laut, daß ich den Hörer auf Armeslänge von meinem Ohr entfernt halten mußte, während wir vereinbarten, daß sie am nächsten Freitag herkommen, sich eine Weile mit mir unterhalten und anschließend eine gewisse Zeit mit Robby verbringen sollten.

»Wir treffen uns dann um eins im Verwaltungspavillon, Mr. Harris«, schloß ich.

»Samstag ein Uhr«, dröhnte Mr. Harris. »Bis dann.«

»Freitag, Mr. Harris. *Freitag* ein Uhr. Am Samstag bin ich nicht hier.« Ich ertappte mich dabei, daß ich zurückbrüllte, wohl aus Sorge, er werde sonst auflegen.

»Ach, am Freitag? Gut, bis dann.« Damit war das Gespräch beendet.

Als ich Robby den bevorstehenden Besuch ankündigte, reagierte er sofort und ungehemmt.

»Mami un Papi komm hea? Komm Robby besuchn?!« Er begann im Zimmer herumzuhüpfen, wedelte mit den Armen und plapperte drauflos. »Papi un Mami komm Robby besuchn. Holn Robby heim. Getz Hundsperk gehn un Kantine Eis essen? Pot? Ja, Pot?«

Ich lächelte angesichts der auf mich niederprasselnden Fragen.

»Nicht so hastig, immer mit der Ruhe. Eins nach dem anderen, junger Freund. Jetzt besuchen sie dich erst einmal und nehmen dich nicht gleich mit. Aber nächsten Freitag wollen Sie dich besuchen kommen. Wenn wir uns jetzt beeilen, können wir noch vor meinem nächsten Termin Eis essen gehen. Also vorwärts.«

Da Robby derart vor Vorfreude überschäumte, nahm ich die Gelegenheit wahr, einen heiklen Punkt anzuschneiden, den ich schon x-mal zur Sprache gebracht hatte. »Robby, wenn deine Mutter und dein Vater dich besuchen kommen, möchtest du doch sicher besonders gut aussehen?«

Statt einer Antwort erntete ich einen mißtrauischen Blick – Robby hatte sofort verstanden, worauf ich hinauswollte.

»Du möchtest doch bestimmt hübsch aussehen, wenn

deine Mutter kommt, Robby? Du brauchst dir auch gar keine Sorgen zu machen. Ich bleibe bei dir und halte dich bei der Hand. Weißt du, wir könnten uns sogar zusammen die Haare schneiden lassen, dann wären wir beide für den Besuch deiner Eltern gerüstet. Na, wie gefällt dir das?«

Für Robby war es eine schwierige Entscheidung, aber schließlich stimmte er ohne große Begeisterung zu.

»Pot, und du bleibs *die ganze Zeit* bei Robby – mia nich weh tun!«

»Ich versprech's dir, Robby. Ich setz mich direkt neben dich, die ganze Zeit. Niemand tut meinem Kletterkameraden weh.«

Am nächsten Morgen sprach ich mit einem der Klinikfriseure und legte ihm den Fall dar, damit es nur ja zu keiner Panne kam. Ein wenig später, Robby war immer noch unschlüssig, gingen wir gemeinsam zum Haareschneiden.

Kaum waren wir dort, waren jedoch alle Schwierigkeiten wie weggeblasen. Zwar war Robby anfangs noch unruhig, hielt sich an mir fest und hatte in der anderen Hand den Spiegel. Aufmerksam beobachtete er, was vor sich ging, aber allmählich schlich sich ein Lächeln auf seine Züge, er fühlte sich sicherer.

»Na, wie sieht das aus, Robby?« erkundigte sich der Friseur.

Robby betrachtete sein Haar gründlich und fuhr mit der Hand über die eingeebneten Stellen.

»Guuuut!«

»Was sagst du zum Friseur, Robby?«

»Danke füah Haaschnein.«

»Nichts zu danken, Robby, komm bald mal wieder.«

»Guut.« Dann wandte er sich eifrig mir zu. »Getz du, Pot, getz *du* Haaschnein!«

214

Als ich den Stuhl bestieg, um mir den Klinik-Einheits-
haarschnitt verpassen zu lassen, auf den ich gern verzichtet
hätte, dachte ich, daß Robbys Gedächtnis durchaus ein-
wandfrei funktionierte.

Am Freitag stellte Mr. Harris seine alte Rostlaube mit
halbstündiger Verspätung auf dem Parkplatz ab. Ich diri-
gierte ihn und seine Frau sofort in mein Büro. Beruhigt sah
ich, daß sie beide recht vernünftig wirkten – er etwas
gelassener und freundlicher und sie weit wacher und leben-
diger als früher.

Beide schienen sich unbehaglich zu fühlen, und um
ihnen die Befangenheit zu nehmen, plauderte ich eine
Weile über dies und jenes: das Wetter, die Wahlen und
dergleichen. Mit Rücksicht auf Mrs. Harris' Angst vor
Kliniken bemühte ich mich besonders um sie und fragte, ob
sie noch immer in Behandlung sei, was sie nickend bestätigte. Sie erklärte dann von sich aus, daß sie regelmäßig
Medikamente nehme. Das Mittel, das sie nannte, war ein
bekanntes Psychopharmakon, das ganz offensichtlich seine
Wirkung tat, denn von Halluzinationen und Absencen war
nichts mehr zu spüren. Zwar war sie noch immer zurückhaltend und eher schüchtern, aber ein ganz anderer
Mensch als die Frau, die ich damals in Reidsville kennengelernt hatte.

Schließlich berichtete ich ihnen in Einzelheiten von
Robbys Fortschritten, hob hervor, daß er inzwischen weit
besser als früher mit anderen Menschen umgehen konnte,
sogar einige Freunde unter den Kindern hatte und durch
Umarmung und Händehalten Zuneigung auszudrücken
vermochte – kurz, daß es mit ihm in vielem vorwärtsge-
gangen war. Dann erkundigte ich mich nach Robbys früher
Kindheit und erklärte, wie wenig wir über Schizophrenie

und Autismus, über ihre Entstehung und ihre Hintergründe wüßten. Mir lag daran zu sehen, wie die Eltern zu Robbys Problemen standen, außerdem wollte ich gern ihre Version der Dinge erfahren, und ich war gespannt zu hören, wieviel davon sich mit den Angaben in den Unterlagen decken würde.

»Können Sie sich erinnern, wie es angefangen hat?«

Nach längerem Schweigen seufzte Mr. Harris. »Es war nie einfach. Robby war . . . von Anfang an schwierig. Die kleinste Kleinigkeit brachte ihn aus dem Gleichgewicht, vor allem wenn es etwas war, das er nicht kannte. Sobald man wollte, daß er etwas tat, wurde er *richtig* ärgerlich. Wenn wir ihn beispielsweise aufforderten, mit uns gemeinsam zu beten, bekam er geradezu unglaubliche Wutanfälle – Sie können sich das gar nicht vorstellen. Viel schlimmer als damals, als ich hier war . . . Wenn ich versucht habe, ihn zu beruhigen oder ihm etwas fortzunehmen, und sogar dann, wenn ich nur wollte, daß er mit seinem Spielzeug spielte, lief er kreischend davon und hielt sich mit den Händen die Ohren zu. Wir wußten, daß etwas nicht in Ordnung war, hatten aber keine Ahnung, was wir tun sollten . . .«

Von Zeit zu Zeit hatte Mrs. Harris bestätigend genickt, und als der Vater innehielt, begann sie zögernd.

»Dr. McGarry, ich hab noch nie darüber gesprochen –«, sie sah unruhig zu ihrem Mann hinüber, bevor sie fortfuhr, »weil Gerald sich immer so verantwortlich gefühlt hat. Ich dachte immer . . . die Schwierigkeiten könnten damit zu tun haben, daß die Geburt gar nicht gut verlief und er in den ersten Wochen immer gekränkelt hat. Die Wehen dauerten sehr lange, er war ganz blau und wog nicht mal vier Pfund. Er mußte mehrere Wochen im Krankenhaus bleiben . . . und als ich ihn endlich zu Hause

hatte, schlief er nie, hat immer nur geschrien. Das war zuviel für mich, es machte mich selbst ganz krank. Bald kam
der Arzt zu uns beiden. Er gab dem Kleinen Spritzen, und
man konnte sehen, daß Robby sie *haßte*. So klein er war,
ich merkte doch, daß er auch *mich* haßte und *mir* die
Schuld daran gab, daß er das alles ertragen mußte . . .«
Ihre Stimme versagte, und sie schüttelte betrübt den Kopf.

»Mrs. Harris«, sagte ich darauf, »ich kann mir nicht
denken, daß Robby Sie je gehaßt oder Ihnen Vorwürfe
gemacht hat. Aber sicherlich war es für ihn ein sehr
schwerer Weg ins Leben, finden Sie nicht auch?«

Sie weinte jetzt, und ihr Mann nahm tröstend ihre Hand
zwischen seine verarbeiteten Hände. Er sah mich an.
»Einer von den Leuten da, wo meine Frau in Behandlung
ist, hat gesagt, wir sollen uns erkundigen, ob Sie meinen,
daß wir uns um Robby kümmern könnten, wenn er uns
besucht. Wir haben auch schon überlegt . . . was jetzt mit
ihm werden soll, wenn er älter wird.«

»Nun, damit kommen wir zu einigen Punkten, über die
wir reden müssen. Die schwere Störung Ihres Sohnes
klingt ab. Das bedeutet: Wutausbrüche, Zündeln, Fortlau-
fen – all das, was Sie so mitgenommen hat, damit ist es
vorbei. Aber man muß klar sehen, daß Robby gleichaltri-
gen Kindern gegenüber weit zurück ist, und es ist durchaus
möglich, daß er immer ein gewisses Maß an Betreuung
und Hilfe brauchen wird. Auf der anderen Seite glaube ich
nicht, daß er sein Leben in einer Klinik verbringen muß.
Ich könnte mir ohne weiteres denken, daß er sich zu
gegebener Zeit in eine Heimgruppe integrieren läßt.
Jetzt aber müssen Sie sich darauf einstellen, daß man
Robby weder seinem Alter noch seiner Größe nach – er ist
ziemlich groß für seine zehn Jahre – einschätzen darf, eher
wie ein fünfjähriges Kind. Durch die Schwere seiner Stö-

rungen bedingt, hat er vieles nicht mitbekommen, und es ist fraglich, ob er jemals imstande sein wird, alles aufzuholen. Seine seelische Gesamtsituation ist noch immer recht unausgeglichen – aber viel stabiler als bei Ihrem letzten Besuch, Mr. Harris. Robby wird stets äußerst sensibel und sehr darauf angewiesen sein, wie sich andere ihm gegenüber verhalten.«

Mr. Harris wandte den Blick ab, und ich machte eine Pause, damit die Eltern Gelegenheit hatten, sich über die Bedeutung des Gesagten klarzuwerden.

»Er ist aber auch ein Mensch, der anderen Liebe entgegenzubringen vermag. Der Umgang mit ihm macht Freude, und er möchte jetzt mit seinen Eltern zusammen sein. Natürlich ist er neugierig. Er sieht, wie alle anderen Kinder von ihren Eltern besucht werden, auf Urlaub nach Hause fahren, mit den Eltern gemeinsam etwas unternehmen. Das möchte er auch. Da die Zeit dafür gekommen scheint, hoffe ich, daß Sie mit Ihrem Sohn recht bald wieder vertraut werden wollen.«

Beide nickten zustimmend, auch wenn es schien, als sei Mrs. Harris noch nicht frei von jeder Furcht. Ich rief im Pavillon an, damit man uns Robby herüberschickte. Während wir warteten, sprachen wir noch über dies und jenes, und ich beantwortete einige der Fragen, die das Ehepaar hatte. Schließlich wurde Mrs. Harris von ihren Zweifeln übermannt und platzte heraus:

»Und es geht Robby *wirklich* so viel besser?«

»Nun –«, begann ich, wurde aber von der vertrauten krähenden Stimme unterbrochen, die durch den Korridor schallte. »Sie werden es gleich selbst sehen.«

Im selben Augenblick platzte Robby mit freudestrahlendem Gesicht zur Tür herein.

»Papi, Mami – ich fahr mit euch nachhaus?«

218

Seine unvermittelte Frage ließ mich lächeln. »Sachte, Robby«, mischte ich mich ein. »Wie wär's, wenn du dich erst mal hinsetzt und ein bißchen redest, bevor du fragst, ob du auf Urlaub nach Hause fahren darfst?«

Als er dann draufloszuplappern begann, konnten seine Eltern sich seiner Begeisterung nicht entziehen. Er berichtete wild durcheinander Einzelheiten von Ausflügen zur Kantine, zum Bauernhof, zu den Wassertanks und erzählte von dem kleinen Zirkus, der kürzlich eine Sondervorstellung in der Kinderabteilung gegeben hatte. Während er unaufhörlich redete, sah er begierig von einem zum anderen – die Jahre der Einsamkeit waren für ihn vorüber. Endlich war er soweit, sich in die Familie einfügen zu können. Nichts wies darauf hin, daß er irgendeinen Groll gegen seine Eltern hegte.

Die hörten ganz still und aufmerksam zu; sie hatten auch gar keine andere Wahl, denn unmöglich hätten sie in Robbys unaufhörlich sprudelnden Redestrom auch nur ein einziges Wort einzuwerfen vermocht. Seine Mutter sah ihn unverwandt an.

Schließlich unterbrach ich ihn.

»Offensichtlich möchte Robby, daß Sie alles erfahren, was er erlebt hat. Wollen Sie nicht einen kleinen Spaziergang mit ihm machen? Vielleicht könnte er Ihnen den kleinen Steingarten zeigen, den er mit seinem Freund Danny angelegt hat.«

Bereitwillig stimmten die beiden zu.

»Robby, wenn du deine Eltern herumgeführt hast, bringst du Sie dann bitte wieder hierher?«

»Klaa. Wia gehn getz, wia geeeehn!« Robby sprang auf und streckte die Hand aus. »Hia, Mami, nimm meine Hand. Du auch, Papi«, und er legte die andere Hand in die seines Vaters.

Robby zog seine Eltern förmlich hinter sich her, die sich vor Verlassen des Raumes noch einmal nach mir umschauten – lächelnd, aber immer noch etwas ungläubig. Als die drei eine halbe Stunde später zurückkehrten, sahen die Eltern angestrengt aus, aber auch glücklich.

»Robby, sag jetzt auf Wiedersehen. Es ist fast Zeit für deine Medikamente, du solltest also besser zum Pavillon zurückgehen. Nimm sie doch in den Arm, wie du's bei mir machst, Robby.«

Er nickte, umarmte erst die Mutter und dann den Vater mit festem Druck, nicht ohne zu fragen: »Wann kahn ich nahause?«

»Immer langsam – jetzt spreche ich erst einmal mit deinen Eltern über den nächsten Besuch hier, und später auch mit dir.«

Sein Gesicht verzog sich mißbilligend. Zögernd verließ er das Zimmer, und nachdem er sich im Gang ein letztes Mal umgedreht hatte, entschwand er unseren Blicken.

Als er gegangen war, sagte ich: »Robby scheint Sie ja ganz schön in Trab gehalten zu haben.«

Beide schienen verblüfft und geradezu überwältigt zu sein. Eine Weile saßen wir schweigend da, offensichtlich ließ Mrs. Harris noch einmal alles an sich vorüberziehen, denn sie schüttelte von Zeit zu Zeit den Kopf. Schließlich räusperte sich Mr. Harris, der offensichtlich gerührt war.

»Unser Junge ist wie ausgewechselt. Ich versteh gar nicht, wie Sie das Kunststück fertiggebracht haben!«

Im Laufe der nächsten halben Stunde erläuterte ich in großen Zügen die Ereignisse der letzten zwei Jahre. Als ich von der »Bergsteigerregel« sprach, daß man sich gegenseitig helfen müsse, nickte Mr. Harris.

»Jetzt verstehe ich, warum Robby mit mir auf die Klippe da hinten klettern wollte. Wir haben's auch versucht, aber ich hab schon ziemlich bald keine Luft mehr gekriegt und bin stehengeblieben. Robby war bereits ein Stück voraus, und als er sah, daß ich nicht so recht konnte, ist er zurückgekommen und hat gesagt, daß Bergsteiger sich helfen müßten. Dann hat er meine Hand genommen und mich hinter sich hergezogen!«

»Da sehen Sie, was für ein prima Kerl er ist, Mr. Harris. Und deswegen wäre es mir auch lieb, wenn Sie und Ihre Frau sich jetzt mehr mit ihm beschäftigen könnten. Natürlich liegt die Entscheidung ganz bei Ihnen, aber wir würden wirklich gern mit Ihnen zusammenarbeiten und Ihnen helfen, wo immer wir können. Anfangs wäre es vielleicht ganz gut, wenn Sie ihn noch einige Male hier besuchten, und wenn alles klappt, könnte man dann ja an einen Wochenendurlaub zu Hause denken.« Da ihnen diese Vorstellung noch unbehaglich zu sein schien, fügte ich hinzu: »Denken Sie einfach mal darüber nach, besprechen Sie es miteinander und sagen Sie mir dann, zu welchem Ergebnis Sie gekommen sind.«

Mr. Harris sah seine Frau an, und es war deutlich, daß zwischen ihnen ein unausgesprochenes Einverständnis herrschte.

»Nun, wir hätten nichts dagegen«, sagte er. »Wenn ihr Ärzte meint, daß er soweit ist, wollen wir ihm gern seinen größten Wunsch erfüllen.«

»Schön, wir machen dann jetzt vielleicht erst einmal Besuchszeiten für Sie aus.«

Eine Woche später hielt ich mich gerade in Pavillon 4 auf, als Robby, die Eltern hinter sich herziehend, zur Tür hereinstürzte. Er verkündete allen, die es hören konnten: »Papi un Mami ham *Bombom* mitgebrach!« Er hielt eine zerknitterte Papiertüte in der Hand, und sein breit lächelnder Mund war mit Karamel und Nußcreme verschmiert. Rasch öffnete Robby die Tüte und bot mir ein Bonbon an. Dann sah er Jody.

»Möchs du ein, Jo-die?«

Sie nickte lächelnd, und mit großer Feierlichkeit legte ihr Robby ein speziell für sie ausgewähltes Bonbon in die Hand. Dann drückte er die Tüte wieder so fest an sich, als bestehe ihr Inhalt aus purem Gold.

Chuck kam mit einer Kaffeetasse in der Hand den Gang entlang.

»Hab Bombom, Chahk – möchs du?« Robby öffnete erneut die Tüte und inspizierte gemeinsam mit Chuck deren Inhalt. »Sin guuut!« erklärte er.

»Schön, ich probier dann das da mal, Robby. Vielen Dank.«

»Nich su dankn, Chahk.« Robby wandte sich mir strahlend zu. Diese Redewendung des Friseurs hatte ihm schwer imponiert, und er ließ selten eine Gelegenheit, sie anzuwenden, ungenutzt verstreichen.

Robbys Eltern hatten die ganze Szene beobachtet.

»Ich glaube, deine Eltern müssen allmählich nach Hause fahren, Robby«, sagte ich. »Willst du sie nicht zum Abschied umarmen?«

»Klaa.« Er ging zu ihnen hin, und während sie sich zu ihm hinabbeugten, legte er ihnen die Arme um den Hals. Dann trat er einen Schritt zurück.

»Hast du nicht vergessen, etwas zu sagen, Robby?« erkundigte ich mich.

Er strahlte. »Danke füa Besuch, Mami un Papi. Wann komm iah wieda?«

Das war fast zuviel für Mr. und Mrs. Harris, und ihre Augen füllten sich mit Tränen, als sie sich verabschiedeten. Ich verließ den Pavillon mit ihnen zusammen. Als wir am

Gebäude entlanggingen, hörten wir ein Klopfen am Fenster des Aufenthaltsraums und sahen uns um. Dort stand Robby, das fröhliche Gesicht an die Scheibe gedrückt, und winkte heftig. Und wir winkten alle zurück.

In der Nähe des Parkplatzes blieben Mr. und Mrs. Harris stehen. Offensichtlich hatten sie etwas auf dem Herzen, denn sie traten verlegen von einem Fuß auf den anderen. Schließlich fand Mr. Harris seine Stimme wieder, und er sagte, die Hand seiner Frau nehmend: »Dr. McGarry, wir beide sind Ihnen zu großem Dank verpflichtet, Sie haben so viel für Robby getan. Es geht ihm wirklich erstaunlich besser. Wir hatten längst alle Hoffnung aufgegeben, daß er jemals so werden könnte, wie er jetzt ist . . .«

Nun war die Reihe an mir, sich unbehaglich zu fühlen, denn ich habe Lob noch nie unbefangen entgegennehmen können. Also murmelte ich etwas darüber, daß das Verdienst in Wirklichkeit dem gesamten Personal gebühre. Und natürlich Robby. Wir standen eine Weile beieinander, keiner konnte richtig in Worte fassen, was er sagen wollte. Aber eigentlich war das auch gar nicht nötig.

Da die Besuche von Robbys Eltern weiterhin zufriedenstellend verliefen, durfte der Junge nach einem Monat zum ersten Mal ein Wochenende zu Hause verbringen. Das bedeutete für ihn eine lange Autofahrt, einen Zoobesuch und einen Walt-Disney-Film. Zwar erklärten seine Eltern, er sei sehr anstrengend und seine Energie gehe eigentlich über ihre Kräfte, aber als sie ihn am Sonntagnachmittag zurückbrachten, vereinbarten sie gleich den nächsten Besuch zu Hause. Robby hätte gar nicht glücklicher sein können.

18

Als Scott und ich eines Vormittags zusammen eine Kaffeepause machten, klingelte sein Telefon, und um das Gespräch nicht zu stören, ging ich in mein Büro zurück. Zwanzig Minuten später kam Scott zu mir.

»Ein Bekannter von mir aus Wisconsin. Er unterrichtet dort und wollte wissen, ob ich jemanden kenne, der eine gute Stellung sucht – ein Lehrauftrag und Arbeit mit Kindern in der Klinik.« Ich zuckte die Schultern. »Im Augenblick fällt mir keiner ein.«

»Eigentlich hatte ich gedacht, Sie wären interessiert.«

»Ich? Wieso ich? Sie wollen mich loswerden?«

Scott schüttelte lächelnd den Kopf. »Sie sollten ruhig mal darüber nachdenken. In der Gruppe dort sind einige erstklassige Kliniker, gute Psychotherapeuten. Sie könnten von denen sicher noch einiges lernen und Ihre Erfahrung damit auf eine breitere Grundlage stellen. Außerdem wäre es auf jeden Fall ein Schritt nach vorn. Wenn Sie natürlich nicht wollen . . .«

»Nun, wenn ich etwas anderes suchte – was nicht der Fall ist –, würde ich es bestimmt nicht in Wisconsin tun. Liegt das nicht am Arsch der Welt?«

»Würde ich nicht sagen. Der Mittelwesten müßte Ihnen eigentlich gefallen. Es ist ganz nett da, und die Menschen dort sind schwer in Ordnung.« Mit breitem Lächeln fuhr er fort: »Ich bin dort aufgewachsen.«

»Aber, Scott, ich fühle mich hier wohl. Außerdem wäre da noch Robby.«

»Sicher. Das würde Ihnen anfangs mächtig auf der Seele liegen.«

»Vorsichtig ausgedrückt.«

»Andererseits glaube ich, daß der Junge inzwischen stark genug ist, um über eine Trennung wegzukommen. Wir könnten eine allmähliche ›Übergabe‹ an jemand anderen ausarbeiten. Der Zeitpunkt ist gar nicht schlecht. Ihr beide habt eine sehr enge Beziehung, und auf die Dauer ist es sicher besser für ihn, wenn er mal einen anderen Therapeuten bekommt. Es würde ihn auf festere Füße stellen und ihm helfen, besser mit Veränderungen fertig zu werden. Er ist richtig abhängig von Ihnen. Außerdem würden Ihnen einige neue Erfahrungen auch guttun.«

»Ich weiß nicht so recht –«

»Denken Sie halt mal drüber nach. Ich an Ihrer Stelle würde jedenfalls die Sorge um Robby nicht als Hindernis betrachten. Ich will Sie bestimmt nicht verlieren, Pat, aber es scheint eine gute Gruppe und ein ordentliches Programm zu sein. Vielleicht sollten Sie sich wenigstens mal mit den Leuten in Verbindung setzen.«

»Na schön, Scott, das kann ich ja machen.«

Am nächsten Tag rief ich in Wisconsin an; es wurde ein langes Gespräch mit dem Leiter der Abteilung. Als ich auflegte, hatten wir einen Vorstellungstermin vereinbart. Keine Frage – es war wirklich ein verlockendes Angebot.

Meine Hauptsorge galt Robby. Trotz Scotts Worten fürchtete ich, daß er meinen Weggang als eine Art Verrat auffassen und annehmen würde, ein weiterer Mensch – ausgerechnet der, der versprochen hatte, das nie zu tun – sehe von ihm weg. Gleichzeitig mußte ich mir eingestehen, daß Scott recht hatte. Zwar hing Robby sehr an mir, aber er hatte inzwischen auch Beziehungen zu Angehörigen des Pflegepersonals hergestellt wie auch zu den Kindern um ihn herum – ganz abgesehen von der neuen, positiven Beziehung zu seinen Eltern. Vielleicht war es wirklich an der Zeit, daß ich aus dem Mittelpunkt seines Lebens heraustrat und ihm damit Raum zur Entwicklung verschaffte. Falls ich fortgehen sollte, mußte ich jedoch sicher sein, daß Robby meine Gründe und Absichten verstand, damit er meinen Weggang nicht als Zurückweisung auffaßte.

Zwei Wochen später flog ich nach Wisconsin. Die Landschaft sah haargenau so aus wie in meinem Erdkundebuch in der Schule: rote Stallgebäude, schwarzbuntes Vieh, sich lieblich windende Flüßchen sowie von üppigem Grün umgebene stille Seen. Man bot mir die Stelle an, doch bat ich mir zunächst Bedenkzeit aus, weil ich einfach noch nicht sicher war. Nach längerem Hin und Her sagte ich dann doch zu. Mir blieben gut zwei Monate, um Robby auf die Veränderung in seinem Leben vorzubereiten.

Während ich überlegte, wer als Therapeut für ihn in Frage käme, mußte ich immer wieder an Debbie denken; sie schien mir ideal. Nicht nur war sie ein warmherziger und fürsorglicher Mensch, sie war außerdem begeisterte Bergsteigerin und wanderte gern. Alle Kinder liebten sie, und Robby hatte erst kürzlich gesagt, wieviel Spaß sie bei einem Ausflug an den Strand miteinander gehabt hatten. Als ich Debbie meinen Plan vortrug, stimmte sie sofort zu und erklärte, sie würde Robby nur zu gern übernehmen, da er ihr bereits ans Herz gewachsen sei.

»Außerdem – die Hauptarbeit haben Sie ja schon geleistet!« sagte sie lächelnd. »Offen gesagt gefällt mir auch die Vorstellung, mit ihm in der Gegend herumzustiefeln.«

Scott billigte diese Lösung und wies auf die Vorzüge hin, die sich für Robby daraus ergeben könnten, daß er nach einem Therapeuten eine Therapeutin bekam, um sich an ihrem Vorbild zu orientieren. Alles hing natürlich davon ab, wie Robby auf Debbie reagierte. Als ich ihn das nächste Mal in seinem Pavillon abholte, kam Debbie mit.

Er schien angenehm überrascht, daß sie uns auf der Wanderung begleiten wollte, und stimmte auch sofort meinem Vorschlag zu, ihr doch einige der interessanteren Stellen zu zeigen, die wir auf dem Hundsberg entdeckt hatten. Mehr als einmal sah ich ihn zu ihr hinüberschielen. Sie war schlank und sonnengebräunt, trug ihr rötliches Haar offen, und stets spielte ein fröhliches Lächeln um ihre Lippen – kurz, sie war eine anziehende Frau, und Robby war das offensichtlich auch nicht verborgen geblieben. Ich dachte bei mir, daß er ja auch allmählich in das Alter kam. Bestimmt hatte er noch nie eine Frau wie Debbie gesehen, denn die er kannte – in erster Linie Schwestern –, trugen alle weiße Anstaltskleidung, und Cecile hatte schon Enkel in Robbys Alter.

Zuerst war er Debbie gegenüber sehr schüchtern, aber sie verstand es, sein Zutrauen zu gewinnen. Bevor wir aufbrachen, zog sie sich ihre »Wanderkluft« an – ausgebleichte Blue jeans und ein T-Shirt – und bändigte ihr Haar mit einem blauen Kopftuch. Zu dritt erforschten wir in den folgenden Wochen den Hundsberg, kletterten auf den Gipfel und gönnten uns nach der Rückkehr eine Erfrischung in der Kantine. Robby war ganz stolz darauf, daß er Debbie das Klärwerk zeigen konnte, den Bauernhof, die Wassertanks – und er brachte ihr sogar die Namen der Bäume bei. Er schien überglücklich, sie bei all unseren Unternehmungen dabei zu haben, auch wenn er häufig neben mir herging, meine Hand hielt und dafür sorgte, daß ich zwischen ihm und Debbie blieb.

Eines Tages geschah etwas, worüber ich lächeln mußte. Wir kehrten vom Gipfel zurück, als Robby sich plötzlich auf einem Absatz befand, unter dem ein senkrechter Absturz von gut einem Meter lag. Da er glaubte, dieser Stelle nicht gewachsen zu sein, erbat er Hilfe:

»Robby helfn . . .«

Debbie stand näher als ich und ging zu ihm hin.

»Komm, Robby, das schaffst du doch allein. So hoch ist das nicht.«

Robby sah mehrere Sekunden auf sie hinab, reckte sich dann zu voller Höhe auf, richtete einen vorwurfsvollen Zeigefinger auf sie und sagte: »Perksteiga müssn sich helfn!«

Debbie sah zu mir rüber, auf ihrem Gesicht lag deutlich Schuldbewußtsein. Dann kletterte sie zu Robby hinauf.

»Da hast du völlig recht, Robby – Bergsteiger *müssen* sich gegenseitig helfen. Gib mir deine Hand.«

Er nahm sie bereitwillig, und gemeinsam »bezwangen« sie die schwierige Stelle. Nachdem wir ins Verwaltungsgebäude zurückgekehrt waren, erwähnte Debbie Robbys Tadel.

»Er hat so getan, als sei das wer weiß wie hoch!« erklärte sie.

»Das kenne ich«, gab ich zurück. »Das hat er bei mir schon des öfteren gemacht. Er wollte Sie nur mal auf die Probe stellen. Ich vermute, er weiß genau, daß Sie mit ihm arbeiten sollen, und will Sie sich schon mal zurechtschnitzen.«

Ich ging davon aus, daß Robby, immerhin ein sehr einfühlsamer Junge, schon etwas von meinem bevorstehenden Weggang mitbekommen hatte – seine kleinen Antennen sammelten unaufhörlich Informationen.

Als es nur noch fünf Wochen bis zu meiner Abfahrt waren, mußte ich unbedingt mit ihm reden. Ich hatte mir für diese Gelegenheit schon verschiedene Formulierungen zurechtgelegt, aber keine davon war so, daß ich sie ihm einfach hätte vortragen können. Die schlimmste meiner Vorstellungen war die, daß er sich schlagartig und unwi-

228

derruflich erneut in sein Schneckenhaus zurückzog. Robbys Reaktion ließ sich unmöglich vorhersagen. Je länger ich die Sache hinauszögerte, desto mehr quälte sie mich. Ich mußte einfach Farbe bekennen.

Am folgenden Tag unternahmen Robby, Debbie und ich einen kurzen Ausflug und aßen anschließend in der Kantine Eis. Da ich Debbie bereits eingeweiht hatte, brach sie unter einem Vorwand früher auf, während Robby und ich mit unseren Eishörnchen zum ausgetrockneten Bachbett gingen. Dort lehnte ich mich bequem an eine alte Weide und nahm meinen ganzen Mut zusammen, während Robby eine sich sonnende Eidechse beobachtete. Nachdem ich ihm eine Weile zugesehen hatte, sagte ich:

»Robby, ich möchte mit dir reden.«

Er warf mir einen aufmerksamen Blick zu; irgend etwas in meiner Stimme mußte ihn hellhörig gemacht haben. Jedenfalls ließ er die Eidechse Eidechse sein und kam mit ernstem Gesicht zu mir rübergeschlurft.

»Setz dich doch auch ein bißchen hin!« Ich klopfte mit der Hand einladend auf das Gras neben mir.

Robby ließ sich mit gekreuzten Beinen nieder, den Kopf an den Weidenstamm gelegt.

»Robby, wir sind doch jetzt schon eine ganze Weile gute Freunde und Kletterkameraden, das findest du doch auch?«

Er nickte wortlos.

»Und du weißt auch, daß ich im letzten Jahr ein richtiger Doktor geworden bin, der mit Kindern wie dir arbeitet, wenn sie Schwierigkeiten haben und in eine Klinik wie diese hier müssen.«

Robby nickte erneut.

»Nun, Robby, man hat mir eine Stellung weit weg von hier angeboten. Dort könnte ich noch viel mehr darüber lernen, wie man solchen Kindern helfen kann. Aber dazu müßte ich fort von hier. Ich habe lange darüber nachgedacht – glaub mir, es ist eine der schwersten Entscheidungen, die ich je zu treffen hatte. Aber ich meine, daß ich es tun muß. Ich gehe also fort, Robby . . .«

Er hatte sich alles mit ruhelos hin und her wandernden Augen angehört. Als er begriff, daß ich fortgehen wollte, legte sich ein Ausdruck trostloser Trauer auf seine Züge. Sein Blick löste sich von meinem; Robby sah an mir vorbei. Ich kannte den Ausdruck: Genauso hatte er an jenem jetzt schon so lange zurückliegenden Nachmittag auf dem Hundsberg ausgesehen, an dem er sich entschloß, mir die Hand zu geben, mir zu vertrauen.

»Robby –«, fuhr ich mit nicht ganz fester Stimme fort, »ich hab dich wirklich sehr lieb, und wir sind sehr gute Freunde. Aber manchmal müssen Menschen etwas anderes tun als sonst, etwas Neues anfangen. Das kann bedeuten, daß sie jemanden verlassen müssen, der ihnen besonders viel bedeutet. Eine solche Trennung tut sehr weh, und mir ist gar nicht wohl, weil ich weiß, daß es auch dir weh tut. Glaub mir, das ist das letzte auf der Welt, was ich meinem Kletterkameraden antun möchte. Kannst du das verstehen, Robby?«

Seine Augen wandten sich wieder mir zu, sein Gesicht war gerötet, und offenbar bemühte er sich, nicht zu weinen.

»Robby –«, ich streckte meine Arme aus, und er schluchzte erstickt an meiner Schulter.

Ich weinte mit ihm. Es tat mir wirklich leid, ihm diesen Schmerz verursacht zu haben, und ich überlegte, ob ich wirklich die richtige Entscheidung getroffen hatte. Gleichzeitig war ich erleichtert, daß er es endlich wußte.

Einige Minuten lang saßen wir still nebeneinander, ich hielt meinen Arm weiter um seine Schultern gelegt.

Schließlich sah er zu mir auf, er verlieh seinen rotgeränderten Augen und seinem schmutzverschmierten Gesicht den Ausdruck der Entschlossenheit, während er mit zittriger Stimme sagte:

»Bißchen auf Hundsperk, Pot?«

Ich nahm ihn noch einmal fest in die Arme und sagte zu ihm: »Klar, Robby. Ich muß schon sagen – du bist ein tapferer Kerl!«

Während der nächsten Wochen sprach ich bei jeder unserer Zusammenkünfte ein wenig mit ihm über meinen Weggang. Debbie ging immer etwas früher, so daß Robby und ich allein dem Pavillon zuschlenderten. Bei anderen Gelegenheiten redeten wir in seinem Zimmer miteinander, umgeben von seinen zahlreichen Zeichnungen, über unsere Wanderungen, über Dinge, die wir miteinander unternommen, und von Orten, die wir gemeinsam besucht hatten. Es war unerläßlich, daß Robby mein Fortgehen ganz klar begriff, aber noch wichtiger war, daß wir über unsere Beziehung sprachen und darüber, wie er meinen Weggang empfand. Anfangs verliefen die Gespräche, wie leicht vorauszusehen war, etwa so:

»Waaum mußtu gehn, Pot – gefellts dia hia nich? . . . Kanns du nich hia weita leanen?« . . . »Wenn du gehs, kanns nich auf Hundsperk.«

Ich versuchte, Robby zu einem inneren Gleichgewicht zu verhelfen, zu erreichen, daß er seine Empfindungen mir gegenüber verstand und erkannte, daß es immer ein gewisses Risiko bedeutete, einem anderen Menschen nahezukommen. Robby verblüffte mich immer wieder mit seiner Fähigkeit, diese Vorstellungen zu erfassen.

Eines Tages sagte ich ihm: »Weißt du, Robby, auch Erwachsene haben Schwierigkeiten damit – jemanden liebhaben, sich für jemanden einsetzen, sich einem anderen öffnen. Es ist immer möglich, daß der andere die Zuneigung nicht erwidert oder eines Tages einfach weggeht. Damit kann man nur sehr schwer fertig werden.«

Robby sah mich mit einem verständnisvollen Blick an. »Du meins, wie bei Debbie –«, er suchte nach dem richtigen Wort, versuchte zu verstehen, was damit gemeint war, »wie sie geschien war un unglücklich . . .«

Verblüfft sah ich ihn an. Von Debbies Scheidung wußten eigentlich nur ganz wenige in der Klinik.

»Woher weißt du das Robby? Verstehst du, was das Wort ›geschieden‹ bedeutet?«

Er zuckte die Schultern. »Nööö. Aba ich hab Debbie gesehn – un sie hat gewein. Ich hab noch nie Eawachsene wein sehn. Gehs iah nich gut?«

Ich schüttelte den Kopf, erschüttert von seiner Wahrnehmungsfähigkeit.

»Ja, es ging ihr nicht gut. Wenn zwei verheiratete Menschen miteinander nicht glücklich sind, ist es manchmal besser für sie, auseinanderzugehen und nicht mehr miteinander zu leben. Das heißt ›geschieden‹, und es kann sehr schmerzlich sein. Es gibt aber auch andere Arten der Trennung, mit denen man nur schwer fertig wird – zum Beispiel wenn jemand stirbt und alle traurig sind und er ihnen fehlt. Oder wenn Menschen lange in der Klinik bleiben müssen, wie du, und sie von ihrer Familie getrennt sind. Auch denen fehlen ihre Verwandten sehr. Bestimmt hast du in all den Jahren deinen Eltern gefehlt, es war alles sehr schwer für sie.«

Robby sah eine Weile zur Seite, offenkundig versuchte er, die Gedanken zu ordnen, die ihm durch den Kopf gingen. Schließlich sagte er: »Holn Mami un Papi Robby nachhaus?«

»Das weiß ich nicht. Bestimmt darfst du noch öfter an Wochenenden heimfahren, so daß ihr zusammen sein könnt. Vielleicht kannst du später einmal ganz nach Hause. Möchtest du denn gern dort leben?«

»Seah gean!«

»Nun, wir werden sehen, was sich da machen läßt. Bis dahin mußt du einfach so prima weitermachen wie bisher, und vielleicht klappt's dann auch. Zeichne all die hübschen Bilder, geh mit Debbie ins Spielzimmer und lerne in der Schule. Vor allem aber, Robby, bleib der großartige Mensch, der du bist, der immer anderen hilft und ihnen erlaubt, ihm zu helfen – sei einfach so lieb zu ihnen, wie du es jetzt hier bist. Weißt du, alle haben dich sehr gern. Das weißt du doch?«

Er schüttelte errötend den Kopf. Es verwirrte ihn offensichtlich.

»Doch, doch, sogar sehr. Eben weil du ein so netter Kerl bist. Und du magst sie auch, stimmt's? Schließlich ist das das Wichtigste.«

Er nickte, immer noch scheu und befangen.

Wir hatten zahlreiche Gespräche dieser Art, und allmählich schien Robby sich mit meinem Weggang abfinden zu können. Eines Tages zeigte er Cecile in der Schule eine Zeichnung und sagte dazu: »Das is mein Freund Pot, un das is Robby. Pot geht weit weg un kann nich meah mit Robby auf Hundsperk gehn – un auch nich inne Kantine . . .«

Auch aus dem Pavillon erfuhr ich das eine oder andere. So kam beispielsweise eines Abends im Fernsehen ein tränenreicher Abschied vor, und ein Pfleger hörte, wie Robby, der augenscheinlich den Zusammenhang erkannt hatte, versonnen vor sich hin murmelte: »Pot auch weg. Pot mein Freund.«

An einem warmen Spätsommernachmittag, mehr als einen Monat, nachdem wir Debbie zum ersten Mal mitgenommen hatten, schloß sie sich uns erneut an. Wir waren zu Robbys Lieblingsplatz auf den Hundsberg gestiegen und ruhten uns jetzt oben unter munterem Plaudern aus, als sich Robby mit der Offenheit, die nur Kindern zu Gebote steht, unvermittelt an Debbie wandte.

»Robby dich wein sehn. Auf Baseball-Platz.«

Debbie wirkte überrascht und nickte dann.

»Robby dich wein sehn, wie du geschien bis. Waa schlimm . . . hat weh getan . . .« Er formulierte tastend.

»Ja, das stimmt, Robby. Wenn so etwas geschieht, tut das schrecklich weh. Dir und Pat geht es jetzt auch nicht gut, weil Pat so weit weg muß. Das tut hier drin ganz furchtbar weh, denn du hast Sehnsucht nach ihm und er nach dir. So ist es doch?«

Robby nickte. Er schien in Gedanken versunken, und Debbie und ich tauschten besorgte Blicke.

Obwohl wir es nicht besonders eilig hatten, machten wir uns schon früh auf den Rückweg. Robby schien seltsam bedrückt, und da das nicht seiner Art entsprach, überlegte ich, was er wohl haben könnte. Im Hof zwischen den Pavillons angekommen, gingen wir zu dritt nebeneinander her, Robby ging in der Mitte und hielt meine Hand.

Plötzlich rief er mit geradezu unglaublicher Begeisterung in der Stimme aus: »*Debbie* kann Robby neuer Freund sein!!«

Ohne den Schritt zu verlangsamen, schenkte er Debbie das Zeichen äußersten Vertrauens: Er nahm ihre Hand. Über seinen Kopf hinweg lächelten wir einander zu.

»Ein großartiger Gedanke, Robby«, sagte ich. Dann blieben wir alle drei stehen, sahen einer zum anderen und lachten laut heraus.

Debbie und ich überlegten laut, warum *wir* nicht auf diesen großartigen Einfall gekommen waren, doch ließen diese Überlegungen Robby kalt – er ganz allein hatte eine Lösung seines Problems gefunden. Den Rest des Weges zum Pavillon hüpfte er, uns beide an der Hand haltend, von einer Gehwegplatte zur anderen.

Mir schien es, als sei mit einem Schlag das gesamte Gewicht des Hundsbergs von meinen Schultern genommen. Natürlich hatten wir genau das erhofft und darauf hingearbeitet, aber es war bezeichnend für Robby, daß er den letzten Schritt selbst getan hatte. An den folgenden Tagen wurde seine Entscheidung durch Berichte bestärkt, die wir von allen hörten, die mit ihm zu tun hatten. Jedem, der es hören wollte, sagte er: »Debbie Robby neua Freund. Gehn zusamm Hundsperk un in Spielzimma. Debbie Robby neua Freund . . .«

Während unserer letzten Zusammenkünfte konnte ich mich in dem Maße, in dem sich die Beziehung zwischen Robby und Debbie allmählich festigte, etwas zurückziehen. Auch Robby gewann einen gewissen Abstand zu mir, sobald er mehr Zeit mit seinem »neuen Freund« verbrachte.

Ich war zur Abreise bereit. Vom Klinikpersonal hatte ich mich schon im Rahmen einer kleinen Feier verabschiedet und danach mein letztes, vertrautes Gespräch mit Scott geführt.

Zum Schluß ging ich zu Robby, um ihm Lebewohl zu sagen. Wir saßen in seinem Zimmer inmitten der zahllosen Hundsberg-Bilder, und keiner von uns beiden ließ den anderen spüren, was er empfand. Ich hielt meine Abschiedsworte kurz.

»Robby, du warst mir ein sehr guter Freund, und du

sollst wissen, wie sehr ich dir für deine Bereitschaft danke, so vieles mit mir gemeinsam zu tun. Wir haben manches miteinander erlebt . . .«

Robby saß auf seinem Bett und sah zu Boden. Langsam griff er hinter sich und hielt mir eine Papierrolle hin, um die ein grünes Band gewickelt war. Zögernd und mit leiser Stimme sagte er: »Füa Pot. Von mia.«

Ich löste das Band und rollte das Papier auf. »Danke, Robby.« Meine Stimme versagte, so daß das »Robby« nur als rauhes Flüstern rauskam. Ich umarmte ihn rasch und ging zur Tür. »Wir sehen uns bestimmt wieder, Robby. Das verspreche ich dir . . .«

Er nickte, sah kurz zu mir, senkte dann den Kopf und

236

blinzelte durch seine Tränen. Als ich sein Zimmer verließ, blieb er still auf der Bettkante sitzen, und erneut mußte ich daran denken, was für ein besonderer Mensch er war. Ich war sicher, daß er es schaffen würde. Eigentlich hatte er es schon geschafft.

Auf dem Parkplatz warf ich einen kurzen Blick zum Hundsberg hinüber, den die rötlichen Strahlen der Nachmittagssonne in Flammen gesetzt zu haben schienen. Dann nahm ich das Bild zur Hand, das Robby mir gegeben hatte, und sah es lange an. Es war eine »Gemeinschaftsproduktion«, die vor mehreren Monaten entstanden war – ich hatte die Zeichnung angefangen, und Robby hatte sie vollendet.

Ich legte sie kopfschüttelnd neben mich auf den Sitz. Irgend etwas Bedeutsames war mir hier widerfahren – etwas, das, wie Scott gesagt hatte, Teil meiner selbst sein würde, solange ich lebte.

Ich sah mit halbem Auge eine Bewegung, und als ich mich umwandte, erkannte ich drei kleine Kinder, die vom Flußbett zurückkehrten. Von ferne sahen sie genauso aus wie andere Kinder auch. Man konnte ihnen nicht ansehen, was mit ihnen war. Mir fiel ein: Genau diesen Eindruck hatte ich an meinem ersten Tag in der Klinik gehabt, dem Tag, an dem ich den kleinen Jungen hatte an der Wand entlangschleichen sehen.

Was für außergewöhnliche Dinge ich hier erlebt und was für außergewöhnliche Menschen ich kennengelernt hatte! Mit einem tiefen Seufzer drehte ich den Zündschlüssel um und fuhr dann über die sich windende Straße davon, die mich weit weg, durch das halbe Land führen würde.

19

Seit ich Kalifornien verlassen habe, hat mir Robby immer wieder in Bildbriefen, die er mit Debbies Hilfe verfaßte, mitgeteilt, wie es mit ihm weiterging. Es läßt sich nur schwer sagen, wie vollständig seine Genesung sein wird, denn es besteht kein Zweifel daran, daß das frühe Einsetzen und die Schwere seiner Schizophrenie seine Entwicklung gehemmt haben. Im Verein mit dieser Behinderung kann die Notwendigkeit, viele Jahre in einer Klinik leben zu müssen, zu einer geradezu lähmenden Unselbständigkeit führen. Möglicherweise wird Robby sein Leben lang ein gewisses Maß an psychiatrischer Betreuung brauchen, doch da er eine Kämpfernatur ist, besteht die Möglichkeit, daß er im Laufe der Zeit, vorausgesetzt man unterstützt ihn mit einer entsprechenden Behandlung, alle Widrigkeiten überwindet.

Ich selbst kann jetzt besser verstehen, warum das, was zwischen Robby und mir vorging, so wichtig war – nicht nur für ihn, sondern auch für mich. Wir waren beide für den anderen bereit, meine Begeisterung war ehrlich, auch wenn sie gelegentlich in die falsche Richtung ging. Ich hatte einen großen Vorrat an Energie, in mir brannte das Feuer des jugendlichen Idealismus, und ich meinte intuitiv zu wissen, es müsse mir möglich sein, an jenes verängstigte Kind heranzukommen. Als Psychotherapeut habe ich gelernt, diese Art von »Spürsinn« hochzuschätzen.

Ich glaube auch, daß Robby schon recht bald all das in mir ahnte. Die Schichten der Verletzung und der Zurückweisung reichten zwar tief, aber darunter war ein Kind – ein kleines Geschöpf, das nur zu gern verstanden, geliebt und umhegt werden wollte. Doch bis jemand kam, der einen Weg in sein Vertrauen zu finden vermochte, hatte Robby gewartet, wie die Knospe einer Pflanze den kalten Winter hindurch auf die warmen Frühlingswinde wartet.

Tausende von Kindern wie die in diesem Buch beschriebenen leben in Behandlungszentren und Heilerziehungsheimen. Man nennt sie schizophren, emotional gestört oder autistisch, doch hinter all jenen Symptomen, die zu einer solchen Diagnose führen, verbirgt sich oft ein äußerst sensibler, verstörter, einsamer junger Mensch: ein Kind, das nicht nur Liebe braucht, sondern das selbst auch Liebe zu schenken vermag.

Die vorliegende Geschichte wurde für jedes einzelne dieser Kinder geschrieben, aber auch für jene Menschen, denen sie am Herzen liegen – in der Hoffnung, anderen dadurch zu einem besseren Verständnis kindlicher emotionaler Störungen zu verhelfen.

Dank

Zu ganz besonderem Dank verpflichtet bin ich meiner Freundin Mary, die mir sehr geholfen hat, dieses Projekt zu verwirklichen, und meinem allzeit hilfsbereiten Lektor Ted Solotaroff, der seine beachtlichen Fähigkeiten in den Dienst dieses Buchs stellte.

Ihnen und zahlreichen anderen, die auf die eine oder andere Weise an der Entstehung meines Buchs beteiligt waren, gilt mein Dank.